每個午夜都住著一個詭故事 V

陰謀

童亮◎著

寫在前面的話——

傳說人死之後化為鬼。

鬼者，歸也，其精氣歸於天，肉歸於地，血歸於水，脈歸於澤，聲歸於雷，動作歸於風，眼歸於日月，骨歸於木，筋歸於山，齒歸於石，油膏歸於露，毛髮歸於草，呼吸之氣化為亡靈而歸於幽冥之間（出於《道經》）。

可見，「鬼」這個字的初始意義，已經與我們現在所理解的相去甚遠了。這本書，講述的雖然是詭異故事，但實際上是想將這個字引回原有的意義上——一切有始，一切也有「歸」。好人好事，自有好報；惡人惡行，自有惡懲。

目錄

Contents

湖南同學打了一個長長的呵欠，看了看窗外的夜色，說道：「時候不早啦。」

我們正要散去，他突然問道：「你們知道人們為什麼害怕夜晚，卻不害怕白天嗎？」

這個問題我倒沒有想過。是啊，為什麼人們覺得夜晚有恐怖氣氛，而白天沒有呢？

湖南同學自己回答：「因為白天我們能看見彼此，但是晚上很多東西都看不見。」

「這跟害怕有關係嗎？」一個同學不解地問道。

「當然有關係。佛家有言：人有三毒，貪、嗔、癡。白天因為別人看得見，人們往往極力掩飾此三毒；晚上以為別人看不見，人們就將它們釋放出來。故此，我們覺得夜晚比白天可怕。」

「所以你在午夜零點才講這些故事？」

「是的。這些故事都是因貪、嗔、癡而起，自然要隨著它們的出現而出現啊。我選在這個時候講，是希望那些正被貪、嗔、癡蠱惑的人能在恰當的時刻聽到這些故事。」

城隍冤判

1

零時零分零秒。

「城隍你們都熟悉吧！這是中國人最熟悉的神仙。」湖南同學說道，「很多人又習慣把城隍叫做土地公公。」

我們知道他接下來要講的故事與什麼有關……

「將軍的拜石果然不是一般的石頭哦，沒想到還有這樣的靈性。」文撒子感慨道。

「所有的東西都有靈性，只是有的靈性沒有這麼明顯而已。」爺爺說，「好了，我們真的要走了。明天，文撒子你也幫幫忙，老太太家裡沒有能出力氣的勞力，這塊拜石有一定的重量，老太太和她兒媳搬不動。」

「好好好。」文撒子連連點頭應諾，「天確實晚了，你們在路上小心點。幸虧還有點月光，勉強可以看清路。」當時的我們，根本沒有注意到還有另外一雙眼睛對那塊錯當成茅廁踏板的將軍墓碑虎視眈眈。

本來打算給老太太的孫子置肇完就走的，沒想到碰到了這麼多一連串的事情拖到現在才走。我跟爺爺告別了文撒子他們，就著月亮的微光踏上了歸程。可能是雞叫過一遍了，白髮女子那邊的孝歌已經停止了。

外面的整個世界都進入夢鄉了，連土蟈蟈的聲音都沒有了。村前村後的大山靜伏著，在天際畫出一條起起伏伏的波浪線。一條灰白色的道路，像一條蜿蜒的蛇一樣穿梭在這座山與那座山的交接處。我踏著這條灰白的蛇，彷彿不是自己在走路，而是灰白的蛇帶著我向目的地前進。

爺爺拉著我的手，一言不發地往前走。

我有些害怕，害怕旁邊的山林裡突然躥出個什麼東西來。

在到爺爺家的路上，要經過一片桐樹林。我記得原來跟爺爺一起在這裡捉過食氣鬼。我還記得食氣鬼攆著我的時候，突然出現了一個矮人。當時我差點就被食氣鬼攆上，幸虧矮人的出現，使我轉危為安。但是等我回過頭再去看時，矮人已經變成了石頭，食氣鬼撞在上面死了。

我打破了沉靜，問道：「爺爺，你知道土地公公是什麼樣的嗎？」

「土地公公的名字叫張福德，是古代周朝的稅官。這個張福德從小就非常聰明，並且非常孝順。但是，他的身材矮小，只有平常人的一半那麼高。老了之後，他還駝背，比剛才我們看到的那個老太太還駝背，所以變得更加矮。由於駝背駝得厲害，影響了身體的平衡，所以他手裡總拿著一根樹根做的枴杖。他在三十六歲的時候，當上了周朝的總稅官，為官清廉正直，體恤百姓的疾苦，為周朝的百姓做了許許多多的善事。他的壽命很長，活到了一百零二歲。但神奇的是他死後三天容貌一點也沒有變化，皮膚保持柔軟，關節還可以活動。由於他在世時積德，死後被封為土地公公，掌管鄉里死者的戶籍，也算是地府的行政官。但是他跟其他的地府官不一樣，他不待在地府，卻總是在人間出現。」爺爺一口氣把土地公公的事情講完了，熟悉得像說自己的生平事蹟。

我跟爺爺邊走邊聊。誰也不會想到，在這條只有兩個行人的路上，卻會出現三個人影！當時我和爺爺都沒有察覺，自顧談論著關於土地公公的話題。爺爺說：「土地公公雖好受人敬重，可是土地婆婆就沒有幾個人喜歡她了。」

「哦？為什麼？」我禁不住好奇地問道。

「那就有好幾種說法了，從這裡說到家都不一定能說完呢。」爺爺呵呵地笑道。

我緊緊抓住爺爺的一隻手，卻假裝平靜地說：「反正現在走夜路沒有事，不然太沒意思了。你就講給我聽嘛，能講多少是多少。」

爺爺答應了，終於把土地婆婆的事情也娓娓道來。

第一種說法最簡單。雖然百姓都知道土地公公還有一個老伴——土地婆婆。可是，自古以來，人們絕大多數只供奉土地公公，不供奉土地婆婆。因為，土地公公是一個不分貧賤富貴而廣施蔭庇的慈善老頭，所以人們普遍崇拜他。而土地婆婆卻「笑人窮而嫉人富」，是個心腸狹窄的婆娘，因此她未能像土地公公那樣享受「萬代香火」。

第二種說法與第一種不同，但是還是說土地婆婆的不好。傳說玉皇大帝委派土地公公下凡時，問他有什麼願望與抱負。土地公公回答希望世上的人個個都變得有錢，人人過得快樂。土地婆婆卻堅決反對，她認為世間的人應該有富有貧，才能分工合作發揮社會功能。土地公公說：「那麼，貧窮的人不是太可憐了嗎？」

土地婆婆反駁道：「如果大家都變成有錢人，以後我們女兒出嫁，誰來幫忙抬轎子呢？」一句話說得土地公公啞口無言，並打消了這個原本可讓世人「皆大歡喜」的念頭。也正是因為土地婆婆的反對，人世間才有今天的貧富差別。所以有的地方的人們覺得土地婆婆自私自利，是一個「惡婆」，因而不肯供奉她，但卻對土地公公推崇備至。但也有人認為土地婆婆的觀點符合人的社會發展，所以有些土地廟常有對聯稱：「公做事公平，婆苦口婆心」。

第三種說法與前兩種又有不同。這種說法與孟姜女哭倒長城那個故事有點聯繫。在講第三種說法之前，爺爺告訴我說，孟姜女並不姓孟，「孟」為兄弟姐妹中排行老大的意思；

「姜」才是其姓氏。「孟姜女」實際的意思是「姜家的大女兒」。

秦朝秦始皇建長城的時候，孟姜女的丈夫也被抓去了。到了寒冬的時候，孟姜女給她的丈夫范喜良送寒衣。她翻山越嶺吃盡了苦頭才到了長城。可是一問修築長城的工人，才知范喜良早在她來之前就死了。她的丈夫是修長城累死的，身屍和石頭一起埋進長城裡了。孟姜女聽了這個消息大哭起來。才哭了頭一聲，「嘩啦啦」長城塌了！十份塌了一份。大石頭下，露出了一堆一堆的白骨。

2

孟姜女看看這麼多骨頭，哪幾根是自己丈夫的呢？她咬破了手指，用帶血的指頭去撥。如果是自己丈夫的屍骨，指頭的血就會黏附在上面；如果不是丈夫的屍骨，指頭的血就會流走。透過這種方法，她終於得以把丈夫屍骨收攏齊全，用衣裙包了包，就哭著往回家的路上走。

孟姜女把裙包掛在前胸。一路走，一路想，想起她跟丈夫的恩愛，想起丈夫在長城上累死的情景。眼淚像斷了線的珠子一樣，一滴一滴都滴在裙包上。范喜良的屍骨七零八碎，被眼淚打濕。慢慢地，慢慢地，一根一根連接起來了。

正好，土地公公、土地婆婆路過，碰到了且行且哭的孟姜女。土地婆婆一看，范喜良身屍就要活過來了。她想，人死了，眼淚滴下會活轉，這法子若傳開，大家跟著學，那陰間豈不是要空蕩蕩了！不行啊！於是，土地婆婆就對孟姜女說：「孟姜女呀，妳一個女流之輩，婦道人家，把這麼重的裙包掛胸前，太費力，怎麼走遠路？不如把裙包掛在背上，背著走，這樣省力多了。」

土地公公馬上說：「不行！孟姜女，妳不要聽她的，還是放前面掛著的好。」

孟姜女不知道面前的一對老夫婦就是土地公公和土地婆婆。她聽兩個老人講兩樣話，不知道照誰講的做才好。後來一想：這位老公公長得面目醜陋，不值得信任，還是聽老婆婆的話。於是，她就把屍骨包往背上甩，又哭著上路了。這一來，范喜良的屍骨在背上一顛一顛，孟姜女的眼淚滴不到了。然後，范喜良的屍骨慢慢又散開，不能活了。

孟姜女一走遠，土地公公和土地婆婆開罵了。

土地公公說：「妳真作孽呀，害人！妳若不出這壞主意，她的丈夫就活了。」

土地婆婆爭著說：「這要成了真事，傳了開去，世間的死人都活轉，那還了得啊！人一多，人吃人怎麼辦？」

土地公公說：「妳不念她空守房門的苦，也要念她千里送寒衣的情。妳太狠心啦！」

土地公公和土地婆婆誰也不服誰，越爭執越生氣。直到現在，他們倆還鬧不和呢！所以，有的土地廟裡不供奉土地婆婆是因為怕他們吵架。

「原來是這樣啊！」我感嘆道，「從人的角度來說，每次都是土地婆婆太狠心，土地公公很仁慈。可是土地婆婆做的事情也並不是沒有道理呀！」

爺爺點點頭，說：「土地婆婆確實聰明多了。她還幫土地公公斷過案嘞！」

「土地婆婆幫土地公公斷案？斷的什麼案哪？」我的胃口又被爺爺吊起來了。我和爺爺剛好翻過文天村和畫眉村之間的一座山，從下坡的路上，已經隱隱約約可以看見爺爺的家靜立在朦朧的圓月之下，營造出一種異樣祥和而神奇的效果。讓我覺得此時的爺爺就是土地公公，他現在就要回到靜伏在不遠處的土地廟裡去。

爺爺笑道：「講完這個故事就剛好到家。」

有一天，土地公公忙到很晚才疲憊不堪地回到土地廟來。土地婆婆就問：「你怎麼這麼晚才回來？」

土地公公說：「有兩個墳墓挨著的鬼爭地盤，我忙到現在還是不知道怎麼斷案。」

土地婆婆撫掌大笑道：「你這個土地公公是不是老糊塗了？這樣簡單的事情有什麼難的？」

土地公公不滿道：「妳都還沒有聽我講事情緣由，怎麼就確定這件事情簡單呢？」

土地婆婆答道：「這種事情當然再簡單不過了！全看你自己想怎麼判。要是你想讓先告狀的鬼敗，你就責問先告狀的鬼：『他不告而你告，是你挑起矛盾，侵犯人家，是惡人先告狀』；如果你想先告狀的鬼勝，就責問後告狀的鬼：『他告而你不告，是你先侵犯人家，你自己應該知道理由』；要是你想後死的鬼勝，就責問先死的鬼：『你是趁他未來，先行霸佔』；倘若你想先死的鬼勝，可以責備後死的鬼：『他死的時候你還活著，就已經佔有了那塊地方，你後死的卻要強行把墓建在旁邊，是你無事生非，故意挑釁』；如果你想讓富的鬼勝，就可以責備窮的鬼：『你貧困潦倒就要無賴，想趁火打劫，掠取不義之財』；要是你想讓窮的鬼勝，就嚇唬富的鬼：『你為富不仁，兼併不已，想以財勢壓孤煢』；要是你想讓強的鬼勝，就責問弱的鬼：『人間世情是抑強扶弱，你想以苦肉計危言聳聽吧』；要是你想弱的鬼勝呢，就責問強的鬼：『天下只有以強淩弱，無以弱凌強。他若不是真受冤屈，是不敢與你爭辯的』；要是想讓雙方都獲勝，就說：『無憑無據，爭議何時了結？雙方平分算了』；但是如果你想讓雙方都敗的話，則可以說：『人有阡陌，鬼哪有疆界？一棺之外，皆人所有，你們怎麼可以私吞？應通通歸公』。這樣的種種勝負，哪裡有一成不變的常理呢？」

土地公公聽了大吃一驚，說：「夫人妳從來沒有當過鄉官里宦，怎麼會知道得如此詳盡透徹呢？」

土地婆婆嘲諷他道：「告訴你吧，老東西！這麼多的說法，各有詞可執，又各有詞可解，紛紜反覆，無窮無盡。你們這些城隍社公，做大官的，高高在上，明鏡上寫著光明正大，背地裡翻手為雲覆手為雨，魚肉平民。還自以為別人不知道，其實那些冥吏鬼卒早就知道了你們肚裡那點小道道！」

3

當時的我還年少，除了覺得這個土地婆婆聰明而善辯之外，並不知道她的話裡包含了多少人情世故，以及由此產生的酸甜苦辣。說到人情世故和酸甜苦辣，我想爺爺應該是品嚐這些滋味最多的了。

姥爹的原配夫人是大戶人家的小姐，但是很早就死了。這個早逝的大戶人家小姐就是爺爺的生母，我沒有見過，媽媽也沒有見過。但是媽媽說這位大戶人家小姐留下了許多珍貴的陪嫁嫁妝，足夠爺爺過兩輩子榮華富貴的生活。

在爺爺十歲左右的時候，姥爹給爺爺帶來了後媽。這個後媽比姥爹年紀小多了。自從我有記憶以來，就沒有聽媽媽說過她的好話，總是說這個姥姥對爺爺多麼多麼的不好，對媽媽也多麼多麼的不好。

媽媽說，爺爺小的時候，姥姥經常要他到老河那裡去捉魚捉蝦。爺爺就拿了一張蚊帳剪成的網，四四方方的，然後用兩根竹篾交叉撐起網的四角。在網的中間放一些攪拌了米酒的米飯，再在網的中間壓一塊有些重量的石頭。這樣就做成了一個簡單的捕魚捕蝦的工具。因為網中間壓了石頭，蚊帳和竹篾就不會浮在水面上沉不下去。爺爺將這個捕魚工具放進老河中，在岸上等待幾分鐘，然後取出捕魚工具。

取網的時候動作要迅速一些，不然受驚的魚蝦會從網上溜走，畢竟這不是封閉的網。因為米飯中攪拌了米酒，有些魚吃了米飯變得暈暈乎乎，警惕性降低，輕易就成為俘虜。當蚊帳離開水面的時候，你便會看見許許多多跟手指差不多長短的小魚在網上跳躍，並且由於中間的石頭將網壓成凹形，這些小魚再怎麼跳躍也跳不出網，反而越跳越向網的中間靠攏。

如果捕魚的是我，那麼捕魚的時間一般是在清晨或者傍晚。我的捕魚技術還算不錯，看見小魚在網上跳躍的時候特別有成就感。現在回憶起來，似乎還能感覺到濕潤的晨風或者涼爽的晚風從我的皮膚上掠過，如同在水中游泳。特別是中午，我基本上沒有機會提著蚊帳做成的網出去捕魚，因為我要去上學，中午要睡午覺。

但是，據媽媽所說，爺爺捕魚的時候一般都是中午。因為一般在夏天才捕魚，春天魚太小，而冬天魚很少，所以我能想像他從陰涼的房子裡出來，頂著強烈的陽光，聽見門前棗樹上知了的聒噪，踏著發燙的道路，迎著陣陣的熱風，走向潺潺的老河。

雖然我在東北待了好幾年，但是家鄉的夏天在我的記憶裡有深刻的印象。南方的夏天跟北方的夏天大不一樣。我還記得村子裡鋪上第一條柏油路的時候，那時大路、小路、車路、馬路都是泥土的，最氣派的是紅家段有一截石子鋪就的石頭路。在那之前，我從來沒有見過黑色的路。那之前的記憶裡，夏天的路不過是灰塵多一點，有車經過的時候屁股後面冒一陣灰塵。有了柏油路之後，我記憶中的夏天的某些印象就改變了。我記得那時的夏天，我能在柏油路上踩出腳印來。可想而知，家鄉的夏天，特別是中午，有多麼的炎熱。

而爺爺經常頂著那樣熾熱的陽光，在老河岸邊捕魚。

媽媽說，等捕到魚做成菜之後，姥姥卻把房門一關，獨自與姥爹享用，爺爺一個人蹲在大門口端著一小碗米飯就著幾顆豆豉吃。並且，姥姥說一顆豆豉要下三口飯。這句話我相信媽媽說的是真的。直到我生出來，又長到比姥姥還高，姥姥還經常用來教育我：「孩子呀，一顆豆豉三口飯。你這樣搶菜怎麼能行呢？」

我可不聽她的話，我跟爸爸一樣搶菜，時常碗裡的飯還沒有動一半，桌上的菜幾乎一掃而光。在媽媽「抱怨」自己飯還沒有吃完桌上沒了菜時，爺爺卻一個勁地誇獎我：「就是要能吃！書生只吃一筆筒子飯的，但是菜可以多吃點！」

我不知道爺爺在誇獎我的同時會不會想起他自己當年蹲在大門口吃豆豉的情形。至少在他看我吃菜時慈祥的目光裡看不到任何傷感的影子。他總是樂呵呵的樣子。

爺爺肯定經歷了許多的滄桑，但是他從來不把這些寫在臉上，也不表露在眼睛裡。

我隨即問爺爺：「爺爺，爺爺，其實我覺得土地婆婆還不錯啊！可是她很少被人們供奉，土地婆婆會不會覺得不公平啊？」

爺爺笑道：「土地婆婆做這些事又不是為了被供奉起來！好了，到家了。洗了手和臉快去睡覺吧！你讀高中以後很少在爺爺家住了。呵呵。」

我們走到了大門前，我又想像著爺爺小時候蹲在這個地方吃豆豉的情形。爺爺不會知道我想的這些，他推了推門。門沒有開。

奶奶可能覺得今晚爺爺就在做靈屋的老頭子那裡聽孝歌不回來，門已經門上了。爺爺家的大門中間有一條兩指寬的裂縫。爺爺將一個手指伸進門縫裡摳了摳，門閂「哐噹」一聲開了。這種開門方式並不新奇，我已經見舅舅這樣開過好幾次門了。

爺爺給我倒了洗臉水，我馬馬虎虎地將臉打濕，又拿起手巾胡亂一抹，便跑到裡屋的空床上睡了。

爺爺用我剩下的洗臉水洗了臉，然後又洗了腳。然後我聽見嘩啦的潑水聲，水摔在了門前的大石頭上。再往後便是爺爺的鞋子在地上拖出的聲音，緊跟著就是爺爺的鼾聲了。

我心想道，爺爺睡得還真快。

我眼盯著屋頂，黑漆漆的一片，連房樑都看不清楚。這漆黑的一片剛好如同電影播映前的幕布，爺爺小時候捕魚的情形漸漸在上面浮現出來。想了不一會兒，睡意漸漸浮上來。

就在我即將閉眼入夢的時候，房樑上忽然傳來一陣奇異的響聲，似乎還有隱隱約約的樂聲，有笛聲，有號聲，還有鑼聲……

4

剛開始時，我以為是自己產生的幻聽，沒有用心去搭理耳邊的聲音。那時候的我，耳朵經常發出「嗡嗡嗡」的聲音。後來我跟同學交流，才知道這叫做耳鳴。不過那時候我的耳鳴現象出現得非常頻繁，還伴隨著比較明顯的幻聽。

比如獨自躺在床上的時候，我還經常聽見許許多多熟悉的、不熟悉的，聽得清的、聽不清的聲音在我的耳邊竊竊私語或者大聲議論。其情形就彷彿我正站在異常熱鬧喧囂的大街中間。有的人過來說一段話，還沒等我聽清楚是什麼意思，那人就走過去了；還有人過來說了一段我摸不著頭緒的話，然後也走了。更奇怪的是，有時那個聲音非常熟悉，是爸爸或者媽媽或者爺爺或者舅舅的聲音，但是也很快就像風一樣掠過了耳邊。

有時我捂上被子，堵住耳朵，想切斷聲音的傳播途徑，可是那些聲音就好像生長在我的耳朵裡，再怎麼緊緊捂住也絲毫不起作用。後來，我甚至習慣了聽著這些耳語進入夢鄉。我不知道這是我自己獨有的感覺，還是所有的人或者部分人都會有這樣的經歷。

我媽媽總是說我的血液大部分遺傳的是馬家的，只有少部分才是爸爸的家族血液。那麼我想，是不是我的血液裡有絕大部分來源於爺爺，來源於姥爹。那麼，爺爺是不是也經常產生這種耳鳴或者幻聽呢？姥爹是不是也有這種感覺呢？或許，他們是我血液的源頭，會不會比我的耳鳴和幻聽更加嚴重？

我枕著枕頭，想著這些亂七八糟的東西，任憑睡意的侵入。

「吱吱吱吱——」一聲尖銳的老鼠叫聲猛然驅散了我濃濃的睡意，彷彿我的睡意再濃也不過像煙那樣，輕易被老鼠一口氣給吹淡了、吹散了。

雖然被老鼠的叫聲弄清醒了一些，但是我仍然不願意起來。隱隱約約飄飄忽忽的笛聲、號聲、鑼聲還在耳邊縈繞。今天跟爺爺在文天村忙了半夜，睏意還是有的。它們暫不能將我吵起來的。

隔壁爺爺的呼嚕聲還在伴奏著這個月光朦朧的夜晚。

忽然，「啪」的一聲，有什麼東西從房樑上掉下來了，摔在地上。接著，「吱吱吱吱」

的叫聲變得脆弱起來。

雖然我覺得仍有可能是幻聽，但是起來看看也未免不可。可是我睜開眼睛，眼前一團漆黑，什麼也看不清。

我憑著感覺摸到了床邊桌上的燈盞，劃了一根火柴。可能是燈盞換了新的燈芯，一時還沒有吸收足夠的煤油，燈盞並沒有亮起來。我拿起燈盞輕搖了幾下，然後再劃燃一根火柴。可是，燈盞還是沒亮。

我心想算了，乾脆就用火柴的光照著看看。於是，我劃燃了第三根火柴，彎著身子往聲音傳來的地方探去。

在搖曳的火柴光中，我看到了一個倒在血泊中的老鼠。牠的兩條後腿似乎已經癱瘓了，兩條前腿還在努力掙扎。

火柴熄滅了，我又劃燃了一根。

我看見牠的兩條前腿在抖動，彷彿兩根拉緊後被誰彈了一下的橡皮筋。很快，在我手裡的火柴熄滅之前，牠的前腿也支撐不住了，先是左腿彎了一些，然後是右腿彎了一些，接著兩條腿跪下，再也起不來了。

我的手指感到一陣灼痛。我連忙扔了火柴頭，重新劃燃了一根。我覺得就像慈祥的神看著地面的人一樣，此時的我正看著牠的死亡過程。這麼一想，我就覺得背後似乎有什麼東西正看著我！

頓時，我的身上起了一層雞皮疙瘩。

那隻老鼠的「吱吱吱吱」聲終於微弱了，漸漸沒有了。在臨死之前，牠努力地將頭往上轉，好像要跟房樑上的朋友告別似的。

當時我只是覺得牠臨死的姿勢像是要跟房樑上的朋友告別，根本沒有想到房樑上還真有牠的朋友，更沒有想到房樑上有這麼多的朋友看見了牠的死亡！

就像某個人回頭或者側頭看了看什麼東西，周圍的人也會隨著他的方向看一看一樣。我見地上這隻老鼠的頭往房樑上轉，便再劃燃了一根火柴舉到頭頂往房樑上照去。

這一照不要緊，著著實實把我嚇了一大跳！

我看到了許許多多冒著青光的老鼠眼睛！就在最中間最粗大的那根房樑上，聚集著無數隻老鼠！牠們幾乎擠滿了那根房樑，老鼠的眼睛彷彿就是點綴其上的無數顆小的夜明珠！密度最大的自然是房樑的正上方，但是房樑的下面也不乏倒吊著的老鼠！

我嚇得差點將燃燒的火柴落到被褥上。

這是怎麼回事？我的腦袋裡立刻冒出了一個大大的問號。

那些老鼠見我抬頭去看牠們，立刻往房樑的兩端跑去。無數隻老鼠的爪子抓在房樑上，發出刺耳的刮刨聲。

不一會兒，老鼠都不見了蹤影。本來是一片漆黑的房樑上，留下了許多白色的刮痕。那應該是老鼠們爪子的傑作。笛聲、號聲，還有鑼聲也在耳邊消失。

我不可能爬上房樑去追牠們，只能愣愣地看著許多刮痕的房樑發一陣呆。那個疑問還在我心裡反覆詢問：這是怎麼了？

爺爺的鼾聲還在隔壁緩慢而穩定地繼續著，我不想去打擾忙碌了一天的他。再說了，爺爺的反噬作用還沒過去，需要足夠的休息。

我又劃燃了一根火柴，往地上照了照，確認剛剛的種種情形不是憑空的幻想。幻聽得太多了，連自己的眼睛也信不過。

那隻摔死的老鼠還在。我不知道是不是因為老鼠的靈魂走了，火柴光照在牠身上時，牠的眼睛不像剛才那些老鼠那樣反射出青色的光來。

5

我強睜睡意綿綿的眼睛，從床墊下抽出一根韌性還算可以的稻草，抓住沒有了稻穀的穗子從頭擼到另一端。那時的床都是硬板床，在墊背下面加兩指厚的稻草可以增加床的柔軟度。直到現在，幾乎家家戶戶都用彈簧床了，爺爺仍習慣在墊背下鋪一層乾枯蓬鬆的稻草。

我用擼去了葉只剩稈的稻草，將死去的老鼠繫了起來。這一招我還是從爺爺那裡學到的，不過爺爺從來沒有用稻草繫過老鼠。他一般用來繫魚或者龍蝦，或者螃蟹。爺爺有一塊水田靠近老河，每當雨季來臨的時候，爺爺的田就被老河裡溢出的水浸沒了。而雨多的時節往往集中在收穫稻穀的季節。所以，在很多人等田裡的水乾了忙著收割的時候，爺爺的田裡還有漫到腳脖子的水。

熟了的稻穀不能再等，即使田裡的水還沒有乾也要挽起褲管去收割，不然稻稈容易倒伏。稻稈一倒伏，不僅僅使收割增加了困難，稻穀也容易發霉，造成減產。

爺爺能算到哪天下雨，在人家都下化肥的時候穩坐在家裡抽菸。過幾天雨來了，有的不聽爺爺話的人家的化肥就被雨水沖走了，白費一場。爺爺能算到哪種稻穀今年會減產，在所有人之前選好合適的品種。爺爺能算到哪些天會潮濕悶熱，早早地把家裡存儲的稻穀舖在地坪裡曬乾。

有時媽媽笑道：「你爺爺不是呼風喚雨的龍王爺，但是你爺爺知道今年龍王爺會幹什麼。」媽媽說的毫不誇張。當我問起他的時候，他就說出一大堆整齊又押韻的口訣來，讓我丈二和尚摸不著頭腦。

但是爺爺也有無可奈何的時候，比如挨著老河的那塊田。到了收穫的季節，我只好跟著爺爺一起擼起褲管在那塊水田裡艱難地收割。爺爺開玩笑說這是我們爺孫倆在田裡耕犁。因為腳陷入淤泥很難拔出來，情形倒還真有幾分像水牛耕田。

而我用稻草繫老鼠的方法就是在這塊拔不出腿的水田裡學會的。

由於曾有一輛裝運龍蝦的貨車在畫眉村前面的柏油路上翻了車，龍蝦撒在了旁邊的水田裡。很快，幾乎畫眉村的每一塊水田裡都能找到長鬚紅鉗的龍蝦了。老河更是多，有的小孩子弄隻青蛙做誘餌，不用魚鉤，只需一根縫紉線繫住，然後將做誘餌的青蛙扔進水裡，一個上午可以釣到半桶張牙舞爪的龍蝦。而爺爺在割稻穀的時候，看見某個渾濁的地方水像燒開了似的上翻，就悄悄地張開手，摸到翻水的地方，稍等片刻然後迅速合上手。這時，爺爺滿臉笑意地問我：「亮仔，你猜猜，我手裡捉到的是什麼？」

我就假裝學著爺爺的樣子掐算手指頭，然後亂唸幾句口訣：「東方成字笑呵呵，應該是一條鯽魚吧？」

爺爺鬆開手來，掌心是一條魚，或者龍蝦，或者螃蟹。牠待在爺爺手裡，並不掙扎逃脫。爺爺一揚手，原來早就有一根稻草繫住了魚的鰓，或者龍蝦的鉗子，或者螃蟹的腳。

我問爺爺，為什麼龍蝦要繫住鉗子，螃蟹也有一對鉗子，但是為什麼不繫住鉗子而繫住腳呢？

爺爺說，龍蝦的鉗子四面八方都可以夾，而牠的腿太細，所以要控制牠的鉗子了。螃蟹雖有鉗子，但是攻擊方向易受限制。牠根本顧及不到背面，只要不是正對牠，你用手指戳牠的眼睛都沒有事。

後來我一試，果然如此。再後來，爺爺的這番話給我提示了如何去對付四個瞎子、一個獨眼的一目五先生。當在跟一目五先生相持不下的時候，我跟爺爺說了我的方法，爺爺又把我表揚了一番，說我真有捉鬼的天賦。他不知道，其實我的很多想法都來自他跟我說的話中。

對我來說，回憶是很悲傷的事情，不論回憶的是悲是歡是離還是合。當現在想起那個夜晚，我用稻草提著一隻死去的老鼠站在朦朧的月光下時，我不由得從那根稻草想到了這麼多的事情，這麼多關於爺爺的事情。

每想到此，便不由自主地想到一牆之隔的鼾聲，想到如在身旁的菸味，想到那兩根被煙薰黃的手指。

那個夜晚，我記得非常清晰。不知道為什麼，越在我迷迷糊糊時發生的事情，我反而記得越清楚。

那個夜晚，我扔了那隻老鼠，返身回到自己的床上時，忽然聽到隔壁的爺爺說了一句話：「老鼠爬房樑，百術落魍魎。」聲音不大，恰好我能聽見，似乎就是說給我聽的。雖然我當時聽到了「魍魎」兩個字的發音，但是不知道爺爺說的就是這兩個字。當時我還以為爺爺說的是「妄良」或者「王亮」之類的字眼。

自己還給自己找了個比較合理的解釋，「妄良」的「妄」是壞人的意思，「良」就是好人的意思。老鼠爬上房樑了，「百術」會落到好人或者壞人的手裡。「百術」也許說的就是我的那本《百術驅》。究竟是不是就是指的我那本《百術驅》，這個當時的我也不確定。因為爺爺只是迷迷糊糊說出來的，我也姑且把它當作囈語，並沒有花多大的心思去猜爺爺的話。不過，今晚老鼠異常地集中到這裡來，應該是有原因的。潛意識裡，我感覺到有什麼重大的事情要發生。當時的我很自然把重大事件發生的可能性歸結到了一目五先生那裡。

爺爺說完那句話，鼾聲又繼續了。

而我的睏意如潮水一般湧了上來，遏制不住。我一頭撲倒在床上，很快進入了夢鄉。

第二天起來，我還沒有洗手臉就去問爺爺：「『老鼠爬房樑，百術落妄良』是什麼意思？」

爺爺正站在門前的大石頭上漱口，聽了我的話，差點將口裡的牙膏水吞下。

6

「怎麼了？」我見爺爺驚訝到這個程度，自己心裡也「咯噔」一下。

爺爺吐出泡沫水，用快禿了毛的牙刷指著石頭旁邊，說了句與我的問題不相干的話：「今天要下大雨。」我順著爺爺指的地方看去，一隻肥壯的蚯蚓正在石頭邊沿慵懶地爬行，後面留下一條濕而深的痕跡。爺爺說過「燕子飛得低，趕快穿蓑衣」。燕子飛行得很低時，證明空氣中的水珠打濕了牠的羽毛，大雨就要來了。現在不是春天，燕子早就沒有了。爺爺卻可以看地面爬行的蚯蚓預測雨水的到來。

不但如此，爺爺在田裡插秧時看見螞蟻，放牛的時候聽見鳥鳴，老河旁邊洗腳時看見浮上水面的魚，都能知道是不是雨要來了。彷彿世間所有的生靈都可以給他啟示。

我並不因為爺爺岔開話題就甘休。在爺爺將牙刷放在杯子裡洗涮的時候，我問道：「爺爺，『老鼠爬房樑，百術落妄良』是什麼意思啊？我昨晚聽見你說的。」

爺爺眉毛一皺：「我們昨晚一回來不就睡覺了嗎？說什麼話？」

我知道爺爺不想告訴我，也許他有他的為難，但是我不善罷甘休，非得打破沙鍋問到底。「昨晚我聽見你說了，我在隔壁聽得清清楚楚。告訴我嘛，什麼意思？百術是不是說的百術驅？落妄良是什麼意思？到底是落在好人的手裡還是落到壞人的手裡？你說給我聽嘛，爺爺！爺爺！」

清晨的風非常涼爽，吹拂到皮膚上如清涼的水流過一般。爺爺倒掉杯子裡的水，閉目仰面對著晨風靜默了一會兒，然後走下石頭。

我又喊了一聲：「爺爺！」

「到時候你就知道了。」爺爺終於回答了一句還算回答的話。

這時奶奶從屋裡出來了。「吃飯了吃飯了！做好了飯菜還要我來喊你們兩位大爺。上輩子我是造了什麼孽喲！」嘴上雖罵，臉上卻笑得非常開心。「我的乖外孫讀高中了就很少到奶奶家來啦，以後讀大學了不是更不來了？」

「不會的。」我笑著回答道，跟著爺爺一起走到屋裡。

奶奶做的蒸蛋的香味已經在屋子裡飄散開來，誘得我的肚子咕咕叫起來。奶奶做蒸蛋的方法很簡單——打一兩個蛋到碗裡，用筷子攪碎和勻，摻一點水放一點鹽，等飯鍋沸騰一遍了再將裝著蛋的碗放到飯上，接著燒火燒到飯熟。從飯鍋裡端出蛋後，立即趁熱往碗裡放些豬油攪拌。這樣，蒸蛋就做好了。

我從小到大，光蒸蛋就不知道吃了多少個，並且絕大部分是在奶奶家吃的。媽媽雖然也偶爾做給我吃，但是味道就是不如奶奶做的那樣美味。

奶奶去世之後，我幾乎吃不到蒸蛋了。後來我家用的飯鍋不再是掛在吊鉤上在火坑裡燒的那種，而是高壓鍋，再後來用的是電鍋，不能在鍋裡的水沸騰一遍之後再揭開鍋放蛋進去。我也試過不把高壓鍋的蓋擰緊，等它的氣門旋轉的時候急急忙忙放蛋進去，可是最後蒸出來的不是傾了、撒了，就是一碗的黃湯水。

我不得不相信，有些東西，隨著時間走了就不會再回來了，永遠也不會。

我跟爺爺在這一點上有相同也有不同。相同點是爺爺也知道很多東西正在消失，就像香煙山的和尚，就像做靈屋的老頭子，消失了就永遠不會回來。爺爺雖然知道，但是仍然皺起一臉的溝溝壑壑笑瞇瞇地面對。而我，每想起這些便非常傷感，在回憶起跟爺爺捉鬼的這些日子裡發生的這些事情時，又不免勾起很多相關或者不相關的回憶，這些相關回憶大多是蒙著一層淡淡的灰色，使原本應該很美好的回憶也被感染侵蝕。

爺爺挑了一調羹豬油，在蒸蛋裡攪拌。

「你說我昨天晚上說了夢話？」爺爺的眼睛看著蒸蛋裡的豬油在攪裂的蛋塊中緩緩溶化，就像看著乾裂的田地裡慢慢漫進河水。

「嗯。」我目不轉睛的看著蒸蛋，現在換作我故意不跟他搭話了。

爺爺用調羹盛了一些蒸蛋放到我的碗裡，問道：「說的什麼話？老鼠爬房樑，百術落魍魎？是嗎？先吃點蒸蛋再吃飯。奶奶做的蒸蛋味道還是不錯的，呵呵。」

我點點頭，喝下一口滑溜的蒸蛋。

「我給你的那本《百術驅》你放好了嗎？」爺爺問道。

「百術就是百術驅的意思吧？我放好了呀！我收藏得很小心呢！從來沒給別人看過。」

我連忙回答道。我生怕爺爺怪我沒有仔細收好《百術驅》，要把它收回去。

「我知道你會好好收著的。不過，它現在不見了。」爺爺給自己舀了一點蒸蛋，不緊不慢地說。

奶奶在旁不樂意了：「那個什麼破書，不見了就不見了唄。亮仔，別跟他扯這些沒有用的東西，我們吃飯。奶奶炒的菜味道好吧？你媽媽的手藝都是我教的呢！別跟你爺爺說話，讓他一個人說去！」

爺爺敲了敲筷子，說：「我又沒有責怪亮仔，就知道護短。」我早就著急了，問爺爺道：「《百術驅》一直在我這裡，就算不見了你也不會知道啊！何況我把它收藏得很好呢！前幾天在學校我就偷偷看過，還在我的箱子裡呢！我一直用月季壓著箱子，別人都不知道的。」

「你用月季壓著箱子？」爺爺問道。

「是呀！」我回答道。過了一會兒，我補充道：「不過這次放假我把月季帶回來了，那本書還放在學校。」

「你這次回學校，快去看看書還在不在。」爺爺說，「不過我猜想已經不見了。哦，對了，你昨晚是不是看見了許多老鼠？」爺爺一面說一面手指著房頂。我知道，爺爺此時的心裡並不平靜，只是因為奶奶在旁邊，他只好假裝很平淡。

「是的。我還丟了一隻摔死的老鼠出去了。」我看著正在盛飯的奶奶說。

「壞了。你不把月季帶回來還好……這下壞了。」爺爺的手伸進上衣口袋，掏出一根菸來。

7

「這跟月季有關嗎？」我問道。

「如果你把月季放在《百術驅》旁邊的話，也許剋孢鬼會幫我們保護好《百術驅》。但是你偏偏把月季帶回來了，《百術驅》被偷走就更加容易了。不過這不怪你，我猜想《百術驅》被那些東西盯上好久了。它們遲早是要下手偷走《百術驅》的，這次不會偷，下次也會偷。」爺爺邊說邊又給我盛上一調羹的蒸蛋。

「《百術驅》被偷走了？被誰偷走了？」我急忙問道，早已沒有心思吃蒸蛋了。

「一邊吃蒸蛋一邊說，別讓你奶奶看見了又要說我了。」爺爺朝我揮舞筷子，眼神關注著奶奶的一舉一動。

我配合爺爺，端起碗喝蒸蛋。

「老鼠爬房樑，百術落魍魎。說的是如果老鼠爬上了房樑，那麼《百術驅》就要落到鬼類的手裡。」爺爺說。

「不是好人、壞人的妄良嗎？是魑魅魍魎[1]的魍魎？」我瞪大了眼睛。

註1.魑魅魍魎：原為古代傳說中的鬼怪。指各式各樣的壞人。出自《左傳．宣公三年》：「魑魅魍魎，莫能逢之。」

「嗯。昨晚的老鼠爬到房樑上，就是想告訴你，《百術驅》有危險了。那隻你說的摔死的老鼠，牠之所以摔下來，是想吵醒你，提醒你。並不是牠失足掉下來的。」爺爺摸了摸沒有鬍子的下巴，語氣沉悶地說。

我更加迷惑了：「老鼠為什麼知道呢？牠們為什麼來告訴我、提醒我？那隻老鼠還故意摔下來吵醒我？」我一下發出一連串的問題。

「只有一個解釋，就是偷到《百術驅》的那個東西是老鼠的天敵。並且這個天敵的本領不一般。老鼠的天敵得到了《百術驅》，就可以避免別人按照上面的方法對付牠們，或者對照書上的方法找出化解的方法。這樣，牠們就不怕我們置肇了。而老鼠就受到更大的威脅，所以牠們昨晚來提醒你危險。」

「老鼠的天敵？貓？貓頭鷹？蛇？還是具有這些特性的鬼？還有其他的嗎？」我問道。

「這個我暫時還不知道。我只注意到有東西打將軍墓碑的主意，卻忘記了《百術驅》也被其他東西盯住了。真是，我這人老了，記性也老了。」爺爺感嘆道。

「將軍墓碑也被惦記上了？」我茫然道。

「是的。我昨晚進門的時候，感覺到背後有一個影子跟著我們。當時我怕嚇著你，就沒有告訴你，馬上要你洗臉睡覺了。其實在老太太家談論將軍墓碑的時候，我就感覺到有什麼東西在附近躲著。只是當時我不確定，回來的時候看到那個影子，我才知道當時的感覺是對的。」爺爺說道。

「那個影子是什麼樣的？」我迫不及待地問道。

「我沒有看清。在我發覺它的同時，它很快就消失了。它注意我們好久了。」爺爺說。

「那可麻煩了。《百術驅》被偷了，我們還不知道是誰偷的。將軍墓碑又被惦記上了，我們也不知道是誰。並且，我們還不知道它惦記上將軍墓碑有什麼意圖。不就一塊石板嘛，它惦記幹什麼？」我撓撓後腦勺，想不出合理的解釋來。「還有，一目五先生我們還沒有辦法對付，你的身體還沒有恢復。麻煩一大堆呀！」

爺爺沉默不語。

這時奶奶走過來，手裡提著飄著飯香的飯鍋。「人的一輩子嘛，就是不停地遇到麻煩又解決麻煩。我娘生我時差點難產，最後逢凶化吉；我跟你爺爺談婚論嫁那段時間，你姥姥總是反對，生怕你爺爺結婚了不給她種田地，最後也是順順利利；大饑荒那三年[2]，米缸裡一粒米都沒有，我跟你爺爺還有你媽媽、你舅舅還不是捱過來了？雖然現在遇到的麻煩多一點，那還不是一個一個麻煩加起來的？亮仔，雖然你奶奶讀的書不多，但是知道三也是三個

註 2.三年困難時期：三年困難時期是指中國大陸地區從 1959 年至 1961 年期間由於大躍進運動以及犧牲農業發展工業的政策所導致的全國性的糧食短缺和饑荒。

一加起來得到的。是不是？」奶奶說完，把一勺香噴噴的米飯扣到我的碗裡。

「奶奶說的是。」我笑了，一面用筷子將飯往下壓，怕飯從碗口掉出去。

奶奶忙制止道：「飯是不能壓的，年輕孩子吃了壓的飯長不高。」

年幼的時候，這句話我聽了無數遍，也無數次地相信了它的可靠性，正如奶奶的另一句話一樣——站著吃飯長得高。這造成我在很長一段時間裡飯桌旁邊有多餘的椅子也不願坐著，寧願站得兩腿發麻。不僅僅是我，我相信我們這一代的許多孩子都被這樣善意而沒有根據的謊言騙了很長的時間。等我們成年後懂事後回頭想想，在笑自己當時的幼稚時也會從心底升上一股溫熱的感動。

奶奶又告誡道：「小孩子愛玩，我是知道的。你跟你爺爺瞎胡鬧我不管，但是學業可別耽誤。你媽媽就指盼著你有出息呢！」

我說：「奶奶，我都讀高中啦，不是小孩子了。」

奶奶恍然大悟：「哦，對哦。我的外孫已經長大啦！」然後發現新大陸似的用手比量我的身高，驚喜不已。彷彿我不是一天一天長起來的，而是在她面前突然躥到這麼高了。

說到媽媽指盼我有出息，我真是羞愧不已。在寫這些回憶的同時，我的大學生涯也在一天一天的時光流逝中結束了。回想起當初剛剛拿到重點大學[3]的錄取通知書時，父母親和爺爺奶奶，還有舅舅舅媽歡欣不已的情形，再想想現在大學畢業生境遇窘迫的現狀，實在是感覺對不住「有出息」那三個字。現在每次回家，爺爺當著眾多鄉親的面炫耀自己有個重點大學生的外孫時，我卻感覺臉上紅一陣白一陣，抬不起頭來。

唉，不說這些，還是回到那個清新的早晨吧！

果然如爺爺所說，碗裡的蒸蛋吃到一半時，外面「劈劈啪啪」地砸起了豆大的雨滴。我從屋裡探頭看了看爺爺漱口時踩著的那塊石頭。那隻肥壯的蚯蚓不知啥時候爬到了石頭的頂端。可是大雨一來，那隻笨得像根木頭一樣的蚯蚓很快就被沖到了石頭底下。

這時，雨中出現了一把黑色油紙傘。那把傘像一個可以移動的蘑菇一樣，破開珠簾一般的雨向我們這邊走來。

8

註3.重點大學：中國境內並被國家重點支援的大學，按照重點支援的主體分為全國重點大學，部署重點大學，省市重點大學；在1990年代全國高校體制改革後，這一名稱不再被官方所使用。

「早啊，馬師傅！」雨中的傘側了側，露出一個肥得冒油的圓腦袋。

爺爺放下手中的碗筷，到門口去迎接這位一大早就來打擾的造訪者。奶奶見了雨中的圓腦袋，笑呵呵地說道：「哎呀，金大爺，您今天怎麼有空來我家呀？我還以為您老人家只顧天天在家裡數錢呢！」

後來我從奶奶那裡得知，這個金大爺的兒子在外國留學之後就工作了，年年給金大爺寄很多錢回來。但是金大爺吝嗇得很，兒子寄回來的錢都捨不得用。因為那時候的銀行系統還不發達，很多人不習慣把多餘的錢都存起來，甚至擔心信用社[4]騙走自己的錢。金大爺更是如此。他把錢鎖在箱子裡，到了半夜便起來跟他老伴一起數。有人半夜起來蹲茅坑，還見金大爺的房子裡燈亮著，就聽見屋裡傳來「一百五十五塊，一百五十六塊，一百五十七塊……」的數錢聲，並且夜夜如此。那個蹲茅坑的人一開始還以為金大爺家裡鬧鬼，後來才知道是金大爺自己在數兒子寄回來的錢。

金大爺在門口收了傘，晃了晃沾了雨珠的腦袋，又在門口跺了兩腳，把雨鞋上面的泥水弄乾淨。在做這些動作的時候，金大爺露出一副專心致志的表情。從那個表情當中，就能猜到他半夜數錢的樣子。然後，金大爺抬起了頭，給爺爺一個近乎諂媚的笑，說道：「馬師傅，

註4.信用社：農村信用社是經中國銀行業監督管理委員會批准設立，由社員入股組成，實行社員民主管理，主要為社區社員提供金融服務的農村合作金融機構。

我來找您是有點事的。您不忙吧？」

爺爺給他遞上一根菸，然後說：「不忙不忙，外面下雨呢，就是有農活現在也做不了啊。來來來，屋裡坐。」

「好嘞。」金大爺把他的黑色油紙傘小心翼翼地放在了門前的石墩上，那動作就像一個剛剛化完妝的女子把化妝用品收回到化妝盒裡一樣。我看了看那把油紙傘，頂上早已破了好幾個洞，在雨中打這把傘肯定會「外面下大雨，裡面下小雨」。這麼有錢的一個人，居然連把破成這樣的雨傘也捨不得換，放在石礅上時也太過小心了，足見他有多麼小氣。

奶奶打趣道：「金大爺，您的傘放在這裡沒有人偷的。何況已經破成漏斗了。要偷也去偷您家裡裝滿了錢的箱子啊！」

金大爺立即晃了晃腦袋，臉頰的兩塊肥肉隨之震動：「我哪裡有錢！」

「沒錢您晚上數的是什麼呢？難道是數穀粒？數家裡養了幾隻雞？」奶奶打趣道。我和爺爺笑起來。

「你們還在吃早飯？哦，那我等你們吃完了再來吧！」金大爺看見我的面前擺著幾個碗，連忙說道。

「不礙事。」爺爺拿了椅子讓他坐下，「邊吃邊說吧！對了，你吃過早飯沒有？如果沒有吃的話，就到我這裡將就一下？」

「不用了。我吃過了。我來就是為了問你一點事。不知道現在方不方便講。」金大爺坐好了，立即露出一副愁容。他的臉本來油光水亮，飽滿得很。這憂愁一上來，他的臉頓時就像一個本來很飽滿的蘋果放得太久了，有些發潮，蘋果皮有點皺、有點軟。

我看著他發潮的蘋果一樣的臉，等待他說出要問的事情。

爺爺揮手道：「有什麼不方便的！您就直接說吧！我這個外孫也不忌諱這些。」我聽見爺爺提到我，連忙朝發潮的蘋果用力地點頭。

「哦，那就好。」金大爺見我點頭，便開始說他遇到的麻煩了。「還是上個月的事，我本來以為過一陣子就會好的。沒想到直到現在還是那樣。弄得我和我老伴一個月沒有睡好覺。你看看我的臉，現在睏得不行了。」

我馬上去看他的臉，卻沒有看到一絲疲憊的樣子，不過眼睛裡倒是有些血絲。從面貌上看，金大爺的年紀跟爺爺應該不相上下，但是金大爺明顯比爺爺會保養自己的身體，加上臉胖胖的，所以顯得年紀要比爺爺小一點。他說話的時候嘴巴有一點點歪，這讓我想到中學旁邊的歪道士。

爺爺皺眉道：「哦？您一個月沒有睡好了？是什麼事讓您和您老伴睡不著啊？」

金大爺嘆了口氣道：「哎，我也不知道怎麼回事。天天晚上覺得床邊有什麼東西爬來爬去，讓我睡不安穩。我一開始還以為是我自己的錯覺，後來問問我老伴，她也感覺到了。她也以為是她聽錯了，等到我問起來才知道確實有東西在床旁邊爬。」

奶奶在旁道：「怕是您家的老鼠和錢一樣多吧！下回賣老鼠藥的小販從家門口過去的時候，您掏點錢買幾包。很快就見效。」

金大爺搖搖頭，說：「我不是捨不得那點錢。我買過好幾次了，可是床邊的響動沒有消失。再說了，我覺得那個響動不像是老鼠造成的。老鼠哪能造成那麼大的動靜？」金大爺撇了撇嘴。

「什麼大動靜？有多大動靜？」爺爺問道。

金大爺像是怕冷，絲絲地吸了口氣，說道：「那個動靜怎麼說呢？」他一面伸手抓撓後脖頸，一面思考著怎麼形容他晚上聽到的動靜。

「別急別急，您好好想想。來，先抽菸。」爺爺弓著身過去，劃燃一根火柴給他點上香菸，然後在火柴即將熄滅的時候給自己也點上一根。像這樣禮節性的抽菸，我是不會說爺爺的。可是爺爺還是做賊心虛地看了我兩眼，見我不說話，終於放心大膽地吐出一個煙圈。

金大爺吸了一口菸，緩緩吐出：「那個動靜吧，說來很奇怪。我現在都還不知道到底是什麼造成的。聲音很細，白天根本聽不到，但是晚上越來越大，像是什麼東西在床沿上爬，並且不只一個東西在爬。聽那聲音，爬的東西肯定有兩個！可是我起來圍著床轉了無數圈，就是沒有找到聲音的來源。」

9

「什麼東西在爬？」爺爺問道，「是人還是老鼠還是其他東西？」

金大爺皺起眉頭，又撓了撓腦袋，可是撓破了腦袋也想不出怎麼形容自己聽到的聲音到底是什麼東西發出的。「就是有東西！你要問是什麼東西的話，我告訴你，我也不知道。」

「這可難辦了，你只知道是爬動的聲音，卻不知道爬動的是什麼，我怎麼給你解決問題嘛？」爺爺吸了一口菸，在口裡鼓搗了半天，才一點一點地吐出煙圈來。「你想想，是老鼠爬動的聲音，還是蛇啊、貓啊、狗啊之類的聲音？」

「如果是老鼠的聲音，我早就聽出來了。我家的貓總喜歡發出咕咕的悶聲，就是不爬動我也知道。蛇和狗的聲音我也能聽出來。但是那個聲音跟這些就是不一樣。」金大爺為難地說道。

「難道是鬼的聲音？」我瞎猜道。

「怎麼會呢？」金大爺大大咧咧地揮手道，他顯然不把我這個小外孫當一回事。「我聽說過水鬼、吊頸鬼什麼的，就是沒有聽說過還有鬼專門來吵人睡不著的。肯定不是，肯定不是。」他話說得太急，剛好吸進口裡的煙還沒來得及吐出來，於是不小心被煙嗆了一口，連連地咳嗽起來。

爺爺忙過去輕輕拍他的後背，打趣道：「我看見過被水嗆到的，還沒有見過抽菸也能嗆到的呢！」

一旁的奶奶也笑道：「金大爺，你這麼小氣，連吸進的煙都捨不得吐出來啊！真是小氣到家了。哈哈。」

奶奶的話讓我想到爺爺曾給我講到的一個故事，這是一個嘲諷小氣鬼的故事。話說有個小氣鬼，小氣的程度超過了一毛不拔的鐵公雞。他不但一毛不拔，連上個廁所都捨不得把糞拉到別人的糞坑裡，非得忍著憋著到了家拉到自家的茅坑，省下做澆田的肥料。

有一天，這個小氣鬼在一條田埂上行走，忽然感覺到要放屁了。他馬上強憋住，慌忙往家裡跑。可是跑了沒幾步，他終於忍不住了，「噗」的一聲放出屁來。

這個小氣鬼心想，這可不行啊，我的屁怎麼可以放在別人的田地裡呢！我要找回來！於是，這個小氣鬼急急忙忙脫下了鞋子，挽起了褲腳，跑到人家的水田裡摸來摸去，想把他的屁找回來。

剛好田埂上還有其他幾個人經過，經過的人見小氣鬼在水田裡摸來摸去，便以為他在找什麼好東西。於是，田埂上的幾個人馬上也脫了鞋子挽起褲腳跑進水田裡，學著小氣鬼的樣子在水田裡摸索。

其他幾個人跟著摸索到了中午，太陽曬得他們大汗淋漓。其他人終於忍不住了，便詢問小氣鬼道：「喂，你摸到什麼好東西了嗎？」

小氣鬼心想，我可不能告訴他們我在找我的屁，萬一他們知道了先搶到了，那我一個人肯定要不回來。小氣鬼便回答道：「我還沒有摸到呢！你們摸到什麼好東西了嗎？」

那幾個人感覺被小氣鬼耍了，大發雷霆道：「摸到個屁！」

小氣鬼一聽，恍然大悟道：「難怪我摸了這麼久也沒有摸到屁的，原來早就被你們幾個摸到了啊！快點還我的屁來！」

記得爺爺跟我講這個笑話的時候一本正經，邊講還邊模仿小氣鬼的動作，真是維妙維肖。

我聽了笑得差點岔了氣。而後我將這個笑話講給別人聽的時候，卻不能做到爺爺那樣一本正經。往往還沒有講到好笑的地方，自己就先咧開嘴笑了起來，弄得聽笑話的人莫名其妙。

總之，金大爺的吝嗇程度跟爺爺的笑話裡的小氣鬼差不了多少。

金大爺自知自己確實小氣，聽了奶奶的話不禁臉上微微紅了一下。不過他這種人就是這樣，人家說他小氣的時候知道不好意思，但臨到要拿錢了他仍然小氣得要命。典型的知錯不改。雖然過分地小氣不好，但是也不至於遭鬼的報復吧？我不禁對這件事好奇起來。

爺爺說：「你不能說出到底是什麼東西在床沿爬的話，我確實幫不了你的忙。也許是床太乾了，你把床丟到小池塘裡浸幾天，讓木頭吃飽了水，也許就不會發出聲音了。」

金大爺說：「這床是新做的呀！怎麼可能是太乾了呢？我老伴還嫌床沒有多曬幾天，濕氣太重呢！」

「新做的床？」爺爺的眼睛一亮。

「對呀，新做的床啊！有什麼好驚訝的嗎？你們睡的床不都是由新變成舊的嗎？」金大爺彈了彈菸灰，漫不經心地說道。外面的雨還在嘩啦啦地下，似乎沒完沒了。雖然現在還是清晨，但是天色好像比剛才還要暗了。看來後面還有更大的雨。南方的這個季節就是這樣，下雨下得人坐在家裡都會發霉。雨停之後的晚上，如果在路邊散步，會踩到很多蹦躂的青蛙或者癩蛤蟆。這也是我對南方夏季的一個印象。

爺爺看著香菸的過濾嘴，回答道：「新床就不一樣了。如果是舊床，現在才發生這樣的事，那就跟床沒有關係。但是如果是新床的話，那很可能就是床本身的問題。」我不知道菸的過濾嘴有什麼好看的。他眼睛盯著過濾嘴，但是心思早就飛到別的地方去了。

「床能有什麼問題？還不是幾塊木板、幾顆釘子做成的？誰家的床還不是這樣？偏偏我家的床就發出奇怪的聲音？」我看金大爺是錯把爺爺當作公堂上的縣太爺了，滿臉氣憤地申訴自己的不公平。

爺爺點點頭。

金大爺又說道：「你說貓有靈性，狐狸有靈性，蛇有靈性，我還相信。難道幾塊木板和幾顆鐵釘做的床也能找我麻煩？這個我可不相信哦！再說了，即使我再小氣，也不可能得罪我睡的木床吧！」金大爺仍像對簿公堂一樣，攤開雙手做出無辜的樣子。

「說到床，我就有些睏了。」湖南同學打了一個呵欠。「可能是今天課程全滿的原因吧！明天還有實驗要做，我的實驗報告還沒有預習。」

「那個土地婆婆真是有趣，竟然洞悉了官道中的潛規則，僅憑一張嘴就可以顛倒黑白，混淆是非。」一同學讚嘆道。

另一同學接話道：「這就跟我們傳統中的俗話一樣。俗話說，兔子不吃窩邊草；可是俗話又說，近水樓臺先得月！俗話說，宰相肚裡能撐船；可是俗話又說，有仇不報非君子！俗話說，人不犯我，我不犯人；可是俗話又說，先下手為強，後下手遭殃！俗話說，男子漢大丈夫，寧死不屈；可是俗話又說，男子漢大丈夫，能屈能伸！怎麼說怎麼有理。」

湖南同學搖頭道：「話怎麼說怎麼有理，但是人做事還是要講原則。正是因為土地婆婆是個心腸狹窄的婆娘，所以她未能像土地公公那樣享受萬代香火。」

吉隆木匠

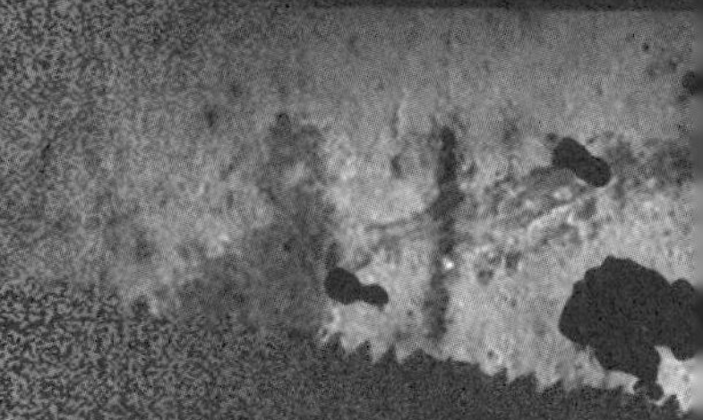

10

「終於到零點啦，快開始講吧！」隔壁宿舍的同學拍著巴掌催促。

湖南同學看了看鐘錶，放下剛剛填完資料的實驗報告本。

「現在你們家裡的床都是席夢思的吧？就在幾年前，我們那裡還有很多人要請木匠到家裡來做床呢！」湖南同學道，「木匠有功夫深的，有功夫淺的，但是既然把人家請到了家裡，可就要一視同仁……」

「哪個木匠師傅給你做的床啊？」爺爺問道。

要知道，十幾年前的農村木匠還普遍存在。假設你想買個床啊、椅子啊、桌子啊什麼的，不像現在一樣直接去專門的店裡付款就可以搬回來了。你必須去請一個木匠師傅來，你自己準備好木料，還要準備好茶飯。木匠師傅帶著一個助手或者學徒到你家來，從早上做到晚上，按工作的天數給工錢。如果木匠師傅家遠，你還得給他安排好住宿。

木匠在家裡幹活的時候，你可不能怠慢了他。如果他嫌你家的茶淡了飯粗了，也許就降低手工的品質，使你家新製的桌椅用不了多久。所以請木匠到家裡來幹活，一天三餐可少不了肉，主人一天端茶的次數也不能少。

「是易師傅給我家做的床啊！」金大爺回答道。

「易師傅的水準可是非常了得的。他不可能做出品質不過關的東西來。你不會怠慢了他，他故意設個套子來報復你吧？」一旁的奶奶插言道。

「那不可能！」爺爺揮手道，「易師傅的為人我還是清楚的，只要不是太過分，他是不會有報復心理的。再說了，床的品質又沒有問題，問題是床沿怎麼會有古怪的聲響。」

金大爺點點頭道：「易師傅不可能這樣的。我雖然小氣，但是為了床能多用些年，我可是好菸好酒款待他的呢！他臨走時還說我破費了呢！他不可能做出這樣的事情來。」

「哦……」爺爺若有所思地回答道。

奶奶又說話了：「金大爺，你是不是只對師傅好，把學徒給忘啦？你的性格我還不清楚嗎，師傅多吃的地方肯定是從學徒那裡挖過來的。你肯定是讓易師傅吃飽喝足，讓易師傅的學徒餓肚子了。」

金大爺的臉微微發紅，搓捏著雙手不好意思道：「哪……哪裡能有這樣……這樣的事情！我對人還不會一視同仁嗎？看您說的！」

爺爺立即問道：「易師傅向來不是一個人做木匠嗎？什麼時候收了學徒？我怎麼不知

道？」爺爺說完，將詢問的目光投向奶奶。

奶奶眨了眨眼，想了想，說：「哦，對呀，易師傅不收學徒的呢！他的木匠活兒雖好，可是捨不得傳人呢！古話說什麼技藝傳男不傳女。他自己有一個兒子，但是也不讓兒子學木匠，說那是下人聽使喚的工作，學了沒用。別人的兒子想跟他學學吧，他還捨不得那點看家本領。」

因為每個村裡幾乎都有一個木匠，我們常山村有自己村的木匠，所以我對他們談論的易師傅不是很清楚。

金大爺手裡的菸就要燒到過濾嘴了，他輕輕一彈，將菸頭彈到幾米開外：「不是吧？他給我家做床就帶了一個徒弟呢！」

據金大爺說，他去易師傅家去請做木匠活兒的時候，也沒有發現易師傅家有什麼學徒的。因為他之前也知道，易師傅不讓自己的兒子學木匠，又不捨得將自己的本領傳授給別人，所以易師傅做木匠活兒一般是單獨行動的。

等第二天金大爺準備好了木料盼易師傅來時，卻沒有等到易師傅的影子。他們頭一天說好了，早上六點開工，下午三點收工。早點開工早點收工，還是算一整天的工錢。一般人請木匠是早上八點開工，下午五點收工。金大爺之所以這樣，是可以省下一頓晚飯錢。

六點的時候外面還有濛濛的霧水，金大爺等到霧水漸漸化開了還是沒有見易師傅提著工具箱趕來。

正在他要出門去找易師傅時，門口突然出現了一個年輕小夥子。那個小夥子面生，自稱是易師傅的學徒，前來金大爺家幫忙做木床。他還說易師傅上午有點事，但是中午之前一定會來。

金大爺一開始還懷疑，但是見那個小夥子手裡提著平時易師傅用的工具箱，便不再詢問，直接帶著他到家裡拿木料幹活。再耽誤工夫，損失的是自己的時間。當時金大爺是這麼想的。

那個小夥子拿了木料便開始鋸，鋸好久開始刨，手腳利索得很。金大爺見他幹活賣力，速度又快，心裡樂滋滋的，便也不再責怪易師傅遲到了。

金大爺為了給家裡省點茶葉，在小夥子開始幹活之時就藉口離開了，直到中午才回來。待他中午回來，只見易師傅坐在椅子上打呼嚕，而他的學徒正在賣力地刨木頭。他見地上已經有了幾塊成形的木頭，便也不說話。

到了吃飯的時候，金大爺藉口當初說好了是易師傅一個人來，沒有準備足夠的飯菜，將好飯好菜好酒都放在易師傅面前。而那個面生的小夥子幾乎吃不到什麼東西。

易師傅也根本不顧及他那個學徒，自顧好吃好喝一頓，然後醉醺醺地接著打呼嚕。那個小夥子顯然面露不悅之色，卻因為易師傅在場，不敢說什麼。金大爺就在心裡偷著樂。

第一頓飯如此，第二頓飯又是如此，一直到木床做好，金大爺都只給易師傅好吃好喝，根本不搭理那個學徒。那個學徒的話也很少，除了飯桌上偶爾面露氣憤之外，就是埋頭幹活，將汗珠流在了一堆一堆的木屑之中。

金大爺看他的速度並不慢於易師傅，心想易師傅可算是大方了一回——把絕活都教給別人了。那個學徒如果不是他的親戚，那麼就是交了不少的臘肉和大米。那時候學木匠、瓦匠之類的手藝是不要交錢的，只臨到過年過節了要往師傅家裡提臘肉和大米就行。爺爺說，他讀私塾的時候逢過節便給教書先生拿半塊臘肉或者一條大魚，逢過年就要拿一整塊臘肉或者一條大魚加十升大米。

第四天，木床終於做好了。做工非常精緻，金大爺把新木床摸了又摸，非常滿意。易師傅拿了四天的工錢，連斧子、鋼鋸、刨都不收拾就走了。那個小夥子忙在後面收拾工具，一併放進工具箱，然後慌裡慌張地背著工具箱走了。

11

金大爺還記得，第四天因為是最後一天，所以收工比較晚。易師傅的學徒背著工具箱離去的時候，已經是霞光滿天的傍晚了。

木床做好後，金大爺沒有立即更換舊床。金大爺的老伴說，新床的木頭還是濕的，要放兩天等木頭風乾了些才能用。不然人睡了容易生病痛，因此金大爺就把濕重的木床立在堂屋裡。當天晚上，金大爺的老伴在半夜裡驚醒了，拉住金大爺的手把他搖醒。

金大爺睜開睡意矇矓的眼睛，問老伴道：「妳做噩夢了嗎？怎麼三更半夜把我給鬧醒？」

他老伴悄悄地對他說：「老伴，你聽聽，我們堂屋裡是不是進賊了？我聽見窸窸窣窣的聲音呢！莫不是小偷的腳步聲？」

金大爺一聽老伴的話，立即豎起兩隻耳朵細細地傾聽堂屋裡的聲音。等候了半天，金大爺卻沒有聽到任何腳步聲。

「妳是做夢吧？要不就是耳朵裡進了渣滓。沒有任何聲音呀！」金大爺為了確定沒有聲音，又聽了一會兒。「確實沒有聲音，安心睡覺吧！兒子寄給我們的錢我都藏得好好的，妳就別疑神疑鬼了。睡覺！睡覺！」

金大爺的老伴聽他這麼一說，便以為是自己多疑了，於是打了個呵欠，又陷入了沉沉的夢鄉裡。

一晚平安無事。

第二天，金大爺把新木床搬到外面去曬，晚上又搬回到堂屋裡。他細細地看了木床上雕刻的花紋，覺得那花紋跟易師傅給別人做木匠時雕刻的花紋不一樣。不過他沒有太在意，說不定易師傅也許厭倦了一成不變的風格，突然心血來潮教給了學徒新鮮的花樣。從雕刻的花紋裡可以看出，易師傅這個學徒的技藝已經相當高超，其水準已經不在易師傅之下了。

難怪易師傅如此放心地把所有的任務交給學徒來完成，自己卻一天到晚在椅子上打呼嚕。金大爺說當時他是這麼想的。

第二天晚上，金大爺又被他的老伴搖醒了。

「幹什麼呢？」金大爺揉了揉厚重的眼皮，不愉快地問道。他剛剛在夢裡數兒子寄回來的錢，剛數到一半就被身邊的老伴吵醒了，心裡自然不會愉快。他側頭看了看老伴，老伴早已把腦袋高高地翹了起來，正在聽什麼東西。

「奇怪了，剛剛還有聲音的，怎麼一叫你就沒有了呢？」金大爺的老伴嘟囔著嘴說道，一面失望地將腦袋放回到枕頭之上，手還抓著金大爺的胳膊。

「妳是不是最近吃少了豬油，眼不亮了、耳朵也不靈了？」金大爺略帶嘲諷地說道，翻了個身閉眼又要睡覺。

「是真的，我是真的聽到了聲音。你以為我吃多了沒事做，故意半夜把你吵醒啊！我又不傻！」金大爺的老伴不滿意他的態度，抱怨道。

金大爺只好轉變口氣：「好了，好了，知道妳不傻。但是我真的沒有聽見妳說的什麼聲音。睡覺吧！明天還要做事呢！妳用被子把耳朵捂一下，就不會聽到什麼聲音了。哎，跟妳睡個覺都睡不踏實。」金大爺實在睏得很，說完話就立即睡著了。

金大爺的老伴睜著眼睛等了一會兒，再也沒有聽見奇怪的聲音，又慢慢睡著了。第二天她在屋裡仔細察看了一圈，發現什麼東西也沒有少。別說鍋碗瓢盆，連頭天用過的繡花針都還待在原來的地方。

也許是前兩個晚上半夜被吵醒的緣故。第三個晚上，金大爺的老伴沒有吵他，他自己卻醒了過來。金大爺看了看睡在旁邊的老伴，她一臉的寧靜。他又看了看窗外，一棵寂寞的梧桐樹在月光下靜默著。一個黑影撲稜一聲從梧桐樹裡飛出，不知到哪裡去了。那應該是深夜等待老鼠出洞的貓頭鷹。

撲稜聲之後，世界又是一片清靜，像死一般清靜，連土蟈蟈的鳴叫聲都沒有。當然了，這是半夜了，土蟈蟈也要睡覺。金大爺張嘴打了個長長的呵欠，側了側身子，準備重新進入水一般的夢鄉。

這時，一個細微而緩慢的聲音出現了！

哧哧哧哧……

像是什麼東西伏在地面爬動，像蛇又不是蛇，像老鼠又不是老鼠。金大爺正要叫醒老伴，那個聲音又消失了。難道真有什麼東西？金大爺想到了頭兩個晚上老伴提起的聲音。也許是我不知道的其他東西吧！管它什麼東西呢！只要不是小偷的腳步聲，又不是很吵，就不用管它了。

第三天過後，新木床顯得輕了一些。木頭的濕氣已經不重了。金大爺想，也許晚上聽到的聲音是舊床發出的。兒子出生的時候這個舊木床就已經用了，現在兒子長大了出國了，這個年齡有二十多歲的舊木床已經有許多地方出現了鬆動。人一坐上去就會像小孩子的搖籃一樣晃動，木頭的結合處「咯吱咯吱」地響。

金大爺將舊床搬出了臥室，將新床換了進去，又特意跑到樓上抱了乾枯的稻草鋪在新床的床板上，然後墊上了被褥。

他想，今天晚上第一次睡新床，肯定會睡個又大又香的美覺。

鋪完床，金大爺把多餘的稻草抱出來，曬在地坪裡。剛好易師傅拿著工具箱從他的地坪裡經過。

金大爺便向易師傅打招呼：「喂，易師傅，又到哪裡去做木匠啊？」

易師傅道：「洪家段一戶人家的打穀機壞了，叫我過去修修。」

金大爺問道：「洪家段那裡不是有一個木匠嗎？怎麼跑到我們村來叫木匠呢？」

易師傅說：「他那裡的木匠正在給別人做衣櫃，忙不過來。」

「哦。」金大爺點頭道。

等到易師傅就要走出地坪了，金大爺突然想起了什麼，急忙喊住易師傅問道：「你怎麼一個人去洪家段啊？」金大爺的意思是，你的學徒怎麼不跟著一起去洪家段呢？

12

易師傅轉過頭來看了金大爺半天，然後說：「不一個人去還要幾個人去？」易師傅說完就走了。

金大爺以為易師傅的學徒有什麼事不能跟他一起去洪家段做木匠，便也沒有把易師傅的話掛在心上。

當天晚上，金大爺吃完飯早早地躺在了新木床上。柔軟的稻草墊在下面，金大爺就如躺在天上的雲裡面一樣舒服、愜意。很快，面帶微笑的金大爺就進入了甜美的夢鄉。

哧哧哧哧，金大爺蠕了蠕嘴巴。

哧哧哧哧，金大爺翻了一個身。

哧哧哧哧，金大爺躍身而起！

「是誰？」金大爺大叫道。旁邊的老伴也被他的聲音驚醒。

「怎麼了？」老伴問道。

金大爺說道：「妳的眼睛是遠視的，難道耳朵還是遠聽的不成？前幾天的聲音隔很遠妳聽到了，現在聲音在面前妳都聽不到？」

「什麼聲音啊？」他的老伴瞇著眼睛說，「我今天忙了一天的農活，早累得不行了，剛好新床比較軟，就睡得很死了。要不是你的聲音比打雷都大，我還不會醒呢！你到底怎麼了？有什麼聲音？」說完她左顧右盼，企圖發現什麼。可是那個聲音已經沒了。

「是什麼聲音呢？怎麼我們一醒就不響了？肯定是活物發出的，不是風或者其他東西弄出來的聲音。」金大爺猜測道。他掀開了被子，穿上了鞋到屋裡四處察看。「肯定就在附近，剛剛我聽到的聲音比昨天、前天還有大前天聽到的要近多了。搞不好就在我們旁邊。」

「就在我們旁邊？」金大爺的老伴一聽，渾身起了一層雞皮疙瘩，慌忙從床上坐起來，摟緊了被子，目光像雞毛撣子似的四處掃描。

「對。這次跟上次不同。上次是在堂屋裡，這次我聽見就在身邊。」金大爺一面尋找一面說。

「那你找到了什麼東西嗎？」在一旁聽金大爺講述的奶奶早就忍不住要問了。

「找到了的話還會來找馬師傅幫忙嗎？」金大爺回答道，「我找來找去，就是沒有發現任何異常。後來我沒辦法，只好又躺下。」

沒想到剛躺下，金大爺的耳邊又響起了那個聲音。哧哧哧哧……哧哧哧哧……

13

這次金大爺變得聰明了，示意他的老伴不要動不要發出聲音。他自己也靜靜地平躺在床上不敢挪動半分。他細細地傾聽這個奇怪的聲音，並且慢慢地找聲音源。那個聲音還真像是活物發出的，它見金大爺和他老伴都沒有反應，可能以為他們都睡著了，更加肆無忌憚地爬動。哧哧……哧哧……哧哧哧哧……

金大爺終於找到了聲音的源頭。那個聲音就來自床沿，先從床沿的這頭爬到那頭，再從床沿的那頭爬到這頭，如此反覆，沒完沒了。

如果這個聲音只響一會兒倒也罷了，或者只響一天倒也沒事，可是那個聲音似乎有意跟金大爺過不去，每次等他睡得正香的時候就響起來。金大爺一起來，那個聲音就靜息了；金大爺剛躺下，那個聲音依然如故。金大爺後來從被子裡摳出兩團棉花塞在耳朵裡，可是那聲音不是從別處而是從床上發出的，所以只要金大爺的腦袋挨著了床就能聽見，再塞三團、四團也無濟於事。

金大爺開始還想方設法與這個聲音對抗，可是折騰了好一段時間後，發現所有的努力都是白費勁，所以只好來求爺爺幫忙了。

「解鈴還需繫鈴人。」爺爺說。

「什麼意思？」金大爺問道。

「那問題肯定出在你的床上嘛！」爺爺的一根菸抽完了，又從衣兜裡掏出菸盒，用薰黃的中指在菸盒的底下一彈，一根香菸便從中跳出半截。爺爺抽出那根跳起的菸遞給金大爺，自己又彈了一根放在嘴裡。

那個金大爺也真是小氣，明明是他來找爺爺幫忙，自己卻不給爺爺敬菸，反而一根接一根地抽爺爺的菸。他不是沒有帶菸，我看見他的上衣口袋裡有個四四方方的東西。

金大爺根本不管這麼多，將爺爺給的菸放在耳朵上，說：「我也知道是床的問題了。可是，我找不出到底是哪裡出了問題嘛！」

「你當然找不出來了！你又不是木匠師傅，你怎麼找出來？你要找就去找易師傅嘛！」爺爺皺起眉頭說道。

「找他做什麼？難道不是我屋裡有東西作祟嗎？」金大爺直鑽牛角尖。

「你別問我了，你自己問易師傅去！」爺爺有些生氣了。

「哦，哦。」金大爺似乎有些窘迫了。他將上衣兜的菸盒掏了出來。我以為他終於要給爺爺敬菸了，沒想到他將耳朵上的香菸拿了下來，塞入自己的菸盒裡，然後將菸盒收回到衣兜。他拍了拍衣兜，確定菸盒沒有放到別處，然後起身：「那，那我現在就去找易師傅嘍？」

「是的，是的。你去找易師傅吧！」爺爺不耐煩地朝他揮了揮手，像趕鴨子似的。

金大爺離開了。奶奶看著金大爺的背影笑道：「你看看這個小氣鬼，活該！」爺爺不說話，只在那裡低著頭想著什麼事情。菸在他的手指間靜默地燃燒。菸頭冒出的煙很直很細，往上升，往上升，再往上升，然後就飄散了，連個過渡都沒有。

太陽已經升起來了，可是從爺爺家的大門口前是看不到太陽升起的。爺爺家的前面都是房屋，把更前面的山都擋住了。但是陽光會越過那些青瓦泥牆，灑射到爺爺的地坪裡，畫出沒有規則的多邊形。

奶奶在地坪裡開始搓洗衣服和被單了，然後一件一件地晾在竹竿上，晾在立體的陽光裡。爺爺瞇了眼睛去看立體的陽光，想著別人不知道的心事。

爺爺家的後院倒是非常空曠，周圍也沒有建築，可以看見美麗的日落。後院有一半被竹籬牆圍起來，爺爺將竹籬牆裡的地犁了，奶奶在裡面種上菜。讀大學之前的我經常在裡面偷偷地摘黃瓜和番茄吃。

我正要去後院看看番茄紅了沒有。這時，爺爺叫住了我：「亮仔，我們到易師傅那裡去看看。」

14

易師傅的家在老河的東面，屋後剛好有一座比較高的山，山上種的都是茶樹。這種茶樹不是生長茶葉的那種小而矮的茶葉樹，而是生長李子大小茶籽的樹。茶籽的外殼曬乾後，用來燻臘肉是最好的了，而它的果實是榨茶油的最好原料。易師傅的家就這樣前傍水，後靠山，可以說是非常好的地段了。

可惜的是，後面的山上不獨有許許多多茶樹，還有許許多多饅頭一樣的墳墓。遠遠看去，那山就如一個長了膿包的腦袋，雖然有茶樹一樣的短髮遮擋，但是底下的東西仍能隱隱約約看見，讓人心生不快。

走到老河的岸邊，順著岸堤走一百來步，然後爬過一個略陡的坡，就到了易師傅家裡。這裡雖是畫眉村的範圍，但是已經很少有房子建到這麼偏遠的地方了。易師傅的房子立在這裡，顯得有幾分落寞和孤單。

不過易師傅倒是個很爽快很開朗的人。也許是他們家離畫眉村的密集處比較遠，平常沒有幾個人來，易師傅和他媳婦見我們來，十分興奮，熱情地給我們端椅子泡茶。

金大爺坐在堂屋裡，笑臉彎腰跟爺爺打了個招呼。從金大爺的表情可以看出，他們還沒有進入正題。

「易師傅，今天沒有出去做木匠活兒啊？」爺爺客套地問道。

「呵呵，昨天剛給一個東家做完十二把木椅子呢！今天就在家休息休息嘍！」易師傅熱情洋溢地說，一面又給爺爺的茶杯裡添茶。茶倒滿後，又給爺爺敬上一根菸。爺爺接了菸，「刺啦」一聲劃燃一根火柴，將菸點上。易師傅又給金大爺遞上一根菸。金大爺嘴裡還叼著一根菸，但是仍然接了過去，然後很自然地放在了耳朵上。

易師傅又拿了菸要給我一根，爺爺立即阻止道：「他還是學生伢子[5]，不抽菸。」

沒等易師傅問明我們來意，爺爺倒主動開門見山了：「易師傅，你最近是不是收了一個徒弟呀？」

易師傅嘴角拉出一個笑：「沒有呀！我說過了不收徒弟的。」

爺爺沒有挑明，卻再問道：「你這麼好的手藝，幹嘛不收個徒弟呢？要不，你這門手藝可就沒有接班人了哦！多可惜？」

易師傅手裡的茶濺出了一點，他拿過一個抹布邊擦手邊說：「手藝有什麼用？現在的年輕人哪裡肯吃這樣的苦？都是急於求成，巴不得學兩天就脫師，就能雕刻出精美的畫來，就

註5.伢子：方言。孩子。亦特指男孩子。《太平天國歌謠》：「九歲伢子哈哈笑，拖住太平軍不讓走。」

能超越師父。再說了，現在的機械可比人手快多了。我累死累活做十天，還不如機器工作一小時。我看我快要被淘汰了，哪裡還能將這個手藝傳給別人呢？那不等於害別人嗎？」

金大爺從椅子上站起來要說話，被爺爺一個手勢制止住。

「你說的確實也是道理。」爺爺嘆口氣說，「你看，原來我們田裡乾了，用水車從老河裡抽水。現在架上一個抽水機就可以了，還省得人去一下一下地搖了。」

易師傅似乎被爺爺說到了痛處，點頭嘆氣道：「是啊！在我父親那一輩，這個木匠活兒可是很多人搶著幹都幹不了的。現在……」

爺爺見易師傅已經跟著他的話走了，便趁勢問道：「金大爺家的木床是你做的吧！我看那上面刻的花紋就挺好看的嘛！藝多不壓身嘛！有一門手藝總比沒有的強。何況你的木匠活兒是遠近聞名的。」

易師傅見爺爺提起金大爺家的木床，撓了撓頭皮，不好意思地說：「馬師傅是不是說反話啊？說到這事，我還真要向金大爺致歉呢！」

「向我致歉？致什麼歉？」金大爺擰起眉毛問道。

又拿出一根菸敬給金大爺，易師傅說道：「我那幾天精神有些不好，人總像得了重感冒似的恍恍惚惚，手腳軟綿無力，恐怕做的木工不到位呢！我媳婦那幾天勸我在家休息，我覺得既然答應了你就要去，沒聽我媳婦的勸告。今天看見金大爺一早來我家，我媳婦就悄悄對我說，莫不是金大爺家的新床用了不到幾個月就壞了，今天來找你麻煩吧！哈哈。」

金大爺接過菸放在另一邊的耳朵上，連忙擺手道：「沒有沒有，床倒是沒有壞，就是……」

爺爺立即又阻斷金大爺的話，說道：「就是睡得有些不舒服不踏實，想讓你再去幫他看看那床是不是哪裡忘記了釘木楔子，是不是鬆動了。」

易師傅的臉有些紅，但仍帶些笑意說道：「哎喲，真對不起。我說了我那些天精神恍惚，真忘了在哪個交接的地方釘木楔子也說不定。行，我這就去看看。我還是頭一回做這種愚蠢的返工事呢！」說完，易師傅拍了拍自己的腦袋，搖頭不已。

易師傅的媳婦說道：「喝完茶就去看吧！我家易師傅是上了年紀了，腦袋開始犯渾了。金大爺你不要見怪啊！」

金大爺雖吝嗇，但腦袋還好使，見爺爺三番兩次阻止他提學徒的事情，知道其中必有原因，便順著木匠的媳婦話說：「我還不好意思呢！還要麻煩易師傅再去看一趟。」

我的心裡也納悶了：為什麼爺爺不直接問易師傅的學徒在哪裡呢？明明金大爺說過了，木床基本上是易師傅的學徒一手做起來的，為什麼易師傅還說是他自己的做工不行呢？

我把這些疑問埋藏在肚子裡，等爺爺來告訴我。

喝完茶，我們幾個沿途返回。易師傅的媳婦把我們送到了下坡路才返回。我回頭看了看，易師傅的媳婦那腰彷彿是易師傅親手雕刻出來的那樣細，一扭一扭地走回了屋裡。

同時，我又看到了屋後的那座山，那座像長了膿包的腦袋一樣的山。山頂上有一處黃土比較顯眼，那是新建不久的墳，不過墳頭的燈籠已經損壞，糊在上面的紙都不見了，唯有一副竹篾組成的骨架。

15

這時，一陣風吹過來。山上的樹林像綠色的波濤一樣湧動，發出沙沙的聲音。那個損壞的燈籠也隨風搖擺，如同活了一樣。

我感到風有些涼，立即收了心思跟爺爺一起離開這裡。

易師傅在路上還有說有笑，但是一進金大爺家臥室的門就啞口無言了。他的臉色突然發生很明顯的變化，先變成蒼白色，然後變成死灰色，額頭也出了一層虛汗。他伸出手來想抓住門框，可是手變得棉花糖一般軟綿綿。

金大爺連忙扶住易師傅，問道：「你是不是不舒服？」

「這不是……」易師傅的喉結上下滾動了一番，接著說，「不是我做出來的。」

金大爺輕鬆地說道：「當然不是你做的啦！你天天在我家椅子上打呼嚕，你就是魯班再世也不可能邊做夢邊做出一個木床來吧！」他忙喚老伴搬來一把椅子讓易師傅坐下，然後說：「這是你學徒做的。」

金大爺的老伴還不忘誇道：「哎呀，易師傅，你可是收了一個勤快又能幹的好徒弟呢！我看他天天忙得汗水直流，就是從來沒有抱怨過一句。這都不算，最讓我驚訝的是他的手藝不見得比你差到哪裡去呢！」金大爺的老伴一面指著那個新床上的雕紋一面說：「你看，這個花紋雕得多好！多漂亮！易師傅，真要恭喜你，你的手藝不怕失傳啦！」

爺爺在旁什麼話也不說，只是一雙眼睛像鷹眼一樣看著額頭不斷冒汗的易師傅。

易師傅兩眼空洞地看著金大爺，嘴巴蠕動了半天，終於憋出幾個字來：「我……我沒有……收學徒呀……」易師傅說這話的時候如一個重病彌留之際的人，不但嘴巴顫動，就連臉上的幾塊肌肉也往一個地方縮。

易師傅斷斷續續的話一說出口，金大爺就呆了，金大爺的老伴也呆了。也許爺爺早就猜到了這個結果，但是爺爺也忍不住乾咳了一聲，掩飾自己的驚訝。

幾個人在這個房間裡，但是好一會兒沒有一個人發出一點聲音。空氣彷彿在這一刻凝固了。

「這，這不是你的手藝嗎？」彷彿易師傅的恐懼可以傳染，金大爺說這話的時候臉上也開始抽搐，額頭直冒虛汗。「這花紋我認識的，跟你給別人做木匠時刻的花紋差不多呀！」

易師傅癱坐在椅子上，頭垂下去，看都不看那花紋一眼，說：「我自己的手藝我還不知道嗎？這肯定不是我做的。」

這時候金大爺有些急了，他低沉著聲音吼道：「我知道不是你做的，是你的學徒做的！要我說多少遍？這是你的學徒做的！」

易師傅也坐不住了，對著金大爺歇斯底里地吼道：「我也要給你說多少遍？我沒有學徒！我從來沒有收過學徒！」易師傅的臉紅漲了起來，像是喝多了酒的瘋子。

「但是我看見了！我看見你學徒一點一點幫我做好的木床！」金大爺不甘示弱。金大爺的老伴生怕他們倆打起來，急忙跑到金大爺身邊，半扶半推地拉開他們倆的距離。金大爺揮舞著手吼道：「我付了錢的！請了你吃了飯喝了酒的！」

這時，就連金大爺的老伴都看不過去了，邊推著金大爺邊埋怨道：「你真是！就連這時候都還惦記著那點錢！」

爺爺也走上前去勸解他們倆。

「我沒有學徒。」易師傅看了爺爺一眼，似乎要爺爺相信他的話。

爺爺點點頭：「有沒有我不知道。你跟金大爺好好商量一下，看當時到底是怎麼回事。別兩個人都這麼大火氣，這樣是解決不了任何問題的。」

金大爺卻還在那邊嘮嘮叨叨：「我工錢都付完了，難道還要我重新花錢再買木料做一個木床不成？」

金大爺的老伴嘟囔道：「你得了吧你！早說晚上有動靜你還偏不信我的話，要不也不會拖到現在。」

「來來來，先喝茶，等你們氣消了再說吧！」爺爺把泡好的茶分別遞到他們倆的面前。他們不好跟爺爺生氣，便接了茶，向爺爺道謝。

爺爺見他們態度好了些，便問道：「你們倆說吧！當時到底是怎麼回事。易師傅你真帶了徒弟沒有？金大爺你確定他帶了學徒來做木匠活？」

他們兩個人同時點了點頭。

「那就有問題啦，做木匠的說沒有帶學徒，請木匠的說看見了木匠的學徒，並且木床還是學徒做的。」爺爺皺眉道。

他們兩個人都不說話，都看著爺爺。

爺爺愣了一下，說：「都看著我幹什麼？我現在身體還很不舒服，如果跟著易師傅來的那個是鬼的話，我也幫不上忙了。」

他們兩個人也知道爺爺被嚴重反噬的事情，他們搖搖頭，同時長長地嘆出一口氣。

爺爺見他們這樣，又勸道：「別灰心啊！神靠一爐香，人靠一口氣。我是七老八十的人了，都從來不輕易嘆氣。你們都比我小，嘆什麼氣呢？」

易師傅還是軟綿綿地癱坐在椅子上，將四肢盡量展開，像被獵人剖了肚又用竹片撐開的兔子。我家隔壁的隔壁就有一個三十多歲的獵人，以前在常山周圍打狼、打野豬、打獐子，後來就只能打野兔了。他經常在清晨將打回來的兔子剖開，掏出內臟，用筷子長短的竹片在野兔的肚子裡撐住，然後掛在門前的晾衣竿上讓太陽曬乾。再後來山上連野兔都打不到了，他只好把獵槍掛起來。獵槍很快就鏽成了一塊爛鐵，人也得了奇怪的病，怎麼治療也沒用效。爺爺說，那個獵人也生鏽了。我笑爺爺道，人怎麼會生鏽呢？爺爺一貫性地笑而不答。

在易師傅像被殺的野兔一樣躺在椅子上時，金大爺突發其想：「馬師傅，你說，是不是我得罪哪個鬼了？它故意要來整我啊？」

16

易師傅聽了金大爺的話，如同當頭棒喝，如橡皮球一般從椅子上一彈而起：「莫非，莫非是他？」

「誰？」爺爺立即問道。

「葬在我屋後的那個小子？」易師傅歪著頭，思考了片刻，然後用不是很肯定的語氣回答道。

「葬在你屋後的那個小子？哪個小子？」金大爺眯起眼睛問道。村裡發生一點什麼事情，在所有人都知道的情況下，唯有金大爺要瞇起眼睛問大家——這事我怎麼不知道？於是大家會笑他天天躲在家裡數錢，笑他兩耳不聞村裡事，一心只數孝子錢。

我立刻想到了易師傅屋後的那座新墳。這裡的泥土表面都是褐色或者黑色的，但是一鋤頭挖下去，裡面就顯出黃色的土來。雖然我們村離這裡不過四、五里的路程，但是我們家那裡的泥土表面都是紅色的，不過挖下一寸也見到黃色的泥土。那個新墳上雖然長了點綠色，那是生出的狗尾巴草，但是總體還是黃色的，我可以猜測到那個墳才建了不到半年的時間。

果然不出我所料。

易師傅說，五個月前，他們家後山上新埋了一個年輕人。並且，那個人曾經要求拜易師傅為師，想在他的門下學木匠。

易師傅還記得，那個年輕人的名字叫許易。他父親姓許，是隔壁村的會計。他母親姓易，原是畫眉村的人。許易從小數學就學得好，這令他父親非常高興，以為是遺傳了他的算術基因。但是令他父親頭痛的是，許易除了數學之外，其他的學科都一團糟。

所以，許易沒能考上高中。他在家待了半年終於待不住了，因為村裡的年輕人不是在繼續讀書，就是去外面打工。在鄉下，對於他們這個年齡的人只有這兩種選擇。如果留在家裡，別人就會看不起。

他父親想催他出去打工，但是他母親捨不得。於是，他父親就要許易跟他學會計，將來乾脆接他的班，在村裡當個會計算了。誰料這個孩子雖然數學好，但是對會計根本不感興趣，不肯跟著父親打算盤。

他父親一下子來氣了，「咣」的一下給了許易一個巴掌，罵道：「沒用的東西！讀書不行，打工也不行，叫你學會計，你還看不上！你爹就是靠這養你這麼大的，你知道不？你這也不幹那也不幹，你倒成我爹了？」

許易這時嘹亮地喊出了一句話，這句話足足讓他爹氣得三天吃不下飯，三夜睡不好覺。「我想學木匠！」他喊道。

他父親不能給他第二個巴掌了，因為他已經氣得手顫抖了起來，整個人也傻了。他怎麼也想不到，兒子這不想學那不想學，偏偏就喜歡上了學木匠。

終究是媽媽最疼兒子的。她媽媽見兒子想學木匠，便偷偷拉著許易到易師傅這裡來拜師。她媽媽是畫眉村的人，知道易師傅的手藝非同一般。

在這裡要說一下，易師傅並不是姓易，而是姓馬。小時候易師傅叫馬藝，易師傅的父親希望他的兒子將來做什麼事都沒有困難，就改名叫馬易。那個金大爺也不姓金，而叫馬惜金。也許名字真對人的一生有影響，馬藝雖改了名，但是最後還是成為了一個藝匠；而金大爺果然非常愛惜金錢，雖然這已經不叫愛惜，該叫吝惜。

畫眉村只有爺爺才被人叫做「馬師傅」，從我小時候起就這樣，到現在還是這樣。

好，話題別扯遠了，還是回到許易拜師的事情上來。據易師傅說，那個要拜他為師的孩子長得精瘦精瘦，頭髮泛黃，臉色蒼白，但是嘴唇卻像女孩子塗了口紅一樣紅彤彤的，眼睛也炯炯有神。他媽媽手裡提著一隻大母雞。那隻母雞被倒提著，還在「咕咕咕」地抱怨。易師傅知道，拜師都是要象徵性地收禮的。

易師傅看在他母親是同村人的份上，不好直接拒絕。他叫許易抬起手來給他看看。許易很聽話就抬起手放到易師傅的眼皮底下。

易師傅看了看許易的手背，又看了看手板，然後嘆了口氣。

許易的母親連忙問道：「怎麼了？您嘆氣幹什麼？」

易師傅搖搖頭，說：「不是我不要他，他天生就不是做木匠的命。妳還是帶他回去吧！」

許易的母親著急地問道：「易師傅，他怎麼就不能做木匠呢？他在學校裡數學成績特別好，木匠就需要計算啊！怎麼會不行呢？」

「我看他手背細皮嫩肉的，手板的掌紋又分叉很多，肯定不是做木匠的料子。」易師傅說。木匠雖是一個吃力的手藝工作，但是裡面的規矩還是有的。有名氣的師傅選學徒時不是什麼歪瓜裂棗都收。他們那輩人就講究這個，不像我們現在給錢交學費就來多少人收多少人。

許易的母親急道：「我不懂你們木匠收徒弟的規矩，但您必須收下他。他現在什麼都不想幹，就想學木匠。」

易師傅解釋道：「他細皮嫩肉，說明平時做的重活很少，可是做木匠需要體力，幹的是重活，他這樣的人適應不了。他手板的掌紋分叉多，說明他體質弱，更加不是幹木匠的料子。我們收徒弟要手臂粗的，手板細膩的，掌紋光滑的。他這樣的我真的不能收。您還是帶他回去幹點別的吧！」

許易的母親沒有辦法，只好帶著孩子回去了。易師傅說，那個孩子從進他的家門後，就一聲不吭，他母親帶他走時，他也沒跟易師傅打個招呼，低著頭就往門外走。

易師傅送他們母子出來，看見臺階下螞蟻爬成了「一」字線，知道天要下雨了，連忙取出梯子爬上屋頂，把曬在瓦上的豆子收進屋。這一忙，就把拜師的事情給忘了。

17

不出半個月，易師傅的媳婦就聽到隔壁村傳來了許易病死的消息。當時易師傅在外做木匠活。等易師傅一回來，他媳婦就立刻把這個不幸的消息告訴了他。兩人頓時嗟嘆不已。不過易師傅說他看了許易的掌紋，早就看出他體質虛弱，但是未料死得這麼快。

後來，許易就葬在易師傅屋後的山上。

易師傅講到這裡，金大爺忍不住打斷了他的話。金大爺質疑道：「你就別吹啦！你木匠活兒幹得好誰都不會懷疑，如果你說你還看出了那個孩子短命，我就不相信了。你當初說許易體質虛弱，不過是推辭收徒的藉口。哪裡還能當真了不成！」

易師傅急忙爭辯道：「別的木匠會不會看掌紋我就不知道了。但是我們家祖傳木匠手藝下來，首先就得看掌紋。我爺爺就在八個兒子中挑掌紋最適合的傳手藝，剛好挑到了我父親。」

「誰信呢？」金大爺拉了拉嘴角。

易師傅說道：「我跟你講，掌紋是有說法的。富貴紋、玉柱紋、棺材紋、上吊紋、金錢紋、美祿紋、坎魚紋等等我都能認出來。木匠活兒在以前那還算個體面的工作，工錢也算高，所以我家一般選掌上有金錢紋的子弟來繼承手藝。如果掌上有富貴紋、美祿紋，那麼這個人做木匠就太降低身分了，這個人以後應該有比做木匠更好的發展，不可能一心繼承木匠手藝，這樣的人我們不傳授手藝。如果掌上有棺材紋，那麼這個人體質太弱，不能幹重體力的工作，如果不好好調理還會有生命之憂，我們做木匠師傅的萬萬不敢收這樣的人做徒弟。有玉柱紋的人學業有成，人也聰明，如果命貴，則會仕途發達；如果命賤，做木匠也未嘗不可，不過即使做木匠也是手藝頂好的木匠。有上吊紋的人則心情鬱結，遇上什麼不好的事情就可能看不透想不開，我們也不敢收為學徒。而坎魚紋一般只看女性，如果女性手掌有這種紋，就很有可能患得了婦科炎症。」

金大爺聽易師傅一口氣說了這麼多關於掌紋的說法，無言以對。我看了看爺爺，爺爺正一邊聽易師傅的話一邊頻頻頓首。雖然易師傅說得頭頭是道，句句是理，但是在爺爺面前這些都是小兒科的東西。

易師傅還說：「棺材紋是在小魚際內緣從三線斜伸向小指下方的長方格形樣紋。我父親曾告訴過我，棺材紋是大凶之相。但是因為我從來不收學徒，也很少看人家的掌紋，更少見棺材紋。所以看到許易掌上的棺材紋後，我也不敢妄下定論。萬一人家出了事，還會怪禍端是從我嘴裡說出來的。」

爺爺仍然是頻頻頓首。我相信最後一句話是說到了爺爺的心裡。

「那就是說，我這個木床不是人做的，而是鬼做的嘍？」金大爺嘴角抽搐道。站在旁邊的金大爺老伴也是渾身一顫。

爺爺安慰道：「現在都只是猜測罷了。要想知道這個木床是不是真是那個叫許易的孩子做的，我們還要問問他才能知道。」

「問他？他已經死了，怎麼問他？」金大爺哆哆嗦嗦地說道。

「那當然了。不問他怎麼知道這木床是不是他做的呢？」爺爺點頭道。爺爺伸出兩根薰黃的手指捏了捏眼窩。我知道，他有些疲憊了。反噬作用正在侵吞他的精力。而後，那兩根薰黃的手指伸進了衣兜，如我所料，掏出一根香菸塞到嘴邊。

我知道香菸可以緩解爺爺的疲勞，但是這樣會使爺爺的身體更加脆弱。於是我連忙故意用很氣憤的口氣喝道：「爺爺！爺爺！」

爺爺立即如街上正準備下手的小偷遇到了警察一樣，慌忙把菸從嘴邊拿下，稍一遲疑，又將香菸夾在上嘴唇和鼻子之間，像老水牛吃草前那樣用力地嗅嗅。

金大爺一聽說要問鬼，立即慌了神，擺擺手道：「那那那，那就算了吧！我可不敢跟這些不乾淨的東西打交道。算了，算了……」

爺爺道：「不問他的話，你的床發出聲音的問題就解決不了啦！別人的床都是用來睡覺的，你的床卻專門打擾你睡眠，那你這個床就用不了啦！」爺爺擺出一副事不關己高高掛起的模樣，然後補充道：「那你就再準備點工錢，另外做一個好的木床吧！」

最後一句話可謂刺中了金大爺的痛處。他急忙拉住爺爺道：「那就拜託馬師傅您幫忙啦！我們的錢雖然都是兒子寄的，但是我們兩個老人都是吃老本的，能省的地方都要盡量省。您幫我問問鬼吧！我給您三分之一的木床工錢，不不，給您一半的木床工錢！」

我在旁諷刺道：「不用您的工錢，以後多敬菸給別人，少把別人的煙往自己口袋裡裝就好啦！」

金大爺臉色羞紅。爺爺拍拍我的肩膀：「亮仔，別亂說。」

爺爺問坐在旁邊半天不說話的易師傅：「你知道許易的墳在哪個位置吧？帶我們過去看看。」

我插嘴說：「我知道。」

「你怎麼知道？」爺爺問我道。易師傅此時也露出不相信的表情。

「我從易師傅家裡出來的時候看了後面的山，茶樹叢裡有一處黃土很顯眼，應該是許易的新墳。」然後我轉了頭問易師傅，「是嗎？」

易師傅此時有些心不在焉的狀態了，他用滿是趼子的巴掌撫摸自己的臉，像要瞌睡了似的回答道：「應該是的吧！」然後他打了一個長長的呵欠。

爺爺走到易師傅身邊，彎下腰用大拇指按了按易師傅的額頭。易師傅打了個激靈，頓時精神多了，如夢中驚醒一般，側頭左看右看。

18

爺爺直起腰來，深沉地說道：「易師傅，過些天，很多人會陸陸續續地來找你，說你學徒做的木床有毛病。」

「是嗎？」易師傅驚道。

這次爺爺猜錯了。不過這不怪爺爺，因為爺爺雖然想到了那個許易糾纏易師傅不只是一天、兩天，但是沒有想到所有請易師傅做木匠的人都跟金大爺有著最顯著的區別。

爺爺說：「你不覺得最近很容易犯睏嗎？」

易師傅點點頭。

「金大爺說了，你在給他家做木床的時候，天天坐在椅子上打呼嚕，而那個你並不知道的學徒毫無怨言地包辦了所有的木匠活兒。你在其他人家做活兒時也很容易犯睏吧？」爺爺盯住易師傅的眼睛問道。

顯然，易師傅對爺爺的說法有些不信。「不會吧？做木匠也是個細緻工作，老打瞌睡怎麼能刨木雕花呢？彈墨線的時候把墨線彈歪一點，整塊木料就要報廢。我哪裡能打瞌睡？」易師傅搖了搖頭。

「不相信？過幾天你就會相信了。」爺爺笑道，「今天晚上就在我家吃飯吧！等天色稍晚，我們幾個一起到你屋後的那個新墳上去看看。我問問許易，看是不是他幫你給金大爺做了木床。」

金大爺的老伴立即搶道：「別！今天晚上就在我家吃飯吧！反正你們也都剛好在。我現在去做菜。」

爺爺笑道：「急什麼呢？現在連午飯都還沒有吃呢！別急著弄晚飯了。」我和易師傅都被逗樂了。

金大爺忙起身給爺爺和易師傅敬菸，一邊敬菸一邊說：「各位那就先回去吃午飯了再來吧！主要是一時間籌不了那麼多菜，要不連午飯也一起在這裡吃了。我的新木床就拜託您幫幫忙了。」

我們幾個從金大爺家出來。晨霧已經散去，遠處的太陽如雞蛋黃一般，沒有發出任何光芒。易師傅指著那個「雞蛋黃」笑道：「馬師傅，你說，我們是不是住在一個雞蛋裡面啊？」

爺爺抬頭看了看圓溜溜的太陽，露出一個舒心的笑容。那一剎那，我感覺爺爺就像一個洞穿世界的哲學家，那雙深邃而不缺乏溫情的眼睛讓我無比羨慕。

「誰知道呢？」爺爺微笑道，「晚上早點過來吧！」

回到爺爺家的地坪裡，奶奶正拿了一個衣槌打被子，被子上的灰塵在奶奶的袖子黏了薄薄一層。遠遠看去，奶奶的手彷彿剛從泥土裡拔出來。

這是一個不好的念想！我立即晃晃腦袋，把這個不好的想像揮去。那是我第一次預感到奶奶的災難。當時我認為那只是我一時的胡思亂想，等到奶奶真出現事故的時候，我才發現那一刻的感覺是多麼的靈驗。可惜在事情真正出現之前，很少人會百分之百相信感覺。讓我欣慰的是，爺爺把人的生老病死看得很淡。在奶奶去世的那天，爺爺扶著奶奶的棺材說，活著也是痛苦，去了未必不是好事。但是當他轉過身去，我看見了他難以言表的落寞。我要強調說，那不是悲痛而是落寞，或者說，落寞絕對超過了悲痛。

有時候我想，爺爺臉上的皺紋不只是時間的刻劃，更多的還是滄桑的打磨吧！

吃午飯的時候，爺爺再一次提到了《百術驅》，可惜我沒有分身術，不能立刻趕到學校去看那本書到底還在不在我的床下。如果《百術驅》真的被「魍魎」偷走了，那可就麻煩了。

正在我發愁的時候，爺爺拍拍我的肩膀，慈祥地笑道：「不要想了。先把金大爺的木床的事情弄好了再說吧！一口吃不下一個餅，一鋤頭挖不了一個井。」

吃完飯，我本來想跟爺爺學點關於天氣的知識。我想，如果我可以做到爺爺那樣準確地預測第二天的天氣，那麼肯定可以引得所有同學的羨慕與崇拜。那時候年紀小，不懂得穩重，最愛在同學和夥伴中炫耀。

但是筷子剛剛放下，就有村裡的人來找爺爺了，說是家裡的雞幾夜沒有回籠了，要爺爺幫忙掐算一下雞走散到哪裡去了。爺爺走後，我只好自己出去找玩伴。

到了傍晚，爺爺找到我一起去金大爺家吃飯。

易師傅早就到了，我們進去的時候他正在幫忙洗菜。金大爺則在往灶裡添火，金大爺的老伴正揮舞著鍋鏟炒菜。我一進門便被滿屋的辣椒味嗆得咳嗽不斷，眼睛汪汪地直流淚。

爺爺也忍不住打了個噴嚏，抹著鼻子喊道：「在做辣椒炒肉吧？你家的辣椒還真是好啊！」

飯菜很快就弄好了。金大爺的老伴俐落地把所有菜擺上桌，然後端起酒敬爺爺：「馬師傅，今天晚上問鬼的事就全拜託您了。」

爺爺也端起酒，掃視一周，說道：「也不能全拜託我啊！我還需要各位的說明呢！如果我把許易的魂魄招出來了，金大爺就要注意看，看是不是你見過的做木床的那個人。如果是，你也不要說話，只點點頭；如果不是，你就搖搖頭。易師傅帶我們去了許易的墳頭後也請不要說話。」金大爺和易師傅點點頭。金大爺的老伴不跟我們去，所以爺爺沒有說她。

我以為爺爺把我遺漏了，急切地問道：「爺爺，還有我呢！」

爺爺笑道：「你就沒有事了。你跟許易差不多大，講話他也不會怕。」說完，爺爺啜了一小口酒。

金大爺連忙殷勤地給爺爺夾菜，說些恭維的話。

吃完晚飯，看爺爺立即要出發，易師傅忙問道：「馬師傅，您不帶些東西嗎？」

爺爺拍了拍胸脯，笑道：「帶著一顆心去就可以啦！」說完帶頭跨出了大門，我們幾個連忙跟上。外面的晚霞鋪滿了天，映得人臉也紅彤彤的。爺爺只喝了幾小口酒，被晚霞一襯映，臉上紅得像煮熟了的蝦子。

19

看看遠處的天邊，雲朵如被點燃的棉絮，熊熊地燃燒了起來。房屋、樹木、牛羊、雞鴨都沈浸在這漫天的紅色之中，享受這難得的安祥。我雖沒有喝酒，但走在這樣的景色中也覺得有了幾分醉意。金大爺和易師傅卻也安安靜靜地跟在爺爺後面一聲不吭，似乎生怕打破了這美好的寧靜。

靜，非常靜。從那次之後，我再也沒有見過那麼靜的自然景色。也許，並不是以後就沒有靜的景色了，而是我的心情已經有了很大的改變，心再也靜不下來了。

爺爺的心似乎一直就處於靜的狀態，如當時的晚霞，如當時的雲朵。爺爺在別人面前誇耀他有一個上重點大學的外孫時，我卻只希望有爺爺那樣一顆靜的心。

爺爺的心太靜了，靜到不會隨著時間而改變。他還以為現在的大學就如古代的太學，結束了十年寒窗就是一舉成名。這也難怪他會以我為榮，一個並不可靠的榮耀。

每次我從遙遠的東北回到家鄉，爺爺總會問我外面的世界，問東北是不是吃不到大米只有饅頭，問北京是不是金光閃耀。爺爺可以預知變化莫測的天氣，可以測算玄妙無邊的人生，可是，他的腳步卻從來沒有跨出過湖南，一生就在洞庭湖附近。

我跑了半個中國，卻一心只想回到家鄉，想多在他老人家身邊待待，聽他講過去的歲月，聽他說祖輩的事蹟，只願跟著他走在鄉下寧靜的小路上。

可是，我知道，這些都只能在腦袋裡想一想，不可能真正實現。這都是沒有辦法的事情，就像爺爺會方術就不能對鄉親們的瑣事袖手旁觀，而我，讀了大學戴上了虛假的光環就要在外面奔波。

也許正是因為這樣，我才覺得那晚的晚霞實在是寧靜，在我的腦海裡留下了揮之不去的印象。

走到老河旁邊的時候，爺爺突然站住了。我們幾個都跟著站住，不知道爺爺怎麼了。

爺爺沒有動，我們都不敢動。

爺爺忽然側了側頭，對老河旁邊的一條田埂喝道：「別以為我不知道你跟著，別再跟來了！」那條田埂上沒有任何行人。

「不要我們跟著嗎？」金大爺迷惑道。

「不是說你！」爺爺的聲音仍然很大。

爺爺又站了一會兒，然後回過頭來對我們說：「好了，它走了。我們接著走吧！」

「誰走了？」金大爺問道。他環顧四周，這裡除了我們幾個沒有其他人。

爺爺說：「一個孤魂野鬼，剛才跟著我們走了好遠。」

金大爺和易師傅立即縮頭縮尾，怕冷似的緊緊靠近爺爺。爺爺說：「你們不用害怕它，它已經走了。再說了，這種遊魂就像山裡的蛇一樣，你不碰它，它不會無端攻擊你的。」

順著老河走了一段，終於到了易師傅家門前。但是我們沒有進易師傅的家門，而是從旁邊繞了一道小路，直往山頂上走去。金大爺的身子有些發胖，爬山路的時候發出「呼哧呼哧」的喘氣聲。易師傅比較瘦，走路比較輕快，但是他的臉色凝重，若有所思。爺爺則目光直盯山頂，我跟在最後面。

聽著金大爺「呼哧呼哧」的呼吸聲又走了一段艱難的路，最後到了山頂上。那座新墳就靜靜地伏在我們跟前。墓碑上刻著「愛子許易之墓」，左下側刻著「許父馬母泣立」。看著那個隸書字體的「泣」字，可以想像到許易的父母親扶著他的棺木時悲痛欲絕的樣子。

許易似乎感覺到了我們的到來。一陣清涼的風輕輕撲面而來，茶樹葉發出沙沙的微鳴，荒草也在腳邊輕輕搖擺撫弄，那個只有骨架的燈籠還插在這裡。送葬的燈籠跟一般的燈籠是不一樣的。平時用的燈籠是南瓜般大小，用一根細繩懸掛的，送葬的燈籠則只有平常燈籠的三分之一那麼大，並且它不是由細繩懸掛的，而是由一根細竹竿撐起。其形狀與古代冷兵器中的長柄錘有幾分相似。

當亡人出葬時，舉辦葬禮的人家要請幾個未成年的孩子舉起這些燈籠一起送葬。送出的燈籠不能再拿回來，一般留在墳頭。

這種紙和竹篾做成的燈籠經不了風吹雨淋，這個燈籠能保持到現在，不得不說是奇蹟。這時候，雖然晚霞消去了一些，頭頂的雲朵也已經不那麼紅了，但是天邊還有一點紅色沒有褪去。整個天空看起來就像一塊洗毀色了的藍布。

「許易！」爺爺對著那個冷清的墳墓叫喚道，彷彿在叫一扇裡面有人的門。墳墓裡的人當然不可能回答一聲「唉——」，只有嗚嗚的哀鳴的清風回答著爺爺的聲音。金大爺哆嗦了一下，易師傅則冷冷地看著墳墓。我按照爺爺的吩咐，默默地站在一旁。

「許——易——」爺爺這次拖長了聲音，像曾經媽媽給我喊魂那樣呼喚墳墓裡的人，墳墓還是靜靜地伏在那裡。只有清風的嗚嗚哀鳴聲稍微加強了一些。金大爺忍不住跺了一下腳，雙手藏到了袖子裡。易師傅咬了咬牙，似乎也感覺到了一絲寒意。我的感覺沒有多少變化，只是感覺到身邊的荒草更加有力地撫弄我的小腿。

「許……易……」爺爺把聲調降了下來，聲音拖得更加長了。那聲音低沉到不能再低沉，聲音似乎也變得有了重量，沉沉地往地下墜，直墜到地面，然後像水一樣滲入乾裂的土地。金大爺似乎更加冷了，他挽著袖子蹲到了地上。而易師傅的牙齒也開始打顫，牙齒碰撞出「咯咯」的聲音。我突然打了個冷顫。

「許易……」爺爺對著墳墓笑了笑，聲音恢復了正常跟人打招呼的狀態。

20

「唉……」一個懶洋洋的回答從對面的墳墓裡冒了出來，如一個睡熟的人翻身的時候發出的一聲嘆息。

金大爺嚇得立刻站了起來，如燈籠一樣立在原地，一動也不動。易師傅的牙齒立刻停止了打顫，眼睛也不眨一下。我深深地吸了一口氣，以此來緩解緊張和恐懼。就連剛剛嗚嗚低鳴的風，茶樹和荒草的動靜，此刻也停止了。

爺爺低了頭去掏衣兜，點了一根菸，走到墳前，將菸的過濾嘴插在墓碑前面。

我們不明白爺爺在幹什麼，只是一言不發地看著他。

菸如香一樣冒出騰騰而上的煙霧，我知道了，他是給許易上香呢！

「許易，我和你師父來看你了。雖然易師傅在你活著的時候沒有答應收你為徒，但是他看你這些日子幫忙做了很多木匠活兒，他心裡感激著你呢！現在我把他帶來了，他答應收你為徒弟。」爺爺指了指易師傅，說道。

易師傅連忙對著那塊冷冰冰的墓碑點頭。

爺爺又指著金大爺說：「許易，這是金大爺。你曾幫他做過一個木床的。他說你的木匠活兒做得很好呢！特來感謝你。」

然後，爺爺又指著我說：「這是我的外孫，和你年紀差不多。」我連忙點頭示意，雖然還沒有看見其他東西，但是感覺墓碑的後面有一雙冷冷的眼睛正在朝我身上打量。不知道金大爺有沒有注意到那個做木匠活兒的男孩子是不是有一雙冷冷的眼睛。

爺爺的話產生了效果。忽然，墳頭冒出的煙霧一陣晃動，看起來像一個人的鼻子湊到了菸前，並且做出了比較大的呼吸動作。是許易的頭從墳墓裡出來了嗎？是他的鼻子探到了菸前面嗎？或者是他的動作驚動了菸？我看不到，所以我不知道。

「呵……」一聲長長的嘆息，比剛才發出的聲音要大很多，像是累了的人坐下來休息發出的嘆息。難道他從墳墓裡爬到外面來是一個非常困難的過程？抑或是他想起了生前被易師傅拒絕而發出的感嘆？

爺爺直接切入主題：「你給金大爺做的木床雖好，但是他晚上總聽見奇怪的聲音。當然，他來不是怪罪你的，你不用擔心。他是想問問，怎麼才能把那個打擾他睡覺的聲音消去。你師父做了一輩子的木匠，手藝是遠近聞名，做的木匠活兒從來都只有人誇沒有人罵。你既然想做易師父的學徒，就不要敗壞了師父的名聲呀！你說呢，許易？」

煙霧晃動得更厲害了。很快，煙霧漸漸有規律地散開，最後竟然形成了一個人的模樣，高矮胖瘦都跟我差不多，只是那個臉比我瘦多了，五指也比我修長得多，像個女孩子的手。他，應該就是許易！

金大爺倒吸一口冷氣，臉霎時間蒼白得如一張紙。易師傅的牙齒又開始打顫了。

爺爺看了看金大爺，給他使了眼色，意思是這個人是不是給他做木匠的那個。金大爺立即小雞啄米似的點頭，嘴角的一塊肌肉抽搐不停。

爺爺回過頭面對許易，溫和地說道：「孩子，幫幫金大爺吧！也算幫幫你的師父。」

許易緩緩地點點頭。他走離墓碑，在墳的左側摘了一棵枯草，然後回到墓碑前，在墓碑前的泥地上寫了幾個字。然後，他扔下了枯草，對著爺爺微笑。

爺爺走過去，看了看地上的字。

「師父喝酒我喝茶，床沿烏龜兩頭爬。」爺爺輕輕唸道。爺爺不敢大聲唸，似乎害怕呼出的氣息太大，會把面前煙霧形成的許易給吹散了。

許易點點頭，緩緩地。

爺爺也點點頭，溫和地說道：「孩子，謝謝你肯出來見我。我明白你的意思。你可以回去了。」

許易的目光越過爺爺，看了看站在後面的我，然後給我一個善意的笑。那雙眼睛果然是冷冷的。我有種受寵若驚的感覺，連忙回一個友善的笑。這讓我想起了山爹，那個看見了我就發出舒心的笑的人，那個失去了親生兒子的苦命人。山爹看到了我就會想起他的兒子，而許易看見了我會想起什麼呢？他自己嗎？我想是的。

我有一個年紀比我大一歲的舅舅。他是我媽媽的堂弟，所以我和他走得不是很近。他比我早一年考上我就讀的那所高中。但是因為他是過繼來的兒子，不是他父母親生，所以家裡沒有送他上高中。每次我到爺爺家去，他碰見了我也會用不一樣的眼神看我。

也許，許易的眼神就跟我那個舅舅差不多。雖然知道那種眼神不是惡意的，但是我總感覺如毛毛蟲落在了皮膚上一樣不舒服。

這時，風起了。茶樹葉又發出沙沙的聲音，荒草也重新撫弄我的小腿。許易漸漸被風吹得變了形。眼睛、鼻子都歪了，兩隻手已經不見了，腳卻拉長了兩倍。

「走吧，走吧！」爺爺勸道。

煙霧越來越淡，人的形狀已經沒有了，但是能隱隱約約看見一副骷髏架，能看到魚刺一樣的排骨。最後，骨架也散去了。

「呵……」這次嘆氣的是爺爺。

再看爺爺插在墳頭的菸，在不到半分鐘的時間裡燃盡了，過濾嘴上的菸頭也已經熄滅，不再透露出一點暗紅。

易師傅和金大爺見許易走了，恢復了鮮活的模樣，彷彿兩條剛剛解凍的魚。

「怎麼了？」易師傅問道。爺爺搖搖頭。

金大爺走到爺爺旁邊，看了看地上的幾個字，問道：「師父喝酒我喝茶，床沿烏龜兩頭爬？這話是什麼意思？我的木床還能弄好嗎？」

爺爺沉默不語，抬起腳就往山下走。

爺爺的腳步很快，我們幾個跟在後面幾乎跟不上。

金大爺轉著微胖的身子氣喘吁吁地跟著爺爺，一面扶住路邊的小樹下坡，一面急急地問爺爺：「馬師傅，馬師傅，您走慢一點。我那個木床能不能好啊？是不是許易搞了鬼，故意讓我天天睡不好覺啊？我哪裡得罪他了？要是那小子故意害我，看我不挖了他的墳！」看他剛才那膽小的樣子，就知道他只是說說罷了。

像金大爺這種胖身材的人，上山的時候還好點，只是費些勁，下山就難了，那個圓滾的身體說不定「咕咚」一下就從山頂滾到山腳下，基本不用腳走路的。

爺爺說過趕兔子也是這樣。爺爺小的時候，周圍的山裡有很多的野兔。捉兔子要幾個人一起合作，把高處的地形都佔了，形成一個半圓把兔子往山下趕。兔子是前腳短後腳長的，在平地和上坡路都能跑得極快，但是下坡就不行了。

金大爺現在就如一隻下坡的兔子。

「喂，你們幾個走慢一點啊！」金大爺落到了最後，上氣不接下氣地喊道。

爺爺站住了，不過頭還是朝著前方，說：「許易是怪你太小氣，把師父看重把學徒看輕，知道不？師父喝酒我喝茶，就是這個意思。你還好意思問。你說你大方，讓易師傅吃飽喝足，其實你是使了心眼呢！把兩個人的飯菜做成了一個人的。」

金大爺不好意思了，呵呵地傻笑。他自個兒扯住樹的枝葉慢騰騰地下山，再也不說一句話。

易師傅道：「難怪我最近都迷迷糊糊的，像做夢一樣。每次收了工錢，回到家裡交給媳婦的時候，有時連工錢是誰給的都很難記起。」

「他是迷了你的神呢！」爺爺道，「他迷住了你，然後好單獨把木匠活兒做完。哎，他真心想學木匠呢！可惜你沒有收他，他父親還不允許。哎，沒辦法，到死了還掛念著做木匠。」

「但是他木匠活兒做得真不錯。」易師傅讚美道，「這樣的手藝已經可以當師傅了，再學一年、兩年，手藝肯定會超過我。哎，真是可惜了一塊好材料。」

我們走到了山腳下，金大爺還在半山腰上折騰。

爺爺朝易師傅招招手，說：「過來，我跟你說個事。這個木床的事情就交給你了。我還有點事要辦……」

易師傅湊過去，爺爺跟他耳語了一番。然後易師傅點點頭，連聲說好。

爺爺望了望還在半山腰的金大爺，感嘆道：「該省的可以省，不該省的省了還是要用出來的。自己還白討了一番忙活。」然後，他轉過頭對我說：「亮仔，你說是不是呢？」不等我回答，他便又抬起腳要走了。

我連忙喊道：「爺爺，不等金大爺下來了嗎？」

爺爺頭也不回地說：「讓易師傅等他吧！你跟我去個地方，我們去辦點事。」

「哦，什麼事？」我馬上跟上爺爺的腳步。明知道他習慣性不會先告訴我答案，但是我還是習慣性地問了一句。

於是，我跟著爺爺先走了。易師傅在山腳下等金大爺一起回去。

順著老河走了一段，爺爺突然問我：「亮仔，你還記得你家裡的那根桃木符嗎？就是原來經常插在米缸旁邊的那根。我還叫你媽媽經常用淘了米的潲水潑它呢！」

「記得呀，你說這個幹什麼啊？現在我不是已經過了十二歲嗎？那個桃木不在米缸旁邊了。我也不知道媽媽把它放到哪裡去了。」我不解爺爺為什麼突然提到那個東西。

即使我自己也經常在米缸裡盛米煮飯，但是幾乎沒有仔細看過那根桃木符。小時候就是這樣，既然媽媽會關懷備至地照顧那根桃木符，我又何必關心呢？跟爺爺一起捉鬼也是這樣的想法，既然爺爺會處理好所有的事情，我又何必害怕呢？

記得我參加學測的那兩天，媽媽兩天兩夜沒有睡覺。她半夜爬起來找到四姥姥，死活把她拉起來，要她陪著一起去土地廟祭拜。學測結束後，我待在外面玩了幾天。一回到家裡，媽媽就告訴我，爺爺在第三天一大早就趕到了我家，問我考上沒有。爺爺以為我答完卷就能知道分數，就能知道考上沒考上。

媽媽說，爺爺在外面叫門的時候，窗外的霧水還大得很，籠裡的雞還沒有睡醒呢！我聽了就感覺自己太不注意父母和爺爺的感受了，考完了還有心思在外面玩耍，卻不知道先打個電話給家裡報個平安。

現在我身在異鄉，每次想到過去他們為我擔過的心、受過的驚嚇，就會感到溫暖而悲傷。溫暖是因為小時候有他們的關照和愛護；悲傷是因為我現在長大了卻不能為他們做些什麼，而我再也沒有可以遮蔭避陽的庇護傘了。

所以爺爺問起那根桃木符的時候，我仍然漫不經心，心想肯定是媽媽把那根桃木符藏起來了，萬一真不見了，爺爺會再給我想辦法的。

爺爺說：「我是跟你媽媽說過，等你滿十二歲就可以不要了。但是最好還是保存著。我當初應該跟你媽媽說一下的。」

我知道，剛才爺爺見了許易的魂魄，肯定又開始多餘地擔心我了。為了分開他的心思，我問道：「爺爺，我們是先回家去，還是先跟你去辦什麼事？」

爺爺恍然大悟一般：「哦，我差點忘了！人老了記性也老啦！我們先回家拿個別針，然後再去辦事。」他的腳步輕快了起來，越過一個小溝，回身來扶我。也許在他潛意識裡還不知道我已經成年了，越過一個小溝不再需要他的幫扶。

「拿別針？幹什麼？」我在溝的另一邊站住，驚訝地問道。

22

「家裡還有別針嗎？如果沒有，我還要到別人家去借。」爺爺不回答我問的問題，反而問我。爺爺家裡有什麼沒什麼我最清楚了，甚至比奶奶都要清楚。小的時候我經常在爺爺家裡翻箱倒櫃，因為總能在古老的拉環櫃和漆紅的檀木箱裡找到一些古怪玩意兒，所以我樂此不疲。找到的東西有爺爺讀過的古書，有清朝的銅錢，有長了鏽斑的青銅鎖……等。經常等到爺爺奶奶幹完農活回來，見到滿地都是我翻出來的東西，奶奶不禁大喊道：「哎呀，我家進了賊啦！」

爺爺馬上就抱起幾十斤的我，哈哈笑道：「家賊難防啊！我們家出了家賊啦！」這一點跟撒了尿在家裡一樣，爺爺不但從來沒有因為幼年淘氣的我「隨地小便」而怒髮衝冠火冒三丈，反而嘿嘿笑道：「童子尿撒在家裡好啊！好！」這句話極大地鼓舞了當時還在穿開襠褲的我，隨便叉開腿就尿。銀亮亮的水線將爺爺的家裡澆得到處是淡淡的尿素氣味。

我想了想，說：「好像舅舅的抽屜裡有幾個別針。不過現在不知道還在不在。」

爺爺點點頭：「那我們回去看看，如果沒有了再找家裡有讀書的孩子的人家去借。」回到家裡，翻開舅舅的抽屜，果然找到了別針。爺爺用紅布包了，放進褲兜，然後又帶我沿路走回到老河。

我們走到了爺爺來之前突然喝了一聲的地方。這早已在我的預料之中。

爺爺指著那條田埂說道：「我們順著這條路走過去。那裡肯定還有一個新墳。」

「新墳？不是許易的嗎？」田埂確實對著易師傅家的方向。

「不是，易師傅家後的山就是墳山，不只有許易他們那邊的人把墳墓弄到這裡來。周圍好幾個村都把墳建在這裡。我剛才來的路上就碰到了一個新死的鬼。我罵了它之後，它就返身回到那邊去了。」爺爺指著田埂的另一頭說道，「所以我想，它的墳應該就在那個方向。」

「哦。」我跟著爺爺走上了窄小的田埂。剛踏到田埂上時，幾隻青蛙被驚動，「撲撲」地跳進了水田裡。夏季的晚上，田野的路上就會有特別多的青蛙蹦來蹦去，特別是田埂上。開始還不知道路面有青蛙，等你走到那裡，青蛙一跳起來才發現原來躲著這麼多乘涼的青蛙。

天色已經比較暗了，但是還能勉強看清腳下的路。

順著這條高低不平的田埂走了幾分鐘，果然看見了一座新墳。這座墳的位置選得不好，幾乎是挨著一塊水田建起的。

爺爺說：「你看，這座墳前面挨著水田，後面靠著山坡，就只有側面一條田埂當作路。難怪它會順著田埂找到我呢！」爺爺評論這座墳墓的地理位置時，就像評論人家的房子坐向一樣自然。讓我隱隱覺得那個小土包裡居住的不是一具屍體，而是一戶人家。也許爺爺再走近一些，就會有人出來迎接爺爺和我的到來呢！

爺爺感嘆道：「生前何必爭太多，死後也不過一寸土地而已。」我知道爺爺說的是那個摳門到家了的金大爺。

我一句話不說，只覺得渾身有點冷。

爺爺走到墳墓前面，看了看墓碑上的字，然後說：「你果然才去世不久啊！還是英年早逝，難怪你掛念世上的東西呢！是該吃的沒有吃夠呢？還是該喝的沒有喝夠啊？不過，吃了山珍海味喝了瓊漿玉液，到了最後還不是一抔黃土？要不就是掛念家裡的孩子和堂上的老母親？放心吧！人各有各自的命運，朱元璋的父兄很早就餓死了，他還不是一樣做了皇帝嗎？」

爺爺像在勸慰一個心理不平衡的老朋友。他一邊勸說，一邊把紅布包著的別針掏了出來，然後撿起一塊石頭把它壓在墓碑上頭。

「別針別針，真的分別。既然已經分別了，就不要再留戀啦！年輕人啊，你剛才追了我一段距離，想要我幫你。但是我又不是閻羅王，不能在命簿上修改你的陽壽。我怎麼幫得了你呢？我只有勸你安心地去，化解你心裡的苦悶。誰也不願意離開這個人間，但是真到了要和親朋好友分別的時候，你也不要牽掛太多，安安心心地去吧！」爺爺拍了拍墓碑，就像平常拍熟識人的肩膀一樣。

爺爺在墳墓前面默默地站了一會兒，然後對我說：「好了，咱們走吧！」

我們在田埂上走了兩步，爺爺又回過頭去看了看墳墓，嘆了口氣說道：「你就別哭啦！安安心心去吧，啊！」

我拉拉爺爺的衣角，怯怯地問道：「爺爺，那個人還在哭啊？」

爺爺只是道了聲：「哎……」

天色真的晚了。不遠處的山和樹木漸漸失去立體感，彷彿剪影一般薄薄的。有部分青蛙開始呱呱地叫喚了，山腳下的土蟈蟈也跟著唱起了協奏曲。我跟爺爺順著田埂往回走，邊走邊說著些閒話。

我們剛從老河回到家裡，金大爺馬上就找來了。

「哎呀，哎呀，不得了啊！」金大爺一進門就誇張地大喊道。

「又出了什麼事啊？」聽他這麼一喊，我立即緊張起來，以為又出了什麼大事。

「幸虧你爺爺厲害！」他豎起了大拇指誇獎道。我吁了一口氣。奶奶忙搬了把椅子讓金大爺坐下。

金大爺說，他跟易師傅回來之後，易師傅拆開了他的新木床。果然如爺爺所猜的一樣，床的擋板內側居然雕刻了兩隻大烏龜。原來晚上吵醒他們睡眠的東西正是烏龜爬行的聲響。那兩隻烏龜雕刻得維妙維肖，彷彿一驚動它們，它們馬上就要從擋板上爬走一樣。烏龜的脖子是扭起的，金大爺打開擋板的時候嚇了一跳，以為四隻烏龜眼正盯著他呢！

「什麼以為？它們就是盯著你的呢！」爺爺笑道，從兜裡掏出一根菸遞給兩手哆嗦的金大爺。看來他每想到那兩隻烏龜就心有餘悸。

金大爺擺擺手，從自己衣兜裡拿出菸來遞給爺爺，說：「抽我的吧！我兒子買的菸呢！

我自己捨不得買好菸！」

爺爺呵呵一笑，從金大爺手裡接過菸點上。

接下來他們聊的都是一些生活上的瑣事。我沒有興趣聽，便回到屋裡睡覺了。

第二天早上醒來，聽爺爺說易師傅已經把木床上的烏龜刨去了。之後也沒有見金大爺來找爺爺，說明金大爺晚上睡覺已經安穩無憂了。

過了沒幾天，果然像爺爺說的那樣，許多人找到易師傅家來，不過不是他們的木家具出了問題，而是要易師傅去給他們做其他的木匠活兒，因為之前做的家具實在是太好看了。因此，易師傅家的門檻都被絡繹不絕的來人踩壞了。

不過請易師傅做了木匠活兒的人開始議論紛紛，易師傅在做木匠活兒的時候喜歡自言自語。他自己在木料上彈好墨線後，總喜歡指指點點說這個墨線哪裡彈得好，哪裡彈得不夠好。他舉起斧頭的時候還要跟自己討論半天舉斧頭應該這樣舉還是應該那樣舉，應該保持這樣的角度還是那樣的角度。他有時罵罵咧咧道：「這樣是不對的，應該這樣。」然後自己示範一個動作。他有時喜形於色道：「做得不錯，下次要記住了哦！」然後豎起一個大拇指。

請易師傅做木匠活兒的人家就在旁邊瞪著傻眼看舉止非常的他，但是不敢詢問。有人跑來找爺爺，問易師傅是不是被鬼附身，還是精神有些不正常。爺爺就把巴掌一拍，哈哈一笑，並不作答。

時間過了不久，易師傅的木匠活兒更是聞名鄉里。他只要一個人的工錢，但是幾乎可以做兩個人才能完成的活兒，並且品質相當好。

可以說，這對金大爺，對易師傅，對許易都是一個完美的結局。他們見了爺爺都會連忙敬菸敬茶，殷勤非常。而爺爺見了易師傅，不但會給易師傅一個善意的笑，還會像文撒子一樣對著易師傅旁邊的空氣笑笑。

湖南同學拿起一旁的實驗報告本，說道：「白天做的實驗還有些資料沒有算出來，我得趕在明天上交之前做完。故事先到這裡吧！希望老師不要因為某個同學做實驗的能力差就瞧不起他。哈哈。」

「對。你這個故事可以講給指導實驗的老師聽聽。那個老師對成績好的學生和成績差的學生差別太大了。」一個經常出餿主意的同學連忙說道。

湖南同學道：「你們還記得吧！我在講將軍墓碑的那個故事時就說過，即使是一顆普通的砂石，你也不能確定它不是從某個王侯將相的墓碑風化脫落的一部分。我們不要輕蔑那些不起眼的人。」

討錢送子

23

滴答，滴答，滴答。

燈光打在鐘錶的三個指標上，卻只留下一個指針的影子。

「我之前說過所有的情侶上輩子都是冤家。是吧？」湖南同學問道。

我們點頭。

湖南同學神秘兮兮地說道：「這句話，還適用於父子或者母子之間……」

提到文撒子，我才想起差點忘了講述一目五先生的事情進展了。當然，一目五先生沒有再去文撒子的家，但是半個月後，他們村裡的另外一個人突然半身不遂了。

由於在爺爺家處理許易的事情之後不久，我就回到了學校，所以我沒有直接接觸那個半身不遂的人。但是在跟一目五先生正面交鋒之前，爺爺給我講了那個可憐人的遭遇。

在我們那個地方，很多人家都備有竹床。竹床在其他季節是用不到的，都高高地懸掛在堂屋裡或者橫放在房樑上。等到了炎熱的夏天，家家戶戶都搬了竹床到地坪裡，在竹床或者竹床底下潑一盆冷水，一家老小坐在清涼的竹床上乘涼。大部分人是睡意一來就回到屋裡睡有被子的木床，但是少部分人仗著身體結實，乾脆在地坪裡的竹床上睡到天亮。

那個遭遇一目五先生的人屬於少數人那種。事發的那天晚上，家裡的妻兒都進屋睡去了，他還一個人在竹床上打呼嚕。他家裡人已經習慣了，所以叫了兩聲見他沒有答應，就把他一個人關在門外，自己睡覺去了。

屋裡的妻兒漸漸進入夢鄉，他也漸漸進入夢鄉。如果他能夠看到自己，就會發現自己的眉毛和頭髮像晚上的小草一樣被夜露悄悄打濕，並且順著毛髮靜靜悄悄地進入毛孔，滲入皮膚，直透到他的夢鄉裡，讓他的夢也涼涼的、冷冷的。

這個時候的夜是萬籟俱寂的，整個世界也睡著了。唯有五個影子在默不作聲的月光下輕輕悄悄地挪移，漸漸靠近他的竹床。

「哈啾！」他突然打了個響亮的噴嚏，這個噴嚏勁兒大，直把身子震得彎了起來。不過他的睡眠已經很深了，這樣一個噴嚏是不會讓他醒過來的。他無意識地擦了擦鼻子，然後重新沉入深深的夢鄉。

五個影子被這一個噴嚏嚇得一驚，立刻停止了向他這邊移動。過了半分鐘，見竹床上的那個人並沒有醒過來，又輕輕悄悄地向他挪移了，以更加神不知鬼不覺的腳步。

當空的月亮默不作聲。

一個獨眼的「人」首先靠近了他，後面跟著四個盲眼的「人」。獨眼的一手按住了他的腳，他沒有知覺。

獨眼的怕竹床上的人是假睡，另一隻手從地上撿起一根稻草，然後輕輕在他的腿上掃來掃去。

睡著的人蠕了蠕嘴唇，然後迅速而精確地往腿癢的部位拍去。「啪！」然後他沒有經過大腦的手在「蚊子被拍死」的地方抓了兩下，接著沉沉地睡去。獨眼笑了，轉頭示意後面的四個瞎眼來幫忙。四個瞎眼在獨眼後面早就等不及了，立刻向竹床上的人靠攏。其中兩個瞎眼先按住了他的兩條毛茸茸的粗腿。那雙粗腿在水田裡耕種了數十年，早被泡得如泥巴一樣枯黃枯黃。那雙粗腿在這塊土地上行走了半輩子，腳底的繭連碎瓷片都劃不破。農作的人總是習慣光著腳丫從家裡走到水田，又從水田走到家裡。

另外兩個瞎子接著按住了他的雙手，青筋曲折而暴起的雙手。那雙手割倒過數不清的稻子，搬過無數袋大米和小米糠。

這是一個精氣非常旺盛的人。這是一目五先生的美妙晚餐。

獨眼蹲在竹床上，將它的像枯萎的菊花一般的嘴，緩緩地靠近竹床上的人。一縷細細的幾乎看不見的煙就從它的口鼻裡冒出，然後向那個恐怖的嘴巴飄去。

不只有那個獨眼，其他四個瞎眼也將嘴巴漸漸向竹床上的「晚餐」靠攏。那縷細細的煙像新生的豆芽菜，分出幾支分別向五個方向飄出。

竹床上的那個人還是毫無知覺。五絲細細的煙進入了一目五先生的嘴裡。一目五先生彷彿聞到了「晚餐」飄出的香氣，臉上露出愜意。

就在這時，一隻真正的蚊子嗡嗡地飛了過來。

24

這隻蚊子繞著他的鼻子飛了一小會兒，不知道在哪個地方落腳休息。五個「人」緊張的用僅有的一隻眼睛盯住了這隻蚊子。

蚊子最終棲落在他的鼻尖上，用細長的前腳在嘴針上擦了擦，不緊不慢地將嘴針插入稍顯粗糙的皮膚。一管暗紅的血便順著蚊子的嘴進入了肚子，蚊子乾癟的肚子就漸漸鼓脹，黑裡透出紅來。

睡在竹床上的人條件反射地舉起了手，再次迅速而精確地向蚊子叮咬的部位拍去。

獨眼和瞎眼都愣住了。

「啪！」又是一聲脆響。

這下打的不是腿，而是臉！

睡得再熟的人也不會感覺不到這次拍擊的痛楚。睡在竹床上的人感到鼻樑骨一陣刺痛，立即如案板上的魚一樣躍了起來！

隨即，五個影子映入他的瞳孔！那五個「人」也愣愣地盯著他。當然了，五個「人」還是共用一隻眼睛「看著」他。

他納悶了，怎麼一醒來就看見這五個奇怪的人？並且是四個瞎子和一個獨眼？他立刻想到了從選婆口裡傳出來的關於一目五先生的事情。

「有鬼呀！」他大叫了起來。這聲慘厲的尖叫驚醒了整個村子裡所有人的深的淺的、美的噩的夢，同時，也驚動了屋裡的妻兒。可是誰也來不及馬上穿好衣褲來幫他的忙。他很快就發現自己的雙腿還被兩個瞎眼的鬼按著。雙手雖掙脫了，但是如剛剛洗過辣椒一般火辣辣的。他也聽說過四姥姥罵鬼的事情，也知道一般的鬼怕惡人。但是他一時間竟然忘了要怎麼開罵。他是一個老老實實的農民，平時跟鄰里鄉親從來沒有吵過架拌過嘴，要他像四姥姥那樣出口成「髒」確實有很大的難度。

他張了張嘴，就沒有閉上，一句髒話也憋不出來。

他驚恐地看著面前的一目五先生。一目五先生也驚恐地看著他，不知道應該繼續抓住他還是應該放開他逃跑。

屋裡開始響動了，是人穿衣服絆動了床凳桌椅的聲音。周圍的人家很快就拉開了五瓦的白熾燈或者點燃剛吹滅不久的蠟燭。一目五先生顯得有些驚慌了。而竹床上的人鼻子上流下了一條血跡，那隻蚊子的屍體橫陳在他的鼻尖上，如一塊抹不去的斑。

「有鬼呀！快來救命呀！」他從驚愕中醒悟過來，繼續拼命呼喊，「快來人啊！一目五先生來吸我的氣啦！大家快來救我啊！」他的聲音從竹床上出發，拐彎過巷鑽進每一個人的耳朵裡。整個村子一時間從沉睡中醒來，從寧靜中喧囂起來。所有的人都向求救的聲音傳來的方向奔跑。角落裡的土蟈蟈也被驚醒，重新煩悶地鳴叫起來。

於是有的人扛起了鋤頭，有的人拿起了鐮刀，有的人甚至順手擎起一個臉盆就衝了出來。小孩子們更是興奮，從床上一躍而起，光著身子就要往外面跑，卻被媽媽們一把拉住「小孩子不許去！你還沒有滿十二歲呢！」

可是當所有人聚集到那個竹床旁邊時，不見了一目五先生，唯見一張驚恐到極點蒼白到極點的臉。

「鬼呢？一目五先生呢？」眾人問道，由於剛才跑得太快，現在還氣喘吁吁，上氣不接下氣。手裡的傢伙還攥得緊緊的。

竹床上的人嘴唇哆哆嗦嗦：「走……走了……」

「走了？這麼快？走到哪裡去了？」眾人仍舊拿著手裡的傢伙，緊張地問道。甚至有人蹲下來看竹床底下，似乎一目五先生就藏在竹床底下了。也有人問話的時候底氣很足，但是身子緊緊地靠住前面的人，生怕自己冷不防就被什麼東西拉走了。

竹床上的人說不出話了，軟得像團稀泥一樣癱倒在竹床上。眾人這才連忙扔掉手裡的東西，七手八腳把他抬進屋裡。

「月光的陰氣重，快把他抬到屋裡去。他媳婦呢？快把火升起來，讓他沾點旺氣，別讓他被陰氣涼著了！」有人喊道。

他媳婦的雙腿篩糠一般抖得厲害，早已邁不開步子了。

「剛才還見妳跑得挺快，怎麼妳丈夫沒危險了反而走不動了呢？」有人譏笑道，卻自作主張把火點燃了。火苗跳躍起來，映在所有人的臉上。

那人在火堆旁邊烘烤了半個多小時，臉上才恢復一些血色。手能活動，腳卻怎麼也動不了。打鐵的師傅用鉗子一般的手指掐住他的腳脖子，那人卻毫無知覺，目光癡癡地看著跳躍的火焰，樣子可怕。

「完了，恐怕是他的精氣被一目五先生吸去了許多，雙腿恐怕是要廢了。」有人在旁竊竊道。

又有人道：「精氣沒有全部被吸光，能保下一條活命就是不幸中的萬幸了！」

那人突然把癡呆的目光從火焰上移開，直直地看著對話的兩個人，面無表情地說道：「誰說我的腿沒有了？我的兩條腿還在竹床上呢！你們抬我的時候忘記把我的兩條腿也拿進屋來了。」

在場的人都吸了一口冷氣。扶著他的人安慰道：「你的腿在身上呢！哪裡會在竹床上？怕是被嚇得失了神，等緩過來了腿也會恢復知覺的。不礙事！」其他人紛紛勸慰道：「不礙事不礙事，到明天你的腿就好了。你是嚇壞了神經呢！」

然後眾人對他媳婦說道：「快把妳家男人扶到床上睡覺去吧！幸虧沒有被一目五先生吸完精氣呢！要不妳跟孩子怎麼辦呢！」

「不！不！！不！！！」她的男人卻一把推開扶著他的人，怒氣沖天。「我的腿還在竹床上！快幫我把我的腿搬過來！」他伸出一隻手，直直地指向屋外，「我的腿還在那裡！你們看！你們把我抬進來了，卻忘記了我的腿！」

25

「你的腿在身上呢！哪裡會落在外面呢？」他的女人臉色蒼白地走了過去，摸了摸男人的臉，安慰道。

彷彿那個女人的手真有靈效，她的男人安靜下來，輕輕地對女人說：「他們都不相信我，但是妳會相信我的，對不對？」然後他指著外面道：「我的腿真的落在外面了。妳看，我現在走不動呢！我沒有了雙腿呢！」眼神異常執著。

女人像教育自家的孩子一般親暱地說道：「你真的嚇壞了，外面沒有你的腿呢！要不你先進房休息休息，我去外面看看。如果真的有你的腿，我會拿回來給你的。」然後她摸了摸男人的頭，問道：「好嗎？」

男人半信半疑地點點頭。幾個人就把他抬進臥室了。

女人跟在眾人的後面。

男人躺在床上了，卻還翹起了頭來看女人，問道：「妳不是說幫我去外面看看的嗎？妳怎麼答應我了卻又不去呢？」

女人只好任由其他人幫她丈夫疊衣蓋被，自己一人走到地坪去找「腿」。

女人來到月光下，深深地吸了一口氣。然後，她用手摸了摸竹床。竹床冰涼如水。就是剛才，就在這裡，一目五先生差點要了她男人的命。

男人為什麼要說他的腿還在竹床上呢？是他被剛剛的情景嚇傻了，還是他真的看見了什麼東西？女人的手指在竹床上遲疑。

咳，瞎想什麼呢！這麼多人沒有看到，偏偏就自家男人看到了？

她縮回手。可是在縮手的瞬間，她的手指居然感覺到了一點溫暖！她渾身一顫！她意識到了什麼，慌忙把驚回的手重新伸了出去。她感覺捏到了一團軟軟的肉！她前所未有地沒有驚叫，卻仔仔細細地揉捏那一團看不見的東西。

是腿！是一雙腿！是她男人留在竹床上的腿！

「快來人啊！我男人的腿果然還在這裡！快來人啊！不然他就殘廢啦！」她終於相信了

男人的話，立即朝屋裡的人大聲疾呼。

屋裡的人馬上跑了出來，對著獨自坐在竹床上的女人問道：「妳莫不是也嚇傻了吧？」幾個婦女便走過去拖她進屋，一邊拖還一邊安慰她說男人應該不會有事的，他只是受了點驚嚇，過兩天一樣可以下水田幹活兒。

一個年輕小夥子就走過去單手將竹床提了起來，然後放進堂屋的角落裡。

女人回過頭來喊道：「你摸摸，你摸摸。那上面真有兩條腿呢！」

那個提竹床的小夥子將手在竹床上摸索了一番，然後對女人道：「哎，我看您真是被嚇壞了神經。人睡過的地方當然還留有餘溫呢！哪裡會立刻就涼冰冰的呢？」

女人正要爭辯，卻被她的好友強行推進了臥室。女人瞪大了眼睛跟推她的人解釋，說竹床上真有一雙腿的。可是沒有人聽她的解釋。

「沒事了。妳安心睡覺吧！明天睡醒來，就什麼事都沒有了。別鬧騰了，妳不睡妳男人還要睡呢！」幾個好心的人勸慰一番，然後從臥室裡出來，順手將門反鎖。好心人說：「大家別再圍在這裡看熱鬧了。人家要睡覺。大家散去吧！他們驚嚇過度，難免說些胡話。我將門反鎖了，省得他們還鬧騰。明天我一早就來開門。散去吧！散去吧！」好心人像趕鴨子似的驅散眾人，然後自己反背了雙手回家。

好心人走到地坪裡的時候，腳絆到了什麼東西。好心人一下子站不住，鼻子朝地摔了一跤。眼角磕出了血。「媽的，」好心人對著地下罵道，「做好事都要倒楣嗎？」好心人對著摔倒的地方啐了一口，又背起雙手搖搖晃晃地回家了。

這時，不知從哪裡竄出了一條土狗，對著好心人摔跤的地方咻咻地嗅了兩下，然後發出汪汪的犬吠。

從那個晚上以後，那個人就再也沒有站起來過。

爺爺是在處理許易的事情二十多天後才得知這個消息的。而爺爺得知這個消息時，那個被一目五先生吸過氣的人已經在床上躺了一個星期了。

爺爺聽完這個消息，拍手喟嘆道：「哎，好心人有時候盡辦蠢事！他的腿看來是沒有希望再恢復了。要是你早點告訴我，我還可以把他的腿接好。現在恐怕他的腿已經發臭發爛了。」

告訴爺爺這個消息的人問道：「馬師傅，您為什麼這麼講呢？要不是周圍的人來得快，恐怕他早就遭了一目五先生的毒手了。還有，您猜錯了。他的雙腿雖然不會走路了，但是沒有發爛發臭，就這樣看的話，跟正常人的腿沒有兩樣。」

爺爺道：「我不是說這個。」

聽了這個消息，爺爺當天下午就去了文天村。不過爺爺並沒有直接去那戶人家，卻去了離那戶人家兩三里的另一戶人家。我讀高中的時候，舅舅開始戀愛了，而那個他喜歡的姑娘正是文天村的。那位善良的姑娘最後成為了舅舅的妻子、爺爺的兒媳、我的舅媽。

爺爺的親家卻也是一個喜歡掐算的人，舅舅結婚後我叫他潘爺爺。他的掐算方法跟爺爺的還有所不同。爺爺是將手的十二個指節當作十二個時辰，爺爺的親家用的卻是拳頭。我見過他手握拳頭預算，但是至今還不知道他是怎麼預算的。我問爺爺，爺爺說他那種方法可以是可以，但是算得不是很準確，算的範圍也要小多了。

爺爺那天去文天村，也不是為了跟他的親家討論掐算的問題。爺爺只是要潘爺爺幫忙帶他到出事的那戶人家去看看。潘爺爺卻興致勃勃地要跟爺爺比誰掐算得比較準。爺爺笑道：「親家呀，下次吧！下次有機會我再跟您比比。今天就免了。」

誰也沒有想到的是，爺爺說的下次，竟然成了奶奶去世的那次。

26

當時誰也沒有意識到那句話會如噩夢一般在現實中呈現。潘爺爺點點頭，高興地帶著爺爺去了那戶人家。

剛走到那戶人家的地坪裡，爺爺就吸了吸鼻子，自言自語道：「怎麼有一股怪臭味？」

潘爺爺笑道：「您老人家的鼻子被煙薰壞了，這裡哪來的臭味？這家的女主人可是個勤快的人，屋裡屋外收拾得一粒灰塵都沒有，怎麼會讓發臭的東西留在這裡呢？」

爺爺笑道：「親家呀，看來你掐算是算不過我的。」

潘爺爺急了：「我們還沒有比試過，您怎麼可以這樣輕易地下結論呢？我要現在就比一比，您老人家偏偏說要等到下一次。您那個掐算確實準，找您算過的人都這麼說。我雖然是算拳頭，但是不見得就比不上您的指節。」

爺爺嘿嘿一笑，並不辯解。

剛進門，爺爺就聽見屋裡的女人抱怨道：「怎麼我們家就這麼倒楣呢？家裡的頂樑柱倒了，叫我一個婦女怎麼扛起這個家嘛？」末了，又聽見那個女人罵道：「兒子也養不活，丈夫又癱瘓。老天太不長眼了！人家都說蒼天有眼。我只怕老天是個瞎子！」

爺爺聽了女人的咒罵，連忙拉住潘爺爺，在門口站住問道：「那個女人說的什麼？兒子養不活？她家沒有兒子嗎？」

潘爺爺嘆口氣，搖了搖頭道：「要說也真是老天不長眼。生個兒子是個賣錢貨，這下賺錢的男人也倒下了。可不是讓人活不下去嗎？」

「她家的兒子是個賣錢貨？」爺爺納悶道。

「那是很多年前的事情了。因為他們家的人很少和其他人家打交道，難免您就不知道了。」潘爺爺捏了捏光潔通紅的下巴，緩緩地說道。

爺爺一把拉住潘爺爺：「先不進去打擾他們。你跟我說說他那個賣錢貨兒子是怎麼回事。」

潘爺爺見裡面的人沒有注意到他們的到來，立即撤回已經邁進去的腿，將爺爺拉到一個安靜的角落，悄悄道：「講講是可以的，但是別讓他們聽見了。如果讓他們想起以前的兒子，難免又會傷心一場呢！」

事情原來是這樣的。這家男主人名叫文歡在，本意是歡樂常在，但是命運偏偏跟他開了個玩笑，讓他就是歡樂不起來。有人說這是他的名字不好，「歡在」本意不錯，可是聽起來總像「還債」。

文歡在二十二歲就結了婚，但是到了三十歲還沒有孩子。他媳婦就去了廟裡求佛，說無論怎樣也要求個孩子來，不管是調皮還是聽話的，不管是好看的還是醜陋的。有個孩子她就安心，不然天天來煩擾菩薩。

同去求佛的人聽她這麼一說，立即揮手道，沒有妳這樣求佛的，哪能強迫菩薩給妳送子呢？

可是文歡在的媳婦求子心切，根本不聽同伴的勸告。

沒想到，文歡在的媳婦不久就感覺到肚子裡有了動靜。文歡在開始不信求佛能得到孩子，聽媳婦說肚子裡有小東西在動，他還不相信，以為媳婦是想孩子想瘋了。後來見媳婦的肚子真的漸漸脹大，才喜上眉梢，為媳婦鞍前馬後獻殷勤。

眼見著他媳婦的產期越來越近，文歡在更是做足了一切的準備。

一天，文歡在閒坐在堂屋裡喝茶。忽然，門口進來一個陌生人，鼠頭鼠腦地往他媳婦的臥室裡探看。

文歡在心下詫異，這個人怎麼不跟我打個招呼就往裡屋窺看呢？

文歡在正要起身去問那個陌生人，那個陌生人竟然不管文歡在徑直走入了他媳婦的臥室。文歡在急忙跟著走入房間。

房間裡，他的媳婦正在酣睡，蓋著的被子拱成一團。文歡在怕吵醒媳婦，對那個陌生人輕聲喝道：「喂，你是什麼人？怎麼不經過我允許就跑到房間裡來了？快出來！」

那個陌生人竟然不搭理文歡在，直接走到他媳婦的床邊，翻開了蓋著鴛鴦枕巾的棉花枕頭。文歡在和他媳婦平時就把家用的錢壓在枕頭底下，誰用誰拿，權當家庭錢包了。

文歡在見陌生人翻開他的家庭「錢包」，頓時急了：「喂，你幹什麼呀？」因為他知道自己家裡錢不多，所以還是沒有做得太過分，只是一把抓住了那個陌生人的手，要把他拽出來。

那個陌生人掙扎著不肯出屋，反而罵文歡在：「你把我的錢都拿到這裡來了，我來不過是要討回原本屬於我的錢！」

文歡在更加詫異了，一邊拉住陌生人不放，一邊厲聲道：「這是我的家，你的錢怎麼會跑到我家來呢？快出去！我媳婦說不定就要生了，你別在這裡給我添麻煩！」

陌生人不依不饒：「我的一千五百六十二塊錢都在這裡呢！你怎麼說這錢不是我的呢？」陌生人掀開枕頭一角，果然露出一疊鈔票，花花綠綠的引人注目。

文歡在心裡納悶，自己家裡沒有這麼多錢呢！難道這是媳婦自己存起來的私房錢？

文歡在不管這些錢是從哪裡來的，堅決要把這個陌生人拖出房間。

陌生人有些生氣了，兇起一張臉道：「你不給我，我也要用完屬於自己的錢。」話一說完，陌生人就不見了。文歡在的手來不及收回，身體失去平衡，跌倒在地。

緊接著，床上的媳婦痛苦地扭動身軀，睜開眼對地上的文歡在喊道：「你怎麼躺在地上呢？快叫接生婆來，我要生了！」

文歡在愣了一愣，立即從地上爬起來，急忙去找村裡的接生婆。

27

孩子是順利生下來了。看著媳婦樂呵呵地抱著新生兒又是親又是逗的高興的樣子，文歡在自己卻是怎麼也高興不起來。

文歡在從媳婦口裡得知，他媳婦在挺著肚子去池塘洗衣的路上看到了一個錢包躺在草叢裡。他媳婦警覺地看了看周圍，可是附近一個人影也沒有。他媳婦彎腰將錢包撿起，透過錢包的開口往裡看了一看，本以為是人家用壞了丟棄的，未料這一看卻發現裡面還有花花綠綠的鈔票。

這是誰丟的錢包呢？從開口露出的一角來看，錢包裡的錢還不少。誰會這麼早起來，並且帶這麼多錢在身上，還這麼不小心把錢包給弄丟了？她又環顧一周，確定沒有人看見她撿到錢包，於是假裝平靜地將錢包扔進洗衣桶裡，然後回轉了腳步回到屋裡。整個過程神不知鬼不覺。他媳婦回到家裡小心翼翼地打開錢包，將手指在嘴巴蘸了一點唾沫，細心地數了一數，一千五百六十二塊錢！

不知是喜氣過了頭還是身子虛弱，他媳婦當即覺得頭一陣眩暈。她連忙將厚厚的一遝錢塞在枕頭下，衣服也不去洗了，乾脆躺在床上休息。

等她感覺到一陣刺痛從沉睡中醒來，就發現丈夫躺在床邊的地上。而同時，她感覺到肚子裡一陣萌動，於是叫丈夫快找接生婆來。

「你確定剛好是一千五百六十二塊錢？」文歡在心驚膽顫地問道。這次疑問並不是因為平白無故獲得一筆鉅款，而是害怕這筆鉅款來到他家裡有另外的陰謀。也許平時撿到這筆錢他不會這樣想，但是剛才那個消失的陌生人令他不禁產生一種後怕的感覺。

他的媳婦高興地點了點頭：「是的。一千五百六十二塊錢！一分不多，一分不少！夠你多忙活一年才能賺到這麼多錢呢！今天不知道喜鵲是不是進了屋，居然得了孩子還白撿了一筆錢。」他的媳婦因生孩子累得滿頭大汗，但是因為「雙喜臨門」樂得合不攏嘴。笑了好一會兒，他媳婦才狐疑地看著他，問道：「你怎麼知道剛好是一千五百六十二塊錢？是不是趁我睡覺偷偷拿錢看了？」

文歡在見媳婦剛剛生完孩子，身體虛弱，便沒有把剛剛遇見陌生人的事情告訴她。但是自己心裡明白了七、八分——這個孩子的到來是要找他還債的。

他媳婦見他愁眉不展，追問了許多次。但是文歡在不願告訴她，只是把那一千五百六十二塊錢放在一邊不用，只有孩子買尿布、牛奶、衣服才動用這些錢。

這個孩子自生下來後倒也沒有什麼異常。面貌長得比較可愛，村裡的叔伯阿姨見了都要搶著抱一抱、逗一逗。

孩子長到四、五歲的時候還健健康康。文歡在覺得孩子應該沒有事了，便將當初在臥室遇到陌生人的事情告訴了媳婦。媳婦一聽，毫不在意，還說文歡在疑心太重，這個孩子完全是她求了菩薩得到的結果。

文歡在對當初那件事也就不再牽掛。但是由於習慣，文歡在還是用一千五百六十二塊錢中剩下的部分單獨給孩子使用，自己和媳婦堅決不動用那裡面的一分錢。鄰居左右聽說這件事後，都說文歡在迂腐。

有一天，鄰居家的一位老奶奶逗這個小孩子道：「你是賣錢貨呢。你看看你娘的枕頭裡還有多少錢？快要用完了吧！」

本來是一句玩笑話，未料這個孩子聽了之後突然臉色大變，兩眼翻白，口吐白沫。嚇得這位開玩笑的老奶奶連忙喊叫孩子他娘。

等文歡在和他媳婦丟了魂似的趕來，孩子已經沒有了氣息。

文歡在的媳婦摸了摸孩子的鼻子，然後暈倒在孩子的屍體旁邊。文歡在也成了雕像一般站在原地一動也不動，傻了。

文歡在回到家裡數了數當初撿到的錢，剩下的剛好給孩子辦葬禮。巧之又巧的是，等孩子的葬禮辦完，那一千五百六十二塊錢剛好用完，一分不多，一分不少。文歡在這才知道，當初那個陌生人果然是來要債的。

文歡在的媳婦怎麼也想不通，瘋瘋傻傻地跑到當初許願的廟裡，問廟裡的和尚，為什麼菩薩答應了給她一個孩子，又要透過這麼殘忍的方式把她的孩子帶走。

和尚唸了句「阿彌陀佛」，然後告訴她道，施主，人家生有孝子，是因為前世和今生積德所致，是應該的報答；人家生有孽子，是因為前世和今生作惡所得，是應該的報應。像施主您和您的丈夫，前世沒有什麼功德積累，也沒有留下孽債；今生沒有什麼善事善為，也沒有過錯怨債。因此，施主您才會一直求不到一子。而前些年，施主您經過一個池塘，剛好碰上意外的錢財，不找其錢財的失主，而竊有私心留下自己享用，所以剛好欠下一筆該還的債。那個孩子生下來，就是為了要回那筆錢財而已。那筆錢財耗盡了，他當然就要離開施主您了。

文歡在的媳婦聽了，默然無語。那個和尚敲起了木魚，唸起了經文。

從此以後，文歡在夫婦再也沒有生下一子一女。

「哦，原來這樣啊！」爺爺點點頭。

「您還要進去嗎，親家？」潘爺爺問道。

爺爺顯然還在想著其他的東西，竟然沒有聽到潘爺爺的話。爺爺搖搖頭，點上一根香菸。

潘爺爺又問道：「他們屋裡沒有爭吵聲了，我們可以進去了吧。」

爺爺走到門口的時候又說了一次：「這臭味真難聞。屎臭三分香，人臭無抵擋。」

潘爺爺用力地吸了吸空氣，茫然問道：「我怎麼就聞不到臭味呢？」

28

爺爺說：「文歡在的兩條腿都爛在地坪裡了，能不臭嗎？」

潘爺爺驚訝道：「他的腿不是都長在身上嗎？怎麼就爛在地坪裡了呢？在哪裡？你指給我看看。」潘爺爺的目光像掃帚一樣在地坪裡來來回回地掃蕩。

爺爺抬手對著地坪的某個角落一指，說道：「吶，在那裡。皮肉都腐爛了，怪不得這麼多蒼蠅圍著呢！」

潘爺爺順著爺爺指的方向看去，並沒有看見任何腐爛的東西，不過那塊地方倒是有一群蒼蠅在盤旋不散。

爺爺說：「那天晚上文歡在肯定是看見了自己的雙腿還遺留在竹床上，後來搬竹床的人把他的雙腿忘在外面了。一目五先生用力太狠，把他的魂魄的腿給掐斷了。」

潘爺爺聽得一愣一愣的。

這時屋裡的人聽到了外面的動靜，文歡在的媳婦主動打招呼道：「潘叔，您來啦！」潘爺爺雖是文天村少數不姓文的人之一，但是他曾經當過幾年這個村的村長，做了一些好事，所以在文天村還是有一定的威望。

潘爺爺馬上給她做介紹：「哦，我給妳介紹一下，這個人是畫眉村的……」

那個女人打斷潘爺爺的話，搶言道：「他老人家就是馬岳雲師傅吧！呵呵，他老人家的名字我是知道的。只怕我們住得偏僻的人家馬師傅就不知道我們的名字了。」女人一面說一面將爺爺引進家裡。

文歡在睡在裡屋，一聽見說畫眉村的馬岳雲師傅來了，連忙在裡屋大聲喊道：「馬師傅啊，您來了就好，您來了我就有救了！我現在癱在床上，不能到門口去接您，還請您不要見怪啊！」

女人遞過茶來。爺爺一面接過茶水一面大聲朝裡屋喊道：「哎，這算什麼話呢？鄰里鄉親的！」

幾個人坐了下來。文歡在的媳婦又給爺爺講了一遍那晚的具體情況。爺爺一邊聽一邊點頭。

末了，爺爺思考了一會兒，然後對女人說：「這個恐怕要等到我外孫回來才行。我現在身體不適，就算撞上了一目五先生，我也不敢主動去惹他們。」

女人驚訝地問道：「您還不行？那您的外孫比您還要厲害不成？」

潘爺爺在旁解釋道：「上次馬師傅幫人家捉鬼消耗了體力，還受到了很嚴重的反噬作用，他需要歇一段時間，等身體恢復了才行。」

爺爺也解釋道：「我不是等我外孫來捉鬼，而是他那裡有一盆月季。我曾經捉過剋孢鬼，並且把它移植到了月季裡面。照我外孫的觀察來看，剋孢鬼的潛在能力正慢慢地釋放出來了。我想借用一下那個月季來對付一目五先生。」

女人不甚明瞭地點點頭。潘爺爺也正在抓後腦勺，等爺爺說完，他迫不及待地問道：「剋孢鬼也是鬼，它可能幫您對付它的同類嗎？」

爺爺笑道：「人跟人不也是同類嗎？可是人對自己的同類什麼事都能幹出來。況且，剋孢鬼的惡性漸漸被月季洗清了，要它幫忙對付一下這些惡鬼，它應該不會不答應的。」

我在返回學校的時候順便將月季帶走了，根本不知道爺爺想借用月季。而我回到學校後果然發現《百術驅》不翼而飛了。於是，那個月我天天都心急如焚，恨不得明天就是月底，可以回家找爺爺。

所幸日子過得不是很慢，終於熬到了放假的那天。我拿了幾本複習資料，然後把月季提在手裡，飛快地奔向公車站。

進站的時候一個穿著破破爛爛的乞丐老往我這邊盯。而我站在公車站的出口等公共汽車出來。那時候天色有點陰，所以我沒有用任何東西包住月季。

那個乞丐朝我傻笑了幾次，故意引起我的注意，我以為他跟其他乞丐沒有兩樣，都是先朝你笑笑，等你也回了一個笑，他就會走過來伸出骯髒的雙手乞討，所以我假裝沒有看見，仍舊踮起了腳往公車站裡面看。這年頭乞討的人太多了。

以前，一些乞討的人只是挨家挨戶討一茶盅的大米，而現在，這些人不收米了，只要錢。動機就值得懷疑了。我們村原來有個女啞巴，她跟著丈夫過了十幾年的苦日子，常常是吃了上頓沒下頓。後來她丈夫得癆病死了，她就出去乞討。可能是因為她是啞巴不會說話，引起了很多人的同情，所以給她的袋子裡倒米時比給其他乞丐要大方多了。不到一年時間，那個啞巴居然蓋起了一幢樓房來！

後來終於知道，原來這個啞巴把多餘的大米賣了錢，累積一年的大米錢，居然足夠建起一幢當時最流行的樓房！

周圍村子裡有人知道了這個情況，很多不孝子跟父母吵架的時候就多了一種罵法：「你們兩個老人吃我的、用我的還跟我吵架，你們怎麼不去學學那個啞巴啊？拿根棍子到處敲一敲，就能吃飽飯、穿好衣，甚至還可以建個好房子。你們兩個老人怪我給得少住得差，你們何不離了家去討飯呢？」

「喂，朋友，你手裡的這個月季賣嗎？」

一個沙啞的聲音突然在我耳邊響起，嚇得我渾身一顫！

側頭來看，原來那個乞丐走到我面前來了。他正擠揉著那張髒兮兮的臉對著我笑。我急忙往後退了兩步。但是一股惡臭還是鑽進了我的鼻孔，令我不禁打了個噴嚏。我雙手下意識地抱住月季，回答道：「不，這個不賣！」

他聽了我的話不但不死心，卻還伸出黑炭一樣的手要摸我懷裡的月季。我迅速躲過他的手，憤怒道：「你要幹什麼？」

他笑了笑，說：「朋友，這個月季你不適合養。」

28

「我怎麼就不適合養月季呢？」我惱怒地問道。

乞丐的手仍舊保持著伸出的姿勢，諂笑道：「朋友，我是說真的。你的確不適合養這個月季，別的月季你可以養，但是這個月季不是一般哪。你還是讓給我吧！」

正在這時，公車從站內開出來了。我連忙向公車跑去，迅速跨上踏板，找個位置坐好。這公車來得真是時候，我根本不想跟那個乞丐多說一句話。我剛坐好，窗戶玻璃上突然出現一隻手！那隻手拼命地拍打窗戶玻璃，幾乎要將玻璃打碎。我嚇得連忙站了起來！

「幹什麼呀！你這個臭要飯的！」車上那個漂亮的女售票員將頭伸出車外，破口大罵道。

原來是那個乞丐，他那雙友善的眼睛看著我，再次給我一個髒兮兮的笑。這時車加速了，那個乞丐的臉離我遠去。我轉過頭去看，他還站在原地拼命地朝我揮手，不知道是跟我道別還是要我下車來。

那個漂亮的女售票員走到我的面前，輕啟朱唇道：「到哪裡？」

我說了地方。她輕輕一攏烏黑的頭髮，道：「四塊錢。」

我放下月季，打開書包拿錢。售票員走開，我才想起那個乞丐說的話。他怎麼知道我這個月季不是一般？他既然知道我的月季不是一般的話，為什麼又說我不適合養？難道他知道一些不為人知的秘密？

公車搖搖晃晃，像小時候睡的搖籃似的，讓人不禁睡意綿綿。很快，我的眼皮開始打架，頭也越來越重。這時候我的意識漸漸模糊了，但是眼睛的餘光卻比任何時候都要敏銳。我眼睛的餘光瞟見放在一旁的月季在座位上搖搖晃晃，似乎如喝醉了酒的酒徒一般站不住。我努力地想伸出手去扶它一把，以免它從座位上摔落下來，折斷了枝葉或者壓壞了花瓣。

可是，這時候的我無法自如地伸出自己的手。我的手如棉花一般軟綿綿，毫無力氣。我不知道自己是怎麼了，昨天晚上也沒有睡不好啊，今天怎麼一上車就迷迷糊糊呢？那個乞丐的笑容在我的眼前浮現，他的嘴巴在說話，我猜測他說的話不外乎是要我把月季送給他，可是我怎麼也聽不清楚，聽到的只有答錄機調頻時發出的「哧哧」的聲音，間或還有許多陌生人的笑聲，笑得很詭異。

我的鼻子似乎又隱隱約約地聞到了乞丐身上發出的氣味。難道他也在這個車上？不可能的，我是透過窗戶玻璃看著他的身影漸漸消失的。我想抬起頭確認一下，這個車上到底有沒有那個乞丐。可是我的頭很重，無法想像的重。

車似乎經過了一個大坑，抖動了一下。我的身體隨之彈起，然後重重地落下。我眼睛的餘光瞟了一瞟旁邊，月季被震得倒下了。它的枝葉居然像小孩子的手一樣在抽搐！

那隻手是月季花的顏色，藍得如潑了一瓶墨水在上面。那隻藍色的手向我張開又向我合攏，彷彿手的主人沉溺在水中向我求救。我的身體開始顫抖，嘴唇也開始顫抖。我想喊出聲來吸引那個漂亮的女售票員注意。可是無論我怎麼努力，我的喉嚨就是發不出一點聲音，甚至連哼一聲都異常困難。我就那麼低著頭，用力地往上翻眼睛，看看女售票員在什麼位置。

女售票員顯然根本不知道我的處境，她習慣性地攏了攏烏黑的頭髮，用冷淡的目光看窗外的風景。

我一直盯著她看，希望她能與我的目光碰撞。我的第六感是比較靈的，在不知情的情況被人盯著會產生說不出的不舒服。此刻，我希望她的第六感也和我的一樣靈。

她似乎覺得車內沉悶，嘟起朱紅的嘴唇哼起了小曲兒。我死死地盯著她，恨不能眼睛也能發出力來，搖一搖她的肩膀，讓她來解脫我的困境。我猜想，只要她叫一下我，或者大喊一聲就可以把我從困境中解脫出來。

她終於轉過頭來了，對我這邊看過來。我恨不能用眼睛跟她說話，或者看懂我眼睛的示意。可是她的眼睛沒有在我身上停留，輕輕地一瞥，便過去了。也許她只是看看車上有幾個人或者幾個空位，藉以來盤算這趟能賺多少錢或者少賺了多少錢。從她罵那個乞丐的話和現在的表情，我知道她是一個勢利的女人。

果然，收回了目光之後，她低頭去數錢包裡的錢。原來她只是檢查一遍是不是有人沒有打票。

我放棄了，仍舊垂下眼睛來。

我剛剛把目光收回來，只聽得「吱」的一聲急剎車，然後聽見一陣瘋狂的犬吠。同時，耳邊傳來司機的咒罵聲。

我立刻清醒了。手腳恢復了知覺，胸口也順暢了許多。我立即側頭去看旁邊的座位，月季平靜地立在塑膠座位上，花和葉隨著車的顛簸而震動。

原來剛剛見到的都是幻象！或者是夢魘！

耳邊的「哧哧」聲也消失了，我能清晰地聽見司機咒罵那隻慌不擇路的狗：「媽的，瞎了眼睛往車道上跑！」漂亮的女售票員從座位上站了起來，也罵道：「真是自尋死路的狗東西！撞死了你我們還要賠錢呢！」

狗的鼻子是非常靈敏的，難道是狗嗅到了車上有特殊的氣味才跑過來的？而恰巧是司機的大聲咒罵把我從夢魘中驚醒了？

車又啟動了。我看見那條差點輾死在車輪之下的狗朝我吠叫，緊張得如同見了可怕的獵物。

司機還在咒罵。

那隻狗見車啟動了，竟然追著車跑起來，一邊跑一邊吠叫。終究還是車要快一些，那隻狗漸漸追不上了……

我低頭去看了看微微顫抖的月季，心裡不禁生出疑問來。

29

難道我的月季出了什麼問題？我想問問它，可是現在它不可能出來。另外，它已經好久沒有跟我見面了。或許，它忙什麼事情去了，沒有時間跟我打招呼？

胡思亂想一番，很快就到了要下車的地方。

下車後我還要走四、五里的路才能到家。我提著月季，小心翼翼地避開路邊的人家，生怕再引出誰家的惡狗。

我甚至不敢走大路，專挑窄小的田埂走。

遙遠處的一戶人家大門敞開，一隻骨瘦如柴的土狗站在門口，兩眼冒著綠光看著在田埂上走得歪歪扭扭的我。我下意識裡將月季抱在懷中，似乎害怕它的氣息會傳到那隻精瘦的狗的鼻子裡。

我和月季就在狗的監視下輕輕悄悄地挪移腳步，心裡慌得不得了，但是表面還要裝作若無其事，悠哉悠哉。

好不容易終於轉了個彎，山的一角擋住了視線，我才快步行走，還不時地回頭看看，生怕那隻狗追了過來。

我回到家裡放下書包便要往爺爺家去。媽媽問我怎麼了，我不答言，抱起月季就跨出了門檻。媽媽拉住身邊的爸爸問道：「這個孩子今天是怎麼了？好不容易一個月過了，放假回來卻馬上要去他爺爺家？」爸爸卻道：「哎，女人就是喜歡操空頭心，他要去爺爺家就讓他去吧！又不是不回來！」

我自己也不知道為什麼要去爺爺家，平時放假了頭一天總是會待在家裡，第二天或者第三天才會抽空去爺爺家一趟。如果老師留的作業多，也許就不去了。可是那天，我只有一個念頭，就是一定要去爺爺家一趟。雖然這個念頭不知從何而來，但是總感覺一個微弱的聲音在耳邊呼喊：「快去爺爺家一趟，現在就去！」

未料我在去畫眉村的半路上就遇見了爺爺。爺爺叼著菸，正兩眼祥和地看著我漸漸走近，似乎早就在那裡等著我出現。爺爺後面還站著一個人，我好像認識，但是一時又叫不上名字來。我對他笑了笑，他禮貌性地回了個笑容。那個笑容也是那麼地熟悉。

爺爺卻不給我介紹認識背後的人，瞇起眼睛問我道：「亮仔，你是要到爺爺家去吧？」爺爺的眼睛瞇得厲害，幾乎讓我看不到他的眼珠。而其中有一隻眼睛有些浮腫。

我驚問道：「爺爺，你的眼睛怎麼腫了？」

他慌忙掩飾，一手捂住眼睛道：「怎麼？你發現爺爺的眼睛有異常嗎？」

我納悶道：「你的眼睛腫成這樣了，一眼就能看出來。還掩飾什麼啊？」我邊說邊伸手將爺爺的手拿開，想仔細看看爺爺的眼睛到底怎麼了。

可是在我的手跟爺爺的手碰觸的剎那，如觸了電般！爺爺的手居然透著陣陣寒氣！

「爺爺，你怎麼了？」我嚇得六神無主。難道是反噬作用太劇烈，導致爺爺的體溫下降到這個程度嗎？

「他不是你爺爺。」爺爺後面那個人突然說道，面無表情，整個臉彷彿被一層冰凍住了。

我和爺爺都吃了一驚，轉過頭去看那個說話的人。那個人又朝我綻放出一個熟悉的笑容。我一時驚慌，不知道該不該回以一個同樣的笑容。而爺爺怒道：「你是誰？你怎麼說我不是他的爺爺呢？」

我看了看爺爺，除了眼睛有些腫之外，其他沒有一處不是我熟悉的形象，堆砌的皺紋，枯黃的手指，處處都沒有異常。不可能啊，我爺爺又沒有兄弟，即使有兄弟也不會長得一模一樣啊！

那個人鼻子裡「哼」出一聲，擺出一副不屑一顧的表情，冷冷道：「你是馬師傅？如果你是馬師傅，那麼你認識我嗎？」

爺爺不高興道：「我管你是誰！我為什麼偏要認識你？」

那個人走動兩步，靠近我道：「你看，他連我都不知道是誰，怎麼會是你的爺爺呢？」我撓了撓後腦勺，心想道，就是我也不認識你呀！他的一隻手搭上我的肩膀，朝爺爺冷冷一笑，依舊是用不屑一顧的眼神。

我對他的這種表情很不滿，尤其是對著我的爺爺露出這樣不敬的表情。

一開始我還沒有感覺到，不一會兒，他的手居然也透著陣陣寒氣，侵入我的衣裳。我警覺道：「你是誰？我也不認識你！」我奮力甩動肩膀，想將他搭在我肩膀上的手甩落。他早就察覺到我的反抗意圖了，立即用手狠狠抓住了我的肩膀。那透著寒氣的手指像鐵鉤一般緊緊束縛我的動作，力氣大得似乎要將指甲掐進我的肉裡。我疼得齜牙咧嘴。

「你要幹什麼！」他的力氣比我大多了，我的肩膀被他完全控制，動彈由不得自己。

爺爺怒道：「你要幹什麼？」但是爺爺不敢靠過來。

那個人嘴角一歪，露出一個詭異的笑，從容道：「不要問我幹什麼，而要問問你自己想幹什麼。」

爺爺一時語塞。

我的肩膀被掐得疼痛難忍，咬牙道：「爺爺，快叫他放開手，我的肩膀要被他掐壞了！」

爺爺驚慌失措，朝那個人喝道：「你到底要幹什麼，我們無冤無仇，你為什麼非得破壞我的好事？」如果是在平時，爺爺輕鬆能救下我。可是他現在連靠過來都不敢，我猜想是因為反噬作用的緣故。

在他們倆爭執不下的時候，我手裡的月季忽然打了一個激靈！如一個小孩子的手在採摘玫瑰的時候碰到了尖銳的刺。它的動作雖小，可是力量巨大，震得我渾身一顫。

「不好！」爺爺發現了我手中月季的異常，皺起眉毛驚呼道。

那個人也慌忙鬆開我的肩膀，目光盯住月季，畏畏縮縮道：「那……那是……什麼？」

剛才那傲慢從容的表情喪失殆盡。

30

我剛要回答，卻被另一個聲音打斷：「居然想矇騙我外孫！都別想走了！」這不是爺爺的聲音嗎？我心裡詫異道。

我被眼前的現狀弄得有點迷糊了。站在我面前的爺爺沒有說話，但是耳邊爺爺的聲音鏗鏘有力。抓住我肩膀的手立即鬆了許多，那個人前前後後地看來看去，想找到聲音的來源。

面前的爺爺一驚慌，居然一隻腫著的眼睛像河蚌一樣閉上了，再睜開來，居然是一個黑漆漆的空洞！緊接著，「爺爺」的相貌發生急劇的變化，皺紋開始拉伸，手腳一陣抽搐，很快就變成了另外一副模樣！原來是一目五先生的獨眼！

抓住我肩膀的那人狠狠道：「他怎麼知道我會在半路截住他外孫的？」然後惡狠狠地看了對面的獨眼一眼，咒罵道：「都怪你這個東西跑出來橫插一手！」

獨眼來不及爭辯，倏忽一聲如煙一般消失了。抓住我肩膀的人也連忙逃跑。

等他們兩個都消失得無影無蹤了，爺爺才在路的另一頭緩緩地走過來。菸，還是那樣叼在嘴上。

我連忙抱住月季跑過去。

「沒有受驚吧？」爺爺慈祥地笑道，「我在家裡休息呢！坐著坐著就在椅子上睡著了。正在我朦朦朧朧中，好像被什麼東西用力一推，我一下子從椅子上摔了下來。我一驚醒，就感覺到有些不妙。掐指一算，你可能在路上遇到了魅惑，所以馬上趕過來。」

我問道：「是什麼東西把你推醒的？」

「我也不知道，」爺爺摸了摸頭，看了看我懷中的月季，「莫不是……」爺爺一句話沒有說完，話題又轉開了：「你知道剛才那兩個是什麼東西嗎？」

既然爺爺說那兩個「東西」，那麼肯定就不是一般的人了。我說：「一個是一目五先生裡的獨眼，另一個我不知道。」

「你應該知道的。另一個是一直糾纏我們不放的簸箕鬼。上次在文撒子家裡把它罵走了，可是它不會這麼輕易甘休的。」爺爺說完，深深地吸了一口菸。

「簸箕鬼？它原來不是這個模樣啊！」我迷惑不解。

爺爺蹙眉道：「它的實力增長也令我很意外呢！哎，不過當時我們也做得太過分了，把它的腦袋打破了，還把它倒著埋的。它的怨氣大啊！」

我突然想起了《百術驅》，驚問道：「爺爺，該不是簸箕鬼偷了我們的《百術驅》吧？」

爺爺彈了彈菸灰，說：「先回家再說。今天晚上我們就要去文天村一趟。」

我問：「去文天村幹什麼？」由於爺爺去找潘爺爺的時候我剛好在學校，所以還不知道一目五先生跟文歡在的事情。

爺爺從我手裡拿過月季，細心地查看，一邊看一邊說：「簸箕鬼我們暫時對付不了，先收拾一目五先生再說。要不是反噬作用，我剛才就把獨眼給抓住了。」

「收拾一目五先生？什麼時候？」我問道，「您不是身體不好嗎？要不等到別的時候也可以。您的身體要緊哪！」

爺爺搖頭道：「今天晚上吧！不需要我動手，全靠你的月季了。」說完，爺爺將枯黃的手指在月季的花瓣上輕輕撫摸，一如耕田時撫摸他的老水牛。我低頭看了看那朵月季，心裡充滿了疑惑。之前那個乞丐為什麼說我不適合養這朵月季呢？難道他能看出某些東西來？如果他有這個能力，為什麼會淪落到當乞丐的地步？

「爺爺，這個月季怎麼幫你捉一目五先生哪？」我問道。

爺爺笑道：「我自有辦法。到時候你就知道了。」

跟爺爺且行且聊，不知不覺就到了家。奶奶正在外面醃酸菜，見我來了，高興得把手裡的酸菜一扔，提著兩隻散發著酸味的手來要擁抱我。我已經成年了，面對奶奶這樣的擁抱有些羞澀，但是奶奶根本沒有注意到她外孫心裡的微妙變化，吆喝著：「哎喲，我可愛的外孫子又來奶奶家咯！可沒把我想死！累了吧！快快快，進屋休息，奶奶給你做頓好吃的啊！」她的嗓門大得似乎有意要讓周圍鄰居聽到。周圍鄰居果然有打開窗戶探出頭來看的，向奶奶招手道：「妳家外孫來看妳啦？」

奶奶滿面春風：「是啊，是啊！我的乖外孫來看奶奶了呢！」

不等我說一句話，奶奶又連忙吩咐爺爺道：「岳雲，快去後面弄點乾柴來，我炒菜的柴都沒有了！」爺爺唯唯諾諾，立刻轉了身去搬柴。

我也要去幫忙搬柴，卻被奶奶一把按在椅子上。「你走累了，休息一會兒。聽奶奶的話坐在這裡。」奶奶假裝生氣道。

我說：「爺爺半路上去接的我，他也累了。」

奶奶眼睛一鼓，故意對著爺爺的方向大聲說道：「他呀，幫人家幹活從來都不嫌髒，不怕累。家裡的柴怎麼就不能搬呢？你心疼他，他還不心疼自己呢！」我知道奶奶是故意把氣話說給爺爺聽。

爺爺卻不生氣，故意在外面大聲回答道：「柴哪裡會髒呢？它的精神好著呢！長成樹的時候給人遮蔭乘涼，樹枯死了給人做柴生火，燒成了灰還能撒在田裡做肥料。」然後是一聲爽朗的笑。

奶奶向我告狀道：「你看看你爺爺，就一根筋！還牛一樣的倔，想轉過彎來都轉不動！難怪對牛這麼好，對我卻不好！乾脆讓他跟牛過算了！」奶奶說得不解氣，又氣咻咻地說了一籮筐爺爺其他的毛病。

我笑道：「好啦好啦，都過了半輩子了，您還不知道爺爺的性格啊！他就是不懂拒絕別人。您說他的時候吧，他能笑呵呵地答應您以後不插手別人的事情了。但是別人一來，他還是跟著去了。」

奶奶道：「我何嘗不知道？以前不聽也就算了，但是現在他反噬作用不正嚴重著嗎？都這麼大一個人了，還不知道照顧自己！」我聽奶奶說「這麼大一個人」感覺奶奶說的不是爺爺，而是一個剛成年的孩子。

我心想，完了，看奶奶的架勢，今天晚上我們是不能去文天村了。

31

晚飯吃得很安靜。奶奶盛飯的時候故意把爺爺那個碗空著，把我和她自己的碗盛得滿了出來。三個碗放在一起，有明顯的對比效果。爺爺「嘿嘿」一笑，打趣道：「我又不喝酒，幹嘛不盛飯呢？」

奶奶根本不去搭理爺爺的冷笑話，一個勁地往我碗裡夾菜，話也不說。爺爺尷尬地笑了笑，自己去盛飯。

這時奶奶又嘲諷他了：「你是神仙，身體不是肉體的，累也累不著，病也病不著，幹嘛吃飯呀？你何不合上十指坐禪呢？」

奶奶這是在說氣話了。爺爺仍是「嘿嘿」地笑，盛了飯又夾菜，一個人吃得津津有味。過了一會兒才彷彿發現我和奶奶在旁邊，爺爺連忙故意道：「喂喂，你們幹嘛看著我啊？吃啊吃啊！亮仔，尤其是你，你是奶奶的心肝，不是你來了，我還吃不到這麼香的飯菜呢！你吃在嘴裡，奶奶甜在心裡呢！快吃快吃。」說完學著奶奶的樣子給我夾菜。

奶奶這回說不出話了，只能乾瞪眼。

我和爺爺快速地朝嘴裡扒飯。

吃完飯，爺爺進屋擺弄一些東西，不讓我進去，只叫我看好那個月季花。奶奶熱心地對我說：「我淘米的時候沒有把水倒出去，都留在碗裡了。你去拿淘米水澆它，這樣它長得好些。」我心裡樂了，原來奶奶沒有想像中的那樣排斥爺爺做的事情。

我剛剛這樣想，奶奶就朝裡屋的爺爺喊道：「今天扔筷子怎麼這麼早啊？不是趕著去文天村吧？爺孫倆都瞞著我，把我當外人呢！」

我馬上高興不起來了，原來奶奶早就知道了我們要去文天村哪。難怪剛才故意給爺爺臉色看的。

裡屋傳來「咚」的一聲，不知是什麼東西掉在了地上。看來爺爺對奶奶的這句話也頗感意外。

幸好奶奶沒有再干涉我們，兀自去收拾桌子上的剩飯剩菜。奶奶沒有像往常一樣吃完飯就立即洗碗刷鍋，而是在鍋裡倒滿了水，然後把用過的碗浸在鍋裡。奶奶是要把碗留在明天洗了。

收拾乾淨飯桌之後，奶奶雙手一甩，說道：「哎，今天醃酸菜把我的腰累壞了，碗就明天洗吧！這個老頭子就是去幫人家做些雜七雜八的事情也不會幫我洗碗的。我先睡覺了。」然後奶奶捏了捏腰，懶洋洋地走進臥室睡覺去了。

奶奶前腳剛剛跨進臥室，爺爺後腳就從裡屋跨了出來。爺爺像個小偷似的左瞄右瞄，然後小聲地問我：「你奶奶真的睡覺去啦？」

我點點頭，說：「奶奶哪裡是去睡覺咯。她知道我們要出去，剛才又說了那些氣話，不好當著面讓我們出去，故意說早點睡覺呢！」

爺爺開心地笑了，說：「我知道咧！我是她肚子裡的蛔蟲，她想什麼我都知道。」他另一隻腳從裡屋跨出來時，我看見他手裡拎著一個破破爛爛的麻袋。

我正要問爺爺拿個破麻袋幹什麼，爺爺卻急匆匆地說：「走吧走吧！本來我算好了時間的，剛剛被你奶奶囉唆了半天，現在沒有多少時間了。你抱好月季，我們現在就出發。」說完將破麻袋對摺，然後夾在胳膊下面。原來奶奶收拾桌子的時候，爺爺躲在裡屋等她走開。奶奶或許知道爺爺在裡屋躲著，更知道阻攔不住爺爺，才藉口說去睡覺，好讓爺爺「趁機」溜走。這兩位老人，一個假裝責罵，一個假裝順從，但是背地裡還是互相體諒，在我面前演出一場詼諧劇。

我馬上去抱起月季，跟著爺爺出了門。

出門的時候天色還沒有暗下來，田埂上走著三三兩兩的幹完農活回家的人，他們見到爺爺就打招呼，甚至隔了半里路的人也遠遠地站在田埂上喊道：「馬師傅，您到哪裡去忙啊？」

爺爺就只好也遠遠地揮一揮手，答了也等於白答地喊道：「唉，我是去忙呢！」那個打招呼的人就很高興地點點頭，似乎真的知道爺爺要去忙什麼。

我們走到文天村前面的大道上時，田埂上就幾乎沒有人的影子了。太陽是完全落下了山，月亮早就在天空掛著，只是不發出一點點光，淡淡的像是哪個粗心的畫家不小心在藍色幕布上留下的白色顏料。風也沒有，周圍的山是靜靜的，樹也靜靜的，似乎它們都在默默地看著我跟爺爺一步一步走向那個偏僻的小房子。那個小房子裡住著文歡在和他媳婦。

路邊的草叢裡還有稀稀落落的青蛙或者癩蛤蟆攔住去路。青蛙機靈得很，在我們半米之外就蹦開了。但是癩蛤蟆愚笨，我和爺爺要小心地繞開，生怕踩到滿身毒液的牠們。

文歡在的媳婦早在門口踮起了腳，伸長了脖子往我們這邊看。她一見到我們就高興地舉起手，叫道：「馬師傅，馬師傅！」其情形就像在擁擠的車站等待初來乍到的朋友一般。

我們走到她家的地坪時，爺爺悄悄問我一句：「你聞到臭味了嗎？」

我用力地吸了吸鼻子，果然有淡淡的臭味，如同放壞了的臭鴨蛋。我點頭。

爺爺笑道：「我頭次來的時候臭得不得了。這次沒有這麼厲害了。」

文歡在的媳婦從門口走了過來，聽到了我們的交談，一臉不解地問道：「有臭味嗎？我怎麼聞不到？是不是後山上的野貓來地坪里拉屎了？」她轉了頭去看地坪的四周，然後罵道：「那隻死貓！」

「不怪貓。」爺爺說，一面將破麻袋丟在了地上。

「你把麻袋丟掉幹嘛？」我和文歡在的媳婦異口同聲地問道。

爺爺拿眼覷了覷四周，神秘兮兮地說：「別說話……」

我和文歡在的媳婦只好帶著疑惑跟著爺爺無聲無息地走進屋裡。這時候的天已經暗下來了。

32

躺在床上的文歡在見爺爺進來，連忙爬起床來要迎接爺爺，不料剛離開床沿就「咚」的一聲摔在了床底下。我們連忙上去扶起他。他一臉尷尬和懊悔：「對不起，我忘記我的腳不能走路了。我還以為我可以走呢！都怪我，幹嘛要在地坪裡睡到大天亮呢！睡屋裡不好嗎？弄得現在成這鬼樣子了。」他捶首頓足，寬大厚實的巴掌在床沿上狠狠地拍打。這樣一說，他媳婦的眼眶裡也溢出了幾滴淚水。

爺爺寬慰道：「這不能怪你，要怪就怪一目五先生。」爺爺一面說一面扶文歡在躺下。那麼一個魁梧有力的漢子就那樣無助地靠在枕頭上，流著不爭氣的眼淚。可是有什麼辦法呢？從來沒有誰主動去找上災難，可是災難降臨到人的頭上時，誰也沒有辦法說「不」。

爺爺轉過頭來罵文歡在的媳婦：「妳男人心裡本來就難受，妳哭什麼哭？妳不是故意要引得他也流淚嗎？要哭也不要讓妳男人看見啊！」

爺爺的這句話我一直記得清清楚楚，一字不差。我記住這句話並不是因為爺爺告誡文歡在的媳婦要堅強，而是幾年以後媽媽用同樣的話說了奶奶。幾年之後，奶奶病重，躺在床上的她忍不住哭出了聲。媽媽怎麼勸慰也無濟於事。最後媽媽說了一句話：「妳哭什麼哭？妳不是故意要孩子聽到嗎？要哭也不要讓孩子看見啊！」孩子不只是指我，還有舅舅的兒子。那時舅舅已經結婚生子了。這句話果然有效，奶奶立即止住了哭聲。而我卻跑出門痛心地大哭起來。哭的不是奶奶的病痛，而是奶奶病痛了卻不敢哭出聲來。

我想，我一輩子是忘不了那句話的，它如一個燒得灼熱的印章狠狠地燙在了我的心上。那句話比任何讚美長輩的愛的華麗篇章更有震撼力，但是過於殘忍。

文歡在的媳婦抹了抹眼角，道：「馬師傅，您今晚一定要幫我們捉住一目五先生啊！不抓住它們，我這心裡憋屈啊！兒子死了也就算了，都怪我貪心重。可是我男人招誰惹誰了？為什麼也要得到這個下場啊？」

爺爺責備道：「現在說這些還有什麼用？趁著天沒有完全黑下來，我們快點忙正經事吧！妳家的竹床在哪裡？我要用一下。」

文歡在的媳婦說：「在堂屋裡呢。出了這事之後，我是怎麼也不敢睡竹床了，在家裡都不敢用了。」

爺爺走到堂屋，將立在牆角的竹床搬到地坪中央。我們跟在爺爺後面。

「上次是在這個地方嗎？」爺爺問道，指了指竹床的位置。

文歡在的媳婦擺擺手，說：「再往右邊來一點，再過去一點，對，差不多就在那個地方了。」爺爺將竹床擺好後，她過去將竹床換了一個方向。

我奇怪地問道：「妳記得這麼清楚？」能記住大概地方就差不多了，她居然還能記住這麼微小的差別。

她抬起竹床的一腳，指著地下說：「不是我記得清楚。他上次睡過竹床之後我就沒有再在地坪裡睡過了。那晚竹床在地面留下的印跡還在這裡呢！也許是因為一目五先生按住歡在的時候太用力，竹床留下的印跡很深。」我低頭一看，果然有竹床腳留下的坑。而爺爺扔下的破麻布袋就在旁邊。

「亮仔，把你的月季拿過來。」爺爺揮揮手道。我連忙將月季遞給爺爺。爺爺小心翼翼地將月季放在竹床上。

「您的意思是……」文歡在的媳婦看著爺爺的一系列動作，不解地問道。

「對。」爺爺還沒等文歡在的媳婦把話說完就回答道，「我用月季將一目五先生引出來。妳家的竹床薰的次數太多，煙氣重，一目五先生對這種氣味比較敏感。那晚妳家男人也是因為這種煙氣才引來一目五先生的。」

文歡在的媳婦點頭道：「我家比較潮濕，我家男人怕竹床被蟲子蛀壞，就經常把竹床吊在火灶上方，用煙薰竹床。」不光是這位女人，我們那個地方的人都習慣用煙薰竹床、椅子、臘肉等東西，這樣可以防止東西腐壞，延長物品的使用壽命。等到再使用竹床或竹椅子之前，人們又將這些東西放在水裡浸上兩三天，而臘肉則用開水泡一段時間。這樣做是為了去除嗆人的煙味。

爺爺用手指點了點竹床，說：「煙薰是必須的，但是使用之前你們沒有將它浸泡足夠的時間吧！妳看，它太乾了。」

文歡在的媳婦不好意思地笑笑，道：「確實沒有浸泡很久。一般在竹床上灑點冷水就用上了。您是怎麼知道的呀？」

爺爺不說我也知道，如果竹床的浸泡時間足夠，用手指摁一摁，竹床就會出現一個手指的浮水印。人躺在竹床上不一會兒就起來的話，竹床上也會出現一個人的浮水印。浸泡時間不夠的竹床就不會這樣。

竹床擺好，月季放好，我以為下一步就是爺爺作法了。可是爺爺將手一挽，抬起腳就走進了屋裡。我剛想叫住爺爺，沒想到爺爺在門口回過身來，朝我招手道：「來來，進屋吧。外面的事情就交給你的月季了。我們在屋裡看著就可以。」

文歡在的媳婦比我更驚訝，她指著月季問道：「就……就靠……這朵花？」

天色很暗了，而今晚的月亮很淡很暗，從我現在這個角度看爺爺就有一些恍惚，像在夢中一般。爺爺招手道：「進來吧！月季不行還有我的麻袋呢！」然後他抬頭看了看當空的如同將近熄滅的燈籠似的月亮，掐著手指沉吟了片刻。

我和文歡在的媳婦半信半疑地走進屋裡，爺爺順手將門關上。

「從這裡看外面。」爺爺指著兩扇門之間的門縫對我們說道。

「從這裡看？」文歡在的媳婦更加迷惑了，眼睛裡露出懷疑的意味，但是身子卻彎了下來漸漸靠近不到一指寬的門縫。

我跟爺爺也將眼睛湊近了門縫，悄悄地注視著竹床周圍的變化。睡在裡屋的文歡在猜想還睡不著，但是他沒有發出一點聲音，也許他正用耳朵傾聽著外面的任何響動。

此時，四個人的心都由一根緊繃的繩繫在了地坪中間的竹床上。這時，一隻貓躥了出來。

33

「那隻該死的貓！」文歡在的媳婦罵道，「剛剛還在我們家地坪裡拉了屎，現在關鍵時刻又來搗亂了！看我下回不掐死你！」看來這隻貓就是剛才她所說的野貓。

我剛要拉開門去驅趕那隻幽靈一般的貓，爺爺一把按住我的手，小聲說道：「等等。一目五先生就要出來了。你這個時候去，我們所有的計畫都要打破了。暫且不管那隻貓，我們見機行事。」

我只好聽吩咐繼續躲在門縫後面偷偷看著發生的一切。

那隻貓不緊不慢地走到竹床腳下，仰起頭來看竹床上的月季，像個新生兒第一次看見世間萬物一般對月季頗為好奇。牠抬起前爪，撓了撓竹床的腳，發出刺刺的雜訊。牠的每一個腳步似乎都踏在我們的心上，我們摒住氣息，門縫後的六隻眼睛和一雙耳朵都關注著牠的一舉一動。

我們擔心的事情還是不可避免地發生了。那隻貓撓了撓竹床，見爪子沒有可以著力的地方，弓起身子，蓄力一躍，輕鬆如一片落葉般飄落到竹床之上。牠的靈巧程度令我吃驚。我偷偷側眼看了看爺爺，爺爺的眉頭擰得很緊。

那隻貓也許疑惑了，這個竹床上往常不都是睡著一看見我就驅趕的人嗎？今晚怎麼變成了一朵藍色的月季？

我們當然看不清月季是什麼顏色了，但是貓肯定可以，因為牠的瞳孔是隨著光照的強弱變化的。光照強的時候，牠的瞳孔可以縮成繡花針那麼小；而光照弱的時候，比如晚上，牠的瞳孔就擴張到玻璃球那樣大、那樣圓。

雖然對面的只是一朵藍色的月季，但是那隻貓仍然沒放鬆牠的警惕心。也許是野山上危機四伏的環境促使牠處處提防。牠的前腳和後腳併到了一起，身子就極度地扭曲，弓成一個半圓。難道，牠也能嗅出月季的氣味？正像今天遇到的那個乞丐一樣？

我無法得到答案，但是顯然那隻幽靈一樣的野貓對月季興趣極大。牠將頭湊近了月季的葉子，然後又漸漸挨近花。牠是在嗅花的氣味嗎？不，不可能的，一隻生長在野山上的貓，絕對不會對一朵平常的月季有超乎異常的好奇心吧？山上的野花野草多得是，牠應該不會對這類東西感興趣。

那麼，牠是嗅到了什麼呢？

我又側臉看了看爺爺，爺爺此時無暇顧及我，兩眼如釘子一般釘在那隻野貓上。他比那隻貓有更高的警惕性。此時，我彷彿覺得爺爺也是一隻貓，但他不是來自周圍的小山小樹林裡，而是來自一個更加原始的更加廣闊的森林。

那隻貓將臉挨上了月季，親暱地將臉在花上磨蹭。完了，這樣會不會把我的月季花弄壞？一旦月季花弄壞了，剋孢鬼會不會受影響？剋孢鬼會不會突破爺爺的禁錮，從月季裡逃脫出來呢？逃脫出來的剋孢鬼會不會仍和以前那樣有著惡性呢？

正在我擔心的時候，那隻貓突然叫了一聲，「喵嗚——」那聲音叫得非常尖銳，如針一般要刺破我的耳膜鑽進我的腦袋。文歡在的媳婦聽了那聲音，像觸了電似的渾身一抖，雙手猛地推門，反彈力將她向後推了兩三步。不過她的平衡力不錯，雙手胡亂揮舞了半天終於沒有跌倒在地，然後迅速卻已經不及時地捂住了耳朵。爺爺一動也不動，但是從他要眨也未眨的眼睛可以看出，那聲音已經扎入他的耳朵，只是他的定力比我們強多了。我自己則是起了一身雞皮疙瘩，渾身被一層陰冷的氣氛包圍。

我雙手互相搓揉了片刻，立即又將眼睛湊到門縫前窺看竹床上的動靜。

我簡直不能相信自己的眼睛，那個月季又如小孩子的手一般開始抽搐了！不過它不像我在公車上看到的那樣軟弱，它此刻表現出來的是憤怒！它不再是求救，而是帶著仇恨！我能看出，它是因為野貓的親暱而憤怒的，它不喜歡野貓的親暱動作。月季是受不了貓身上的氣味呢？還是擔心自己被貓蹂躪壞了？

野貓從來沒有見過能夠活動的花，牠顯然始料未及，被眼前的情景嚇了一跳，弓起的身子立即如彈簧一般展開，不過牠不是撲過去，而是驚慌失措地退開來。

野貓的肚子裡開始嘀咕了，呱呱呱地響個不停。但是牠還不想就此離去，牠在離月季不到一尺的地方站住，定定地看著花瓣和枝葉還在抽搐的月季。

「喵嗚——」那隻野貓又發出叫聲，牠在向月季示威，專門穿梭於黑夜之中的牠不甘示弱。

而月季顯然不想惹更多的麻煩，抽搐的動作慢慢緩了下來，最後恢復到原來的樣子。也許月季只要求野貓不要挨著它磨蹭便可。

文歡在的媳婦抬起戰戰兢兢的腳，又朝門縫這邊靠過來。我想，如果換在平時，任何一個女人見到這個情景都會嚇得魂飛魄散，但是她為了她的男人可以承受住這樣的恐懼。很多女人平時看起來弱不禁風，只有在保護親人的時候才會表現出非同一般的能力。在這些時候，她們會比男人更堅強。

「一目五先生還沒有來嗎？我怎麼聽到貓叫了？」裡屋的文歡在再也忍不住了，極力壓抑著粗獷的嗓子問道。

爺爺沒有回答他，文歡在的媳婦也沒有回答。裡屋的文歡在等了一會兒，見外面的人都沒有回答他，卻也不再詢問。他翻了個身，伏在床上傾聽。

竹床上的野貓如同石雕一般靜止。我們緊張的心漸趨舒緩，但是仍擔心野貓下一步會不會再次撲向月季。如果牠對月季產生了敵意，肆意要將月季撓成殘枝敗葉的話，那可就不得了了。

這時，風起了。月季隨著輕微的晚風搖擺。風從門縫裡鑽了進來，拂到我的臉上。這是一陣慵懶的風，讓吹到的人容易產生睡意。我禁不住打了個長長的呵欠。

34

就在我張開的嘴巴還沒有合攏的時候，竹床上的那隻野貓忽然將腦袋對準了另一個方向。「喵嗚——」牠叫道，像是呼喚某個我們看不見的朋友。

「我好睏了。」文歡在的媳婦咂巴咂巴嘴，眼睛的睫毛像黏了膠水似的，上下要黏合到一起去。她抬起手揉了揉眼，打了一個呵欠。

「怪風！」爺爺沉吟道，眼睛卻更加專心致志地看著門縫外的變化。

那隻野貓挪動腳步，向竹床的邊緣走去。牠後腳勾住竹床的竹板，身子向地下探伸，兩隻前腳在竹床的腿上不停地扒拉。我看出來牠對月季失去了興趣，想從竹床上下來。但是牠的動作完全沒有了剛才的敏捷，兩隻前腳懸在半空打晃，怎麼也抓不住光滑的竹床腳。

一陣風剛剛過去，又一陣風吹來了。

那隻野貓像一片黏附在竹床上葉子一般，竟然隨著風飄落，摔在了地上。

「喵嗚——」也許牠被地上的石子磕痛了，懶洋洋地叫道。牠從地上爬起來，像個患上夢遊症的人似的，一步一個晃蕩。才邁出五、六步，就再也走不動了。

我透過門縫看見牠揚起頭張大了嘴，打出一個異常費力的呵欠，牠晃了晃腦袋，像個酒醉的酒徒一般想要讓自己清醒一些，可是無濟於事。牠伸了個懶腰，前腳伏地後腳蹲下，就那樣睡在了原地。

牠竟然在這裡睡著了！

正在我凝神觀看野貓時，爺爺突然拍了拍我的肩膀，輕聲道：「你把她扶到裡屋去，一目五先生就要來了。」

我側頭一看，原來文歡在的媳婦挨著門睡著了。

「她怎麼……」我剛要問，爺爺立即捂住了我的嘴，搖搖頭。

我抬起她的一隻胳膊，費了好大的勁才將她扶到裡屋去讓她坐在椅子上，然後回到爺爺身邊。

等我再將眼睛放到門縫旁邊時，竹床邊上已經多了五個影子。

一目五先生！我心裡驚叫道，等你們等了這麼久，終於出現了！我既是興奮又是害怕。興奮的是它們終於被爺爺引誘出現了，害怕的是爺爺現在身體不好，不知道怎麼才能制伏它們。萬一制伏不了，我跟爺爺恐怕都有性命之憂。

獨眼和四個瞎子圍著竹床，對著月季，像五隻餓得不成形的狗圍著一頓豐盛的晚餐。獨眼流下了長長的涎水，其他四個鬼都露出興奮的表情。

我不由得暗暗擔心我的月季來。白天那個乞丐的話又在我耳邊縈繞了——你不適合養這個月季……

爺爺扔下的破麻袋就在它們的腳邊，它們似乎對此毫無知覺，也許獨眼看到了那個破破爛爛的麻袋，但是根本不放在心上。我知道那是爺爺對付一目五先生的東西，雖然我還不知道爺爺待會兒要怎麼使用那個破麻袋。

獨眼轉頭看了看四周，然後對四個瞎子說：「太好了，吸了這個月季的精氣，我們就一年半載都不需要吸別人的精氣了。」

一個瞎子臉上的興奮消失了，它拉長了臉問道：「這個是月季？」

獨眼點點頭，可能獨眼至今還沒有適應五個人共用一隻眼睛的生活習慣，一時竟然忘了其他四個鬼都是看不見東西的。

「你說這個是月季？是一朵花？不是人？」那個瞎子提高了聲音問道。

獨眼這才醒悟，連忙道：「是啊，竹床上的不是人，是一朵花，月季花。怎麼了？」

那個瞎子的臉拉得更長了：「月季怎麼會有這麼旺盛的精氣？居然可以把十多里之外的我們引過來？」

另一個瞎子插嘴道：「對啊，對啊！我剛聞到這陣精氣的時候就懷疑了。一般人是不可能有這麼旺盛的精氣的。沒想到竟然連人都不是，還是一朵月季花！」

剩餘的兩個瞎子不耐煩了，推了推其他兩個瞎子，罵道：「上次就是太小心了，好好的一個人睡死在竹床上，我們都沒有得逞，還把人家搞得雙腿殘廢。幸虧是腿殘廢了，萬一那人死了也追不上我們，找不了我們麻煩。如果弄殘的是手或者其他的什麼，等到他死了還要找我們算帳呢！要嘛就痛快點，要嘛我們就別出來！別磨磨唧唧的不爽快！」

獨眼分開吵架的鬼，和解道：「別吵別吵，吵到睡熟了的人醒了，誰也別想吸到一口精氣！不就是一朵月季嗎？我們怕什麼？吸了就走，等花的主人追來，我們也就跑得差不多遠了。怕什麼怕，我不還有一隻眼睛嗎？我幫你們看著周圍。你們好好吸，吸飽了我再來。行不？」

其他四個鬼紛紛點頭，互不謙讓，爭搶著將鼻子、嘴巴對準了竹床上的月季。

我的心提到了嗓子眼，如果月季被一目五先生吸盡了精氣，那麼月季花會不會枯萎死掉？如果月季的精氣都被一目五先生獲得，那麼我跟爺爺還有沒有可能鬥過它們？如果一目五先生獲得了精氣，而我們又沒有機會制伏它們，那是不是會給周圍的所有人帶來很大的麻煩，甚至是殺身之禍？

我不敢想像失敗之後的後果，焦躁地看看爺爺，爺爺仍是緊緊地盯著外面的變化，臉上的皺紋堆砌起來，如用鋒利的刀雕刻上去的。我猜想，他的心情肯定也如我一樣澎湃難息，但是他努力地克制著自己的情緒，如一隻敏捷的貓在向老鼠撲出之前做出的潛伏。

裡屋的文歡在和他媳婦沒有發出一點聲音，也不知道他們是有意配合，還是已經經不住夜晚的誘惑睡熟了。奇怪的是，我連一聲蟈蟈的低鳴也沒有聽見。難道蟈蟈也都經不住睏意睡著了嗎？

35

甚至在多年以後，坐在電腦面前回憶當初的我，每次想到那個睡意綿綿的夜晚，仍然會感覺眼皮沉重、昏昏欲睡、精神委靡。所以，有時候，我很不願意再回憶當初的種種經歷。回憶起來，要嘛是傷感，要嘛是委靡。總覺得現在的努力都沒有用，還不如時間就停留在原來的那個地方。安逸的時候，想睡就睡，想玩就玩；危險的時候，只要爺爺在旁邊，就無須多心。任何時候，只要看到爺爺臉上重重疊疊的皺紋，看到他手裡那根忽明忽暗的菸頭，心裡就會平靜下來。

而現在，不光是我自己失去了許許多多的自信，失去了許許多多的自由，失去了許許多多的純真，而爺爺也已經不如以前。昨天媽媽打電話給我，說爺爺的咳嗽越來越厲害，恐怕在世的時日已經不會太多了。

我立刻就止不住地掉眼淚。

媽媽說爺爺很樂觀，爺爺說自己人過七十古來稀，差不多也可以死了，沒有什麼好擔心的。然後，他又問媽媽，在他死去的那天，他的外孫亮仔會不會趕到他的葬禮上，會不會給他放非常熱鬧的鞭炮。

媽媽說，你外孫剛剛大學畢業，現在找工作困難，買車買房就更不說了，哪裡能給你買那麼多的鞭炮呢？再說了，你外孫離湖南很遠，就算你死了，他趕來也看不到你老人家的臉了，頂多在墳頭上放一掛鞭炮，磕三個響頭。你要死，也要等到亮仔發財了再死。

媽媽說，爺爺聽了她的話後，笑了一笑，笑得像灰燼。然後爺爺淡淡地說，恐怕我這身子骨撐不了這麼多的時日了。我只盼望每年的清明亮仔可以來墳頭給我掛一吊紙錢。

媽媽回答說，亮仔離家裡太遠，清明放假也不會超過三天，加上路上的車票吃緊，能不能回來都說不定。

媽媽說，爺爺聽了嘆了一口氣，不再說話，悶頭去抽菸。這時，媽媽又免不了把他手裡的菸搶走。

聽媽媽在電話那頭說了這麼多，我忍不住地傷心起來。歷史的車輪滾滾向前，我們都拼著命來追趕，在追趕的過程中，我們甚至來不及回首看看落下的親人，不是不想，也不是不能，而是來不及。

末了，媽媽又說，爺爺揉了揉臉感嘆道，《白蛇傳》裡的許狀元想救母親出來都要磕破頭呢！亮仔也有自己的事業，他也有自己的難處。

原來爺爺仍然以為我讀了大學出來就相當於古代的太學生，就相當於金榜題名，就相當於「吃皇糧」。他不知道，現在的大學畢業生比古代的秀才還貶值。爺爺啊爺爺！

雖然我跟爺爺去捉鬼的那些日子裡，他已經開始咳嗽了，但是如果他要忍一忍，還是能維持很長一段時間不咳出聲來的。當我和他躲在門縫後看著竹床上的月季時，他一個咳嗽都沒有。太久沒有咳嗽，我都替他覺得心裡悶得慌。

月季上果然冒出了幾縷細細的煙，飄飄忽忽地進入一目五先生的鼻孔。

一目五先生安靜了下來，臉上露出愜意，如很久沒有抽菸的菸鬼終於得到一根香菸，如很久沒有喝酒的酒鬼終於捧了一罐酒在懷裡。

它們太陶醉於月季的精氣，沒有注意竹床旁邊的破麻袋發生了輕微的變化。麻袋的經緯漸漸鬆開來，縱的麻線和橫的麻線漸漸分離，如無數條蚯蚓爬開。那無數條「蚯蚓」緩慢而有秩序地爬上了竹床，然後爬上月季，最後順著月季冒出的細細的煙爬向一目五先生的鼻孔。而一目五先生仍舊閉目陶醉，毫無知覺。

爺爺將手放到了門閂上，我知道，他就要等待最佳時機出去了。我也暗暗地做好了準備。

終於，地上的破麻袋一根麻線也沒有剩下，全被一目五先生吸進去了。

「哈啾！」獨眼首先打了一個噴嚏，緊接著，其他四個瞎子接連各打了一個噴嚏。

「走！」爺爺大喝一聲。「哐」的一聲早已把門打開，隨即身子如弓箭一樣飛了出去，我立刻跟上。

一目五先生顯然沒有料到它們的整個吸氣過程全部被我們看到，它們呆呆地看了我們片刻，不知所措。

爺爺口裡的咒語已經唸了起來：「寂然無色宗，兜術抗大羅，靈化四景分，萬條翠朱霞。遊魄不顧反，一逝洞群魔，神公攝遊氣，飄飄練素華。……」語氣低沉，語速飛快。

獨眼愣愣地看著飛奔而來的爺爺，傻傻地聽著爺爺唸出的口訣，彷彿一個剛上學的學生第一次聽到老師唸課文一樣充滿了好奇。其他四個瞎子已經停止了吸精氣，但是仍站在原地不動，它們在等待獨眼發號施令。等到爺爺離它只有兩三米的距離時，獨眼才恍然大悟，大喊一聲：「跑——」

立刻，它們像煙被風吹散一樣消失了。等爺爺趕到竹床前面，一目五先生已經無影無蹤了。我氣喘吁吁地跟在爺爺後面，心裡懊悔不已。守了大半天，沒想到連個招呼都沒打就什麼都沒有了，真是白白忙活了一陣。

爺爺剛才也費了很大力氣，雙手叉腰大口大口地喘氣。我瞟了一眼月季，幸虧它暫時好像還沒有大礙。

「它們跑了。」我用力吸了一口氣，然後對爺爺說。

「跑不了！」爺爺簡短地回答道，兩隻眼睛警覺地搜索周圍的每一個角落。天色很暗，四周寂靜，我實在想不出爺爺到底在看什麼東西。「它們跑不了多遠。」

「可是我們看不見它們，就算它們跑的速度不快，我們也根本沒有辦法找到它們在哪裡呀！」我焦躁道。

「你能看見的。它們在那裡，你看。」爺爺指著地坪南邊的空氣道。

可是我什麼也沒有看見。

36

「爺爺，可是我什麼也沒有看見啊？」我著急地問道。

「你再往那個方向看，」爺爺指著地坪的南面，「不要看到山那邊去，就在地坪邊沿上。看到沒有？你也別尋找它們的身影，它們的身影你是不可能看到的，但是你可以看到其他的東西。」

「什麼東西？」我還是什麼都沒有看到。黑夜一降臨，整個世界就如沉浸在一個莫大的湖底。也許太陽還在頭頂上，但是湖水太深了，以致於太陽光根本到不了這個湖底。空氣是湖裡流動的水，遠處的山林就是湖底的水草。在這個幽藍得發黑的水裡，我看不到一目五先生的蹤跡。

「麻線。」爺爺回答道。他已經輕輕地跨出了腳步，向地坪的南面走去。

「麻線？」我迷惑不解。

「對的。我剛才把那個破麻袋丟在竹床旁邊，就是為了讓一目五先生連同月季的精氣吸到肚子裡去。這樣的話，即使它們隱藏了自己，也隱藏不了那些麻線。我們不用看到它們的影子在哪裡，我們只需要看到那些麻線在哪裡就行了。」爺爺邊邁著碎步邊對我說。然後，爺爺指著前面，悄悄地說：「你看，它們在那裡。」

我順著爺爺的指向看去，果然看見絲絲縷縷的麻線浮游在空氣中。這時候，我就更加覺得整個世界就是一潭湖水了。那些麻線就是漂浮在水中的寄生物。

「那我們怎麼抓住它們呢？」我擔心地看著爺爺，「您的反噬作用還沒有完全好呢！」

爺爺嘴角拉出一個狡黠的笑容，道：「不用擔心。我用文歡在的骨頭來打它們。」

「文歡在的骨頭?!」我渾身一顫，「難道要拆了文歡在的骨頭才能制伏一目五先生嗎？那……」

「不用拆他的骨頭，他的骨頭就在這裡呢！」爺爺說著話，將右腳往地上用力一踩。我還沒有來得及猜到爺爺的下一步動作是什麼，爺爺就將邁出的右腳往後一拖，然後再次迅速地將右腳往前一勾。同時，爺爺的手伸了出來，輕輕在空氣中一抓，臉上就浮現出了得意的笑容。我看看他的手，拳心空握，似乎抓到了什麼東西。但是我看不到他的手裡有任何實物。

「他的骨頭就在這裡呢！」爺爺側臉朝我一笑，晃了晃拳心空握的手。

我後來才從爺爺那裡學到那一套動作，那套動作有個名稱，叫「勾棍」。如果地上有一根木棍，而你來不及彎腰去撿的時候，就可以使用到這一套動作。首先將腳踩在木棍上，然後腳迅速往後一拖，帶動木棍滾動起來。當你的腳離開已經滾動起來的木棍時，你要迅速用腳尖去輕輕頂一下木棍。當你的動作熟練的時候，木棍就自然而然從你的腳尖滾到腳背。這時，你只消輕輕勾一下腳尖，木棍就會乖乖地騰空而起。最後，就需要你眼明手快地抓住已經騰空的木棍了。

而當時爺爺踩住的，正是文歡在的骨頭。

「他的骨頭哪裡來的？怎麼會在這裡呢？」我驚訝地問道。

爺爺笑道：「那天晚上，其實文歡在確確實實看到了自己的腿在竹床上，只可惜沒有人相信他。當然了，別人都沒有看見，自然不會相信他。」爺爺一邊小聲地說一邊繼續往那絲絲縷縷的麻線靠攏。

「哦？」我跟著爺爺亦步亦趨。

「一目五先生來不及吸文歡在的精氣，一怒之下折斷了文歡在的腿。不過，折斷的不是他的肉體的腿，而是他的靈魂的雙腿。所以，你眼看文歡在的腿好好的，但是就是走不動了。」那些漂浮在空氣中的麻線緩慢地動著。它們不能說話，而其中四個是瞎子，所以它們行動得非常緩慢。

「原來是這樣啊！」我小聲地說道。

爺爺又說：「剛才我來的時候說這裡有臭氣，就是文歡在的雙腿在地坪裡腐爛發臭了。

上次我跟潘爹來，臭味比這次要濃烈得多。只是潘爹聞不到，我就沒有點破。這次我不消運用多少法術，只拿著這骨頭往有麻線的地方狠狠地打，一目五先生就會受到攻擊。要是我們自己用手打，肯定是起不了多少作用的。」

我似懂非懂地點點頭。

這時，我們已經走到地坪邊沿了，再往前便是一塊正方形的水田了。麻線就漂浮在眼前了，顯然我們面前的這個鬼不是獨眼，不然它不會摸索到水田旁邊來。這裡是最不好逃脫的地方，因為它再向前走的話，便會弄出「嘩嘩」的水聲，自然就暴露了自己的所在。

我看到水田邊上的草被踩下去了一個腳印。應該是一個瞎眼的鬼在試探前面的路。

是時候了！

爺爺舉起手裡的骨頭，朝前方狠狠地揮過去。

「哎喲！」一個聲音傳來。那個鬼被爺爺打中，忍不住叫喚起來。水田邊上的草立即被踩出無數個腳印。它要逃跑了！

我正準備追上去，只聽得「撲通」一聲，水田裡濺起了一層水花。那個冒失鬼一腳踩空，掉到水田裡去了！水滴濺落在它的身上，勾勒出了它的形狀。

「你去抓住它，它沒有多少力氣的！它們的膽子很小，你不停地罵它小偷就是了。我去捉其他的。」爺爺揮了揮我看不見的骨頭，吩咐道。

我馬上衝到水田邊，壯著膽子拉住它的一條腿，使勁往岸上拖，嘴裡不停地罵道：「你這個小偷！專門偷人的精氣！你害死了多少人啊！你心裡不愧疚啊？看我不收拾你！」

雖然我的咒罵比不上四姥姥，但是它仍然嚇得哆哆嗦嗦。也許它並不是因為我的咒罵而害怕，而是剛才失足掉進水田讓它嚇得心驚膽顫。我像拖著一串水草一樣，將濕淋淋的它拖到了地坪旁邊。

37

爺爺見我已經抓住了那個瞎鬼，便趕到地坪的另一面尋找剩餘的四個。

我原本以為抓住其中一個，便可按照同樣的方法一一抓住其他四個，可是我想錯了。只聽得空氣中傳來一個聲音：「其他幾位兄弟，不要慌張！如果我們各自走散，只會一個接一個被他捉住。再說了，我們五個一直以來沒有分開過，如今已經有一個兄弟被他們捉住，我們豈能撇下它一個自己逃跑？」

我可以猜到，說話的正是獨眼。可是天色太暗，我看不到獨眼站在哪個位置。地上的瞎鬼拼命掙扎，我摸到它的手，將它反按在地。它的腦袋，它的胳膊，它的腿，我都能摸到，但是看見的只是懸浮在地面不到兩寸的幾根麻線。

獨眼又說話了：「我們五個，一個獨眼四個瞎子，能在眾鬼之中佔有一席地位，都是因為我們五個齊心合力，不棄不離。如今就算我們其中能逃走一個、兩個，可是回到眾鬼之中後，我們單個的哪裡能被其他鬼瞧得起？以後如何生存？」

爺爺站在地坪裡左顧右盼，辯駁道：「你們本來就不應該在這裡，本來就不應該出來騷擾活人，要嘛躲到你們該待的陰暗處，要麼早日超生投胎！這樣也省得我來花力氣捕捉你們！」

獨眼喝道：「兄弟們，不要聽這個老頭子的話！現在他已經抓住了我們的一個兄弟，同樣他也不會放過我們的。」

另一個聲音怯怯地問道：「大哥，那你說我們該怎麼辦？」

又有一個聲音小聲問道：「對呀，大哥，我們能怎麼辦？」那個發聲的鬼極力壓低聲音，似乎生怕我和爺爺發現了它的所在。這時，遠處的山那邊發出「沙沙」的聲音，一陣風吹過來，我不禁縮了縮身子。身下的鬼趁機使勁爬起，我立即用力將它壓下。它仍戰戰兢兢，如一隻落了水受了驚嚇的小老鼠。

獨眼沉默了一會兒，說道：「我早聽說這位老人家在上次捉鬼的時候受了很厲害的反噬作用，現在對付不了我們。而他的外孫不過是個沒有任何道術的高中生，我們更不用擔心。他現在依靠的不過是手裡的那根骨頭。」

「骨頭？」另一個聲音問道。瞎鬼看不到爺爺手裡的東西。

「是的。上次我們也在這個竹床上要吸別人的精氣，後來被發現。情急之下，我折斷了那個人的雙腿。他現在拿著的就是已經腐爛的骨頭。」獨眼說，「我們只要把他手裡的骨頭搶過來，他就沒有辦法對付我們了。」

後來，爺爺說那個獨眼很聰明，它一邊移動方位一邊說話，好讓爺爺弄不清它到底站在哪個地方。

「嗯！」三個瞎眼異口同聲。

這時，那些懸浮在空中的麻線不再四處逃散，反而聚集到了一起，漸漸向爺爺逼近。

爺爺沒有料到一目五先生居然敢迎面走過來，愣在那裡竟然不知道下一步該如何辦。就在這時，我突然想起了爺爺曾經跟我講過的捉螃蟹的方法。而現在，除了已經被制伏的一個瞎鬼，剩餘的三個瞎鬼相當於獨眼的三個螃蟹腿，獨眼就是螃蟹的眼睛。如果我們把這隻組合起來的「螃蟹」的眼睛打瞎了，其他幾個螃蟹腿就不足為慮了。

懸浮在空中的麻線越來越靠近爺爺。獨眼說道：「你們不要驚慌，聽我的口令。他手裡的骨頭頂多能打到我們其中的一個，然後我們立即將他的骨頭搶過來。」

我按住身下的瞎鬼，大聲朝爺爺喊道：「爺爺，爺爺，你只要制伏獨眼的那個鬼，其他的鬼就碰不到你了！」

爺爺回道：「傻孩子，我怎麼不知道擒賊要先擒王呢？可是這麼的麻線中，哪一個是看得見的那個鬼呢？」

是呀！當初爺爺教我怎麼捉螃蟹，是因為我們知道牠面對哪方，雙鉗能攻擊哪裡。可是現在出現在我們面前的不過是一團亂而無序的麻線。況且它們站在一起了，我們根本沒有辦法分清哪些麻線是屬於獨眼的，哪些麻線是屬於瞎眼的。

這時我多餘地想，如果歪道士在這裡多好啊！他收集了那麼多的鬼魂在那個破舊不堪的小廟裡，那麼他是不是也曾收服過一目五先生這樣的鬼群呢？如果之前請他過來幫忙，或者他不來但是提些好的捉鬼方法，那我們也不至於反被一目五先生逼迫到這個地步。

在我讀高二的時候，原先初中我認識的老師大多數被調走或者升級了，所以那些日子裡我很少去初中母校，也就很少碰到歪道士，當然更少聽到歪道士的消息了。

不知道歪道士他是不是還一直待在小樓上不肯下來呢？

獨眼打斷了我的遐想，它「哧哧哧」地笑了幾聲，狠聲道：「古話說得好，各人自掃門前雪，莫管他人瓦上霜。我們吸人精氣不關你的事，你一把年紀了，不好好養老享清福，倒管起我們鬼類的事情來了！」

爺爺從容不迫，臉上一如既往掛著淡淡的笑容，說道：「我雖管事，但是不像白蛇傳裡的法海，拆散許仙和白蛇娘子的好事。善事我可以不管，但是惡事萬萬是不可以留的。今天不管你們，明天你們又會害下一個人。」

獨眼惱羞成怒，大聲喝道：「我看你是狗拿耗子多管閒事，既然你執迷不悟，那你就試試吧！」

懸浮的麻線加速朝爺爺靠過來。

我一時驚慌，居然被地上的瞎鬼用力一頂，將我從它背上頂了下來。我再去抓它時，胳膊突然被什麼東西抓住，痛得如針扎。我連忙縮手，可是手腕已被控制，縮不回來了。

「爺爺，獨眼抓住我的胳膊了！」我轉頭朝爺爺大喊。瞎鬼不會這麼準確就抓住我的胳膊。抓住我的才是看得見的鬼，圍在爺爺周圍的是瞎鬼。它們居然也懂得聲東擊西！

38

在爺爺趕到我的身邊之前，獨眼慌忙鬆了我的手腕。

我突然靈光一閃，湊到爺爺耳邊悄悄說：「爺爺，其實我們不用看見它們也可以知道哪個是獨眼。」

「怎麼知道？」爺爺問道，手裡緊緊抓住骨頭。

「它們四個都受一個獨眼控制，一舉一動都要聽獨眼的命令，所以，它們之中反應動作最即時的那個就是獨眼。你揮一下骨頭，嚇嚇它們，看哪個最先躲閃，那麼那個就是獨眼。你只要逮住獨眼一個狠狠地打，打怕了它，其他的鬼就自然容易制伏了。」我說。

爺爺很開心地對我一笑，點點頭。

接下來的過程就變得非常簡單了，爺爺手裡的骨頭每一下都打在了獨眼的身上。獨眼痛得嗷嗷直叫喚。「你這個老頭居然能看見我？為什麼每一次都打在我身上？」獨眼惱怒道。

爺爺不回答，手裡的骨頭繼續精確地落在最先移動的那團麻線上。

獨眼一慌，其他的四個鬼就失去了指揮，只能慌亂而無用地在原地打轉。

獨眼受不了骨頭的毆打，終於顯出原形跪在了爺爺面前，哀嚎道：「別打了，我們也是迫不得已啊……」其他四個鬼見獨眼投降了，也紛紛顯出原來的形狀，都跪在了爺爺腳下。

「你們還迫不得已？你們害了人還說自己是迫不得已？誰相信哪！」爺爺將那根看不見的骨頭夾在腋下，質問道。

獨眼抬起頭來，哭訴道：「我們的膽子比老鼠還小，您是知道的。我們何嘗不想早點投胎做人？我投胎倒是沒有什麼問題，可是它，它，它，還有它……」獨眼將跪在爺爺腳下的四個瞎鬼一一指點，說：「我走了，它們就永遠不能投胎轉世了。」

爺爺擰眉，沉思了好一會兒，點了點頭，又搖了搖頭。他撓了撓耳朵，問道：「為什麼你走了它們就不能投胎呢？你們一起去投胎不可以嗎？」

獨眼的一隻眼睛流出了淚水，另一隻眼睛仍舊如乾枯的古井一樣嚇人。其他四個瞎鬼也嗚咽不止。爺爺被它們弄傻了，不知道它們為何突然哭得這麼傷心。我也不解。

「你們剛才不還氣勢洶洶嗎？怎麼一會兒都成這樣了？」爺爺問道。我擔心一目五先生有什麼陰謀，目不轉睛地盯著地上的五個鬼，如果它們中哪個朝爺爺突然發動攻擊，我就立刻撲過去。

文歡在的屋裡靜悄悄的，也許他們夫妻倆還沒有醒過來。

「我，我不敢說。」獨眼哽咽道。它給爺爺磕起頭來，悲傷道：「您就放了我們這一次吧！我們再吸一個人的精氣就可以投胎轉世了。雖說再吸人的精氣也是我們不忍心的，可是我們已經吸了那麼多人的精氣了，就差一個了。」

爺爺怒道：「投胎轉世你們自己去就是了，卻為何還要吸人的精氣呢？吸人的精氣只會增加你們的罪孽，對你們投胎轉世沒有任何好處。看來你們還是惡性不改啊！」

獨眼磕頭道：「它們四個都是我害死的，我必須把它們帶出苦海啊！如果我獨自去投胎，於心不忍。」

獨眼前言不搭後語，爺爺越聽越糊塗了。「你說什麼？它們四個都是你害死的？既然是你害了它們，你又怎麼突然好心腸要將它們帶離苦海？你說的苦海指的是什麼？我怎麼越聽你的話越不明白你說的是什麼了呢？」

其他四個鬼也不說話，只是跟著獨眼哀嚎，聲音嗚嗚地令人毛骨悚然。難怪成語中要用「鬼哭」和「狼嚎」來形容聲音的可怕呢！它們的哭聲就如蕭瑟的秋風被乾枯的樹枝劃破，寒冷而刺耳。

「我不敢說。」獨眼道。它的額頭磕破了，血從那裡流出來，順著臉上的紋路流到了嘴角邊。加上那隻空洞的眼，面目更加猙獰可怕。我怎麼也不會把這張臉跟好心腸聯繫在一起，只能猜測它的嘴臉後面隱藏著什麼樣的更為毒辣的詭計。

爺爺見它裝出的可憐樣，動了惻隱之心，為難道：「可是就憑你這張嘴，要我怎麼相信你呢？你說有你的苦衷，可是你又不說清楚。」爺爺轉而問其他四個鬼：「既然是它害死的你們，你們怎麼還要跟著它來繼續害別人呢？難道你們忘記了當初被害的感受了嗎？」

我在旁邊聽得不耐煩，對爺爺沒好氣地說道：「爺爺，我看您是好心過度了，只要把它們都捉起來處理掉，不就什麼事情都好辦了嗎？它們既是害人的鬼，我們何必跟它們囉唆這麼多？」

獨眼和其他四個鬼一個勁地向爺爺磕頭求饒。

爺爺嘆了口氣，說：「你們既然不說明白為什麼，那就怪不得我了。如果你們說出來，也許我可以幫到你們。當然，如果你們想我去幫你們再吸一個人的精氣那是不可能的。」

獨眼聽了爺爺的話，忽然停止磕頭，小心翼翼地問道：「您……您不會計較這麼多，還會幫我們嗎？」它的臉上露出一絲驚喜，讓我看起來覺得十分厭惡。

「如果你們真的是迫不得已，我想知道是什麼迫使你們害人的。」爺爺說。

我在旁冷笑道：「哼，惡鬼吸人精氣還需要道理嗎？爺爺，你不要上它們的當。」

爺爺朝我擺擺手，然後對獨眼道：「你說。」

獨眼的喉結滾動了一下，彷彿說出它的苦衷需要很大的勇氣。

這時，意外情況出現了！那四個瞎鬼突然不約而同地朝獨眼爬過去，有的掐胳膊，有的掐脖子，恨聲道：「你不要說！你不要說！你還要不要我們活？還要不要你自己活？你說完了不但挽救不了自己，還會再次害死我們！」

我和爺爺被眼前的情景驚呆了，面面相覷。爺爺的目光問我，我的目光也問爺爺：這到底是怎麼了？一目五先生隱藏著什麼天大的秘密嗎？

湖南同學打了一個長長的呵欠，看了看窗外的夜色，說道：「時候不早啦！」

我們正要散去，湖南同學突然問道：「你們知道人們為什麼害怕夜晚，卻不害怕白天嗎？」

這個問題我倒沒有想過。是啊，為什麼人們覺得夜晚有恐怖氣氛，而白天沒有呢？

湖南同學自己回答：「因為白天我們能看見彼此，但是晚上很多東西都看不見。」

「這跟害怕有關係嗎？」一個同學不解地問道。

「當然有關係。佛家有言：人有三毒，貪、嗔、癡。白天因為別人看得見，人們往往極力掩飾此三毒；晚上以為別人看不見，人們就將它們釋放出來。所以我們覺得夜晚比白天可怕。」

「所以你在午夜零點才講這些故事？」

「是的。這些故事都是因貪、嗔、癡而起，自然要隨著它們的出現而出現啊。我選在這個時候講，是希望那些正被貪、嗔、癡蠱惑的人能在恰當的時刻聽到這些故事。」

採陽補陰

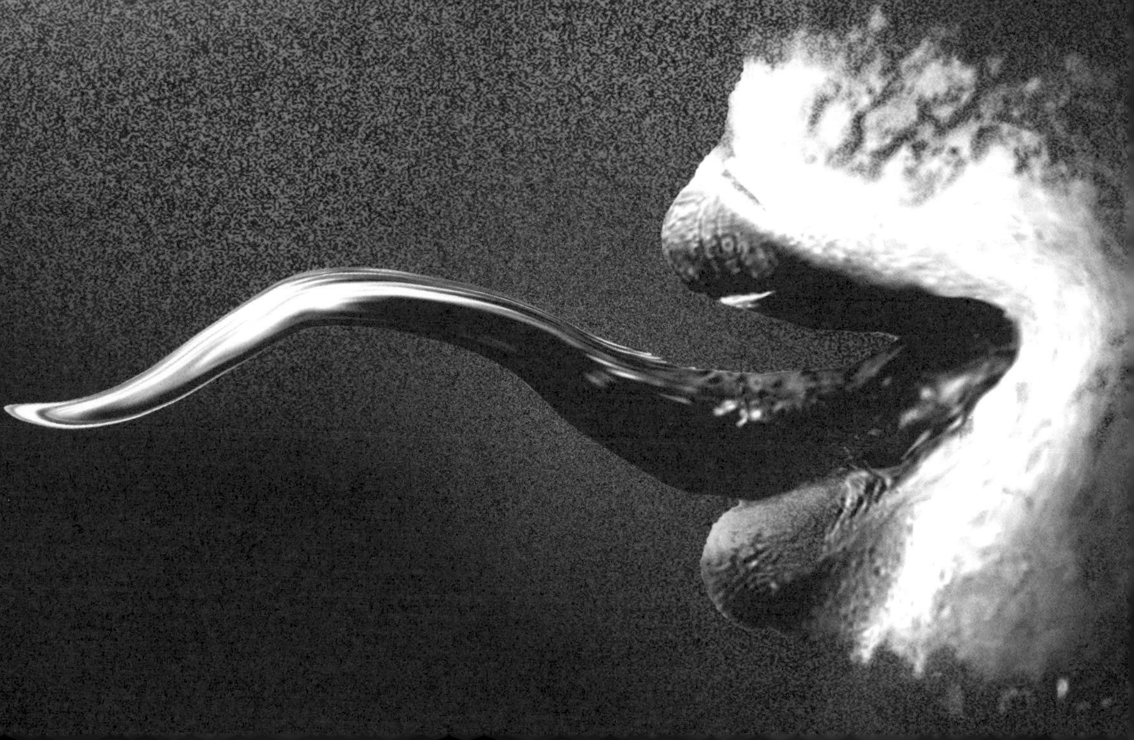

39

午夜零點。

「你們聽說過採陽補陰的事嗎？」湖南同學盤坐在床上，問道。

「是不是古代一種神秘的房中術？」一個本地同學回答。

湖南同學點點頭，說：「採陰補陽或採陽補陰是一種道教的修練方法，指的是男女透過性交達到體內的『陰陽平衡』。它屬於中國古代道家的『房中術』，在武俠小說中也多有提及，一般被認為是加強武功的手段，但是它的實際效果卻無法得到科學證實。」

接著，他在鄉下經歷的離奇故事再次如同畫卷一般展開……

當我和爺爺百思不得其解的時候，獨眼一把推開身邊的四個瞎鬼，怒斥道：「都到現在了，說不說還不是一樣？說的話，也許會被陰溝鬼懲罰；不說的話，現在就要被他捉起來，一樣無法超生？倒不如說給他聽聽，他既然能制伏那麼多的鬼，說不定也能對付陰溝鬼呢！」

四個瞎鬼帶著哭腔勸道：「他雖然能制伏別的鬼，可不見得就能制伏陰溝鬼。大哥，還是不要說的好。」

爺爺在旁邊聽到它們的對話，心裡嘀咕道：「陰溝鬼？不是跟水鬼差不多類型的鬼嗎？一目五先生怎麼會怕一個小小的陰溝鬼呢？」

《百術驅》雖被盜走，但是我還能記得上面的內容。裡面確實提到過「陰溝鬼」，但是筆墨不多，是在講解水鬼時捎帶講的：「陰溝鬼，類水鬼也，專使陰溝水代茶水與路人飲，飲則為其替身，不飲可脫。」

也許是陰溝鬼太弱，實在不值得詳細講解，所以《百術驅》將它一筆帶過。

既然陰溝鬼不值得《百術驅》一提，那麼為什麼會讓一目五先生這樣害怕呢？帶著這樣的疑問，我強壓對一目五先生的厭惡，好言勸慰道：「你們讓獨眼好好說說，說不定我爺爺真的可以幫到你們呢！他不只是捉鬼，也能幫助鬼洗去惡性。剛剛被你們吸了精氣的月季，就是我爺爺制伏的剋孢鬼。我們為了幫它洗去惡性，才把它附到月季上的。」

那四個瞎鬼聽我這麼一說，朝爺爺磕頭道：「既然您有這樣的善心，那就拜託您幫忙了。」

爺爺點頭道：「你們讓獨眼慢慢說來，我知道了前因後果才好幫助你們。」

獨眼也朝爺爺磕了一個頭，然後緩緩道來。

原來，獨眼在死之前，是一個家境殷實的農民，上有年老母親，中有結髮妻子，下有兒子、孫子。一家人和和睦睦，過著平平淡淡無憂無慮的種田生活，早出晚歸，秋忙冬歇。

獨眼原以為會這樣過完後半生，不料日後發生了一件離奇的事情。

有一天，妻子出去教村裡新嫁來的媳婦打毛線衣，兒子帶著兒媳和孫子去了岳父家，留下獨眼一個人在堂屋裡修來年要用的犁耙。他剛把犁耙上的犁鏵卸下來，門口就走進來一個陌生人。

那人在他背後喊道：「獨眼，你朋友方友星叫你到他家去一趟，找你有事商量。」獨眼天生一隻眼睛沒有光，渾濁如小孩子玩舊了的玻璃球。既然來人在自己的身後也能知道自己的外號叫獨眼，那麼證明他認識自己。

獨眼放下手中的工作，轉過身來看了看這個突然出現的陌生人，問道：「你是誰？我怎麼沒有見過你呢？」

那個陌生人笑了笑說：「你當然不認識我，是你的朋友方友星叫我順路帶個口信，邀你到他家去一趟。」

獨眼想了想，他認識的人中好像沒有叫方友星這個名字的人，可是又好像有姓方的但是不叫這個名字的人。不過，也許是哪個姓方的朋友大名叫方友星的。這個地方的人一般都有兩個名字，大名是出生時父母請村裡有學問的人取的，小名則是父母自己叫著順口村裡人也跟著叫的。如果不是特別熟悉的朋友，一般相互知道的只是小名，對大名則不熟悉。

獨眼想，也許這個陌生人說的是某個朋友的大名，便問道：「叫我去他家做什麼？」

陌生人道：「我哪裡知道呢？他就是叫你過去一趟，也沒有說做什麼事。他跟我說，如果你問起來，就說找你有事，你應該知道的。」

「我應該知道的？」獨眼更加疑惑了，他不記得曾跟哪個朋友有過什麼約定。難道是這個陌生人找錯人了？

那個陌生人彷彿能看穿獨眼的心思，接著說道：「你別猜了，方友星要找的人就是你。不然我怎麼知道你叫獨眼呢？」

這麼一說，獨眼倒覺得自己確實有這麼一個朋友，並且他們之間確實有過一個約定，而約定的日子就是今天。但是他不知道怎麼去這個朋友的家。

獨眼問道：「他是哪個村的啊？我的方姓朋友好多呢！」

那個陌生人側著腦袋，似乎在想他是在哪個地方遇到的要他帶口信的人。想了片刻，陌生人說道：「你到鄰村打聽一下，不就知道誰叫方友星了嗎？」

獨眼經常教導自己年幼的孫子不要聽陌生人的話，更不要接陌生人給的糖，因為陌生人很可能是騙小孩的。但是他自己卻從來沒有想過也不要跟陌生人有過多的接觸。

獨眼知道離本村不遠的地方的確有一個比較偏僻的小村莊，姓方的人比較多，頓時覺得到了那裡再問哪個朋友的大名叫方友星也是可以的。想到這，他對陌生人嘿嘿笑道：「那就謝謝你啦！我馬上就過去！」

那個陌生人道了聲不客氣，轉身就走了。

獨眼跟出來時，卻不見了陌生人的蹤影。「這個人怎麼走得如此快？」獨眼左顧右盼，外面連個行人的影子都沒有。再看看天色，暗得很，烏雲壓頂，好像馬上就要下雨了。他連忙回身去屋裡拿了一把傘，這才朝方家的那個小村莊出發。

獨眼在路上沒有遇到一個行人，一開始還有些納悶，但後來自我安慰，也許是因為要下雨了，別人都躲在家裡避雨呢！

40

獨眼走到半路，天上傳來一陣轟隆隆的雷鳴聲，接著就下起了瓢潑大雨。他急忙朝前奔走，想找一個地方避避雨。

真是想啥就有啥，獨眼才跑了十來步，就發現路邊有個小茅草屋。獨眼覺得奇怪，剛才向這個方向看的時候並沒有發現這裡有一個小茅草屋。再說了，他之前也來過幾次這個地方，也沒有發現半路上還住著一戶人家。

頭頂的大雨迫使他想不了這麼多，立刻三步併作兩步連蹦帶跳跑到了小茅草屋的屋簷下。天空又是轟隆隆一聲，雨下得更大了。豆大的雨點砸在地上泛起了一陣白霧，營造出一種如夢如幻的詭異氛圍。獨眼這時有幾分懊悔了，幹嘛聽了一個陌生人的話就跑來看不太熟悉的朋友呢？萬一那個陌生人是要自己的，那不是虧大了？

雨一時沒有停止的意思，仍舊嘩啦啦地傾瀉個不停。獨眼跺著腳詛咒著鬼天氣。

也許是他跺腳的聲音驚動了茅草屋裡的人，只聽得「吱呀」一聲，茅草屋的木柵欄門緩緩地打開了。一個老婆婆邁著小碎步走了出來，她看了看外面的大雨，又看了看躲雨的獨眼，用蒼老而嘶啞的聲音說道：「外面的雨水大，別濺濕了褲子，要不進來坐坐吧？」

獨眼跑得比較快，上衣還不是很濕，頭上蒸騰著白色的霧氣。雖說茅草屋的屋簷可以遮雨，但屋簷流下的雨水還是能濺起來落到他的褲管上。獨眼低頭看了看自己的褲管，猶豫著要不要進去。他瞟了那個老婆婆一眼，覺得她的面孔有些陌生。這個地方離他住的村子不算很遠，就算平日不怎麼來往，至少也能混個臉熟。可是獨眼記不起這周圍有這麼一個老婆婆。

獨眼憨厚地笑了笑，回絕道：「謝謝您的好意，我等雨小一點就走。」

老婆婆嘴巴動了動，由於雨聲很大，獨眼沒有聽清楚她說的什麼。

老婆婆佝僂著身子，又「吱呀」一聲將木柵欄門關上了。接著，屋裡傳來兩個人交談的聲音。原來，屋裡不只是老婆婆一個人。另一個聲音好像也是女人發出的，只不過要年輕些。那個年輕的聲音似乎在問外面的人為什麼不進來避雨，那個年老的聲音嘟嘟囔囔地說了些什麼話，然後茅草屋裡就靜了下來。

此時，茅草屋外的獨眼有些後悔沒有跟著老婆婆進屋了，因為他的褲管已經黏在小腿上了，涼颼颼的。他忍不住吸了吸鼻子，抖著身子哼著小曲。

茅草屋裡好一陣子又沒有了聲音，連腳步聲都沒有。獨眼倒希望裡面有些動靜，即便是咳嗽一聲也好。可是屋裡冷冷清清的，讓人不敢相信裡面還有一個老婆婆和另外一個人。

一陣風颳過來，帶著細密的水珠直撲到獨眼的臉上。獨眼鼻孔裡一陣癢，終於忍不住打了個很響的噴嚏，連鼻涕都流了出來。其實，獨眼心裡也有著某種希冀，故意將噴嚏打得更響。

果然，茅草屋裡有了動靜。腳步聲由遠及近，一直走到了門口，接著獨眼聽到了木柵欄門推開的聲音。

那個老婆婆扶住門，探出頭問獨眼：「喂，你要進來避避雨嗎？外面起風了，別吹感冒了。鄰里鄉親的，不用太見外。」

獨眼不再假惺惺地客氣了，連忙點頭道：「好的，好的，謝謝老人家的好意。等雨小一些了我就走，去一個姓方的朋友家。」

老婆婆的臉上擠出一個核桃般的笑容，快樂地點頭，好像她知道獨眼要找哪個姓方的朋友似的。

獨眼在跨進門的時候試探地問道：「老婆婆，您是住在這裡，還是從外地過來拜訪親戚的？您親戚叫什麼名字？也許我認識呢！」

老婆婆好像沒有聽到獨眼的話，只是乾巴巴地說道：「快進來吧！我給你泡茶喝，暖暖身子。」說完，她就走進另一間黑漆漆的房間裡，把獨眼一個人撇在一邊。

獨眼順便看了一下這間茅草屋的情況。在十幾年前，這個村子裡到處可見這種茅草屋，後來生活好了一些，很多人家都蓋了泥磚屋或青磚屋。那時候紅磚房還是比較少見，但是茅草屋基本上已經消失了。

只有一個例外，就是有的人家種了西瓜或者承包了果園，就會在原地搭一個簡易的茅草棚子，晚上住在裡面守護辛辛苦苦種出來的果實。

獨眼打量了一下茅草屋，覺得它不是隨隨便便搭建起來的。裡面的家具擺設一應俱全，簡直就是長期生活的居所。這個茅草屋隔成了好幾間，一般的茅草棚子則是整體一大間。

當老婆婆端著一碗熱氣騰騰的茶水從昏暗的角落裡走出來時，獨眼更加確定這一點了。如果是臨時搭建的茅草棚子，那麼搭棚子的人絕不會把生火的工具也帶進來，吃飯、燒水他們一定會回到泥磚牆或者青磚牆的房子裡去。

老婆婆滿臉堆笑，將一大碗茶遞給獨眼：「喝吧！喝了會覺得暖和一點。」

獨眼不好意思拒絕她的好意，端起碗來準備喝。可是當他將嘴巴放到碗沿上時，一股難聞的氣味鑽進了鼻子。就著微光一看，碗裡沒有一塊完整的茶葉，全是像破爛的樹葉子一樣叫不上名字的東西。

獨眼心想，也許是老婆婆眼睛不好，採不到好的茶葉，就拿了渣滓一樣的爛茶葉來充數了。他不好意思直接說老婆婆的茶不好，只是婉言推卻道：「老婆婆，您家的茶倒是不錯，可是下雨淋濕了身子是不能喝熱茶的，要喝冷水才能防感冒。」

獨眼說得不錯，很多人以為淋了雨身子冷，回到家裡就要喝熱氣騰騰的茶。其實這樣做是不對的，喝熱茶只會讓感冒來得更快。這時候適當喝一點冷水，反而有利於預防感冒。

「你要涼茶？」老婆婆有些不滿意，「我家裡也有涼茶，你稍等一下，我去給你端一碗涼茶過來。」

也不等獨眼答話是不是需要涼茶，她就返身進了那個漆黑的小房間。

獨眼背對著木柵欄門，一陣帶著水氣的風吹進來，撲在後背上。他不禁打了個寒顫，身上起了一層雞皮疙瘩。獨眼有些冷，不由得交叉了手摟在胸前，不停地搓揉像拔了毛的雞一樣的皮膚。同時，努力地在腦海裡搜索與這個陌生老婆婆有關的資訊，可最後還是竹籃打水一場空。在自己的印象裡，連別人提到這個地方有茅草屋的話都沒有聽說過。獨眼狐疑地撓了撓頭，思考著要不要不辭而別。他實在不願意在這個茅草房裡多待一刻。雖然這裡可以避雨，但感覺比外面還要冷許多。

獨眼告訴爺爺說，他當時心裡想著，就算那個老婆婆再端出一碗龍井茶來，他也不想喝了。

可是接下來事情的發展卻讓他大為意外。

那個老婆婆走進另一間漆黑的屋子裡之後，半天沒有任何聲響傳出來。獨眼在外面等得有些焦急了，並且冷得摟緊了肩膀靠不停地跺腳來取暖。就在他決定走出門檻時，另外一間小屋子裡傳來一個年輕女人動聽的聲音：「您別走呀！茶還沒有喝呢！」

很快，從傳出聲音的那個房間走出一個女人，她從昏暗的角落走到挨著門檻的地方。獨眼不由得眼前一亮，恍若在一個破舊箱子裡意外發現了一顆光燦燦的夜明珠。

這個女人有些瘦弱，好像大病初癒，這樣一來反倒增添了她的嬌弱和嫵媚，讓人一看就忍不住要去疼愛憐惜。她的睫毛密而長，眼睛大而亮，嘴唇薄而紅，鼻子小而挺，臉型瘦而白。獨眼看得那隻獨眼癢癢的不肯眨一下眼皮。

「來，喝了這碗茶吧！老婆婆特意交代了，說你想要喝涼茶，又嫌棄她老人家的茶葉不好。這不，我特意把茶葉給瀝出來，只把茶水留在碗裡。」說完，這個女人將茶水遞到獨眼面前。

獨眼正猶豫著要不要接，女人「哎喲」一聲，身子失去平衡，直往獨眼的胸口倒過來。碗裡的茶水傾出少許，打濕了她嫩蔥根一樣的小手。獨眼一時不知所措，手微微抬起而又不敢直接把女人抱進懷裡。

女人慌亂中抓住了獨眼的胳膊，終於勉強保持了平衡。她用手指戳了戳獨眼的胸口，帶著怨怒道：「你真是的，我都差點跌在地上了，你也不扶人家一下。」

女人的一席話，說得獨眼心撲通撲通亂跳。

獨眼彎腰朝裡面的房間看了兩眼，說道：「剛才那個老婆婆是妳家婆婆吧！我怕她看見了不好。」

女人聽獨眼這麼一說，笑得花枝亂顫，碗裡的茶水又濺出了一些：「原來你是怕這個呀？」

獨眼見自己的心思被年輕的女人看透，不禁覺得臉上有些發熱。他為了掩飾內心湧起的種種污穢的想法，假裝很在乎地看了看外面的雨，心不在焉地說道：「這雨怎麼下得這麼奇怪呢？早不下晚不下，偏偏等我走到半路就劈哩啪啦地下了起來。」

女人明顯看出了獨眼的掩飾，卻不揭穿，她看了看外面的雨，嬌聲嬌氣地說道：「這雨恐怕一時半會兒停不了，要不你到我屋裡坐坐吧！站在這裡被風吹著還是冷，到裡屋就暖和了。」

「那倒也是！」獨眼連忙回答，可是一想不對，立即轉換口氣道，「進裡屋就不用了，我能在這避雨就不錯了。妳去忙自己的事吧！不用管我。我和朋友約好了的，不能在這裡待太久，雨小一些我還要趕路。」他故意把方姓的朋友叫他說成是他們約好了，生怕這個女人堅持要把他請進裡屋。

女人用手捂住嘴巴笑了一陣，笑得獨眼心裡發毛。難道她知道我是騙她的？可是……可是不對呀，如果我是個年輕帥氣的小夥子，也許她會對我有所傾心，如今我的孫子都能滿地跑了，她怎麼會對我起春心呢？也許是她覺得我想多了，才這樣笑我的吧？哎，不要想了，不要想了。

「你不進裡屋避風，那麼這碗茶總是要喝的吧？」女人又一次將茶遞到他的面前，「虧我花了許多力氣把裡面的茶葉瀝出來呢！現在手都痠得不行。」為了表示自己的手確實痠痛，她將消瘦的肩膀扭了扭，似乎獨眼不從她手裡接過茶水，她就不能騰出痠脹的手來休息一下似的。

獨眼見她這樣，也不好再推辭下去。他從女人手裡接過茶水的時候，女人有意無意讓他摸到了自己的手。獨眼心裡又是一慌，差點連她的手一起接過來。

獨眼雖然還是有些不情願，但又不好當著女人的面倒掉。而女人故意眼巴巴地看著他，似乎鐵定了心要看著他把茶水喝下去。

42

獨眼沒有辦法，只好咕嘟咕嘟兩下將碗裡剩餘不多的茶一口氣全喝下去了。茶的味道有些苦，有些糜爛的氣味，幸虧剛才被女人灑了一部分。

女人見他將碗裡的茶喝了個乾乾淨淨，高興地拍著巴掌道：「終於不枉費我一番苦心了。」

獨眼聽了女人的這句話，覺得莫名其妙。不就喝一碗茶嗎？談得上苦心不苦心嗎？不過見女人高興，獨眼也跟著呵呵地憨笑幾聲，順便將嘴角的一點殘渣抹掉。「謝謝妳的茶。」雖然覺得喉嚨裡難受，獨眼還是禮貌地向她道謝。

女人見他向自己道謝，卻有些不好意思了，高興勁也不如剛才那樣強烈了。她幽幽地說道：「你不用謝我。誰叫你偏偏這個時候來呢？」

獨眼見她前言不搭後語，心裡並不起疑，卻膽子一時大了起來，用不懷好意的話來挑逗她：「那個老婆婆不看著妳？她放心讓這麼漂亮的兒媳婦跟外人在一起這麼久？」

女人不答話，只一個勁地捂住嘴巴笑，她的姿態愈發讓人覺得嫵媚動人。

獨眼見狀又故意挑逗道：「男人不在家，妳是不是有些寂寞……」

獨眼的話還沒有說完，女人的眼神立刻變得憂鬱起來。獨眼一驚，心想：「難道她的男人死了，自己一說反倒勾起了她的傷心事？」想到此，獨眼頓時後悔說出了這些話，可是說出的話已不能收回。

外面的雨勢依然不減，獨眼卻因為女人的不高興而興致大減。

「我差一點就結婚了，可是……」女人皺著眉頭說道。

獨眼低低地說了聲：「對不起。」

「我現在總受這個老婆婆的欺負，想逃也逃不掉！」女人擰緊了眉頭，嘆氣道。獨眼沒有想到這個女人跟她的婆婆之間居然有矛盾。

「妳不是說差一點就結婚了嗎？那就是說妳和她兒子還沒有正式結成夫妻嘛。那麼……」說到這裡，獨眼忍不住吞了一口口水，「那麼妳也不用遵守還沒有成立的婆媳關係，不用聽她的指使啊！」

女人聽他這麼一說，反倒忍不住哧哧地笑出來，然後指著獨眼的鼻子說道：「原來你還以為那個老婆婆就是我的婆婆啊！哈哈，你真是笨得可以！」

獨眼經女人這樣一說，臉漲得像豬肝一樣，頓時心裡如貓抓一般，壓抑了許久的慾念重新從心底翻騰上來。他將手裡的碗遞給女人，女人伸手來接。這一次，獨眼放心大膽地捏住了女人的手，不懷好意地笑道：「姑娘，妳長得這麼好，剛要結婚就死了未婚夫，真是讓人心疼啊！」

獨眼一邊說一邊撫摸著女人白嫩的手，露出不好意思卻又有些得意的表情。別看獨眼從結婚到有孩子再到有孫子一直是老老實實勤勤懇懇，其實心裡沒有一天安分過。他一直壓抑著對女人的渴望，是因為覺得自己只有一隻眼，怕別人笑話他不知自醜。

「哪個男人不是吃著碗裡的看著鍋裡的呢？」獨眼在給爺爺講述茅草屋裡的遭遇時這樣為自己開脫。

要是一般人家的女人，見一個糟老頭亂摸自己的手，肯定會有過激的反應。因此獨眼一直忐忑不安，生怕這個女人突然翻臉。他心想，如果女人給他一點臉色看，他會立即鬆手，假裝不過是還碗的時候碰到手的，並且他說的那些話只是含蓄的暗示。

不料女人非但不給他臉色看，反而迎合似的抓住了獨眼的手，聲音發嗲：「對呀！天天就對著這個老婆婆，無聊死了。我連那個事情……都沒有經歷過，隔壁的姐姐老笑話我。」

「隔壁？姐姐？」獨眼有些驚訝，「這個小茅草屋裡還不只你們兩個人啊？」

女人一把拉過獨眼，嬌喘微微，如同剛剛跑完一段路，附在獨眼耳邊道：「她是個聾子，聽不見我們說話的。」

獨眼見她如此狀態，頓時意亂情迷。「她聽不見？」獨眼重複她的話道，「那……」

女人用柔軟的手掌捂住了獨眼的嘴，另一隻手稍稍用力，將他引向那個隱密的房門。獨眼當然知道女人的意思，正巴不得遇到桃花運呢！雖然嗓子裡還有喝茶時留下的少許腥臭味，但是消失多年的男性正常的生理反應被女人撩撥起來。他急忙攙扶著瘦弱的女人進房，一副迫不及待的樣子。

裡面的房間同樣光照很弱，獨眼看見一個稻草鋪就的簡易木床放在昏暗的角落。他興奮之極，一手抱住女人的肩膀，一手摟起女人的臀部，喘著粗氣，將女人扔到了木床上。女人落在床上，卻沒有發出任何聲音。而外面也沒有聽到老婆婆或者女人的姐姐走動的腳步聲。

又是一次電閃雷鳴，獨眼藉助剎那的強光，看見躺在床上的女人不知何時已經將身上的衣物全部除去，身軀如一堆白雪攤放在稻草之上。

獨眼渾身一熱，不顧一切地撲向木床……

激情過後，獨眼有些疲憊，懶洋洋地對女人道：「我一把年紀了，長相也不好，妳怎麼會……跟我呢？」

女人溫柔地伏在他的胸口，嬌聲道：「現在偏不告訴你。」

獨眼有些不解地問道：「妳的意思是以後告訴我？為什麼現在不告訴呢？」

女人道：「等你去了朋友那裡回來，大概是傍晚了，你可以再到我這裡落腳一次，到那時我才告訴你。」

獨眼得意地說道：「哈哈，原來給妳一次還不夠啊！還想要我在傍晚的時候再來一次？妳真夠貪吃！」

女人被他這麼一說，害羞地將臉埋進他的胸膛，像小鹿一樣朝他的胸口頂去。獨眼被她的嬌態弄得開懷大笑。

過了一會兒，外面的雨停了。獨眼穿好衣服，對女人說：「我去朋友那裡一趟，傍晚的時候我一定會來。」

43

女人還賴在床上，她點點頭，接著又提醒獨眼道：「只是我跟你的事情千萬不要跟你朋友提起。」

獨眼笑得腰都直不起來，他指著床上衣衫不整的女人，捂住肚子道：「我是有家室的人了，家庭和和睦睦，我會把這件事說出去嗎？再說了，我都這把年紀了，如果告訴朋友說我在來他家的半路上採了一朵含苞待放的花，你說他會相信嗎？」

女人見他如此大笑，雖然露出幾分不滿的神情，但還是強顏歡笑道：「那我就放心了。你知道的，如果你告訴了別人，你也只是被人笑話甚至是被羨慕，而我一個女兒家，以後就不好做人了。」

獨眼拍了拍已經穿好的衣裳，整了整衣領，說道：「這個我自然是知道的，妳放心吧！我這就去朋友那裡，盡量早些回，妳好好等著我就是。」說完，他拍了拍女人的翹臀，抬起有些疲軟的雙腳離開了那間茅草屋。

經過大雨的沖刷，路面非但沒有乾淨一些，反而泥濘不堪，污水橫流。可是獨眼並沒有覺得這樣的路難走，彷彿一下子回到了年輕時代，恢復了往日的體力，甚至連皮膚都不再鬆鬆垮垮。

獨眼自小眼睛就天生缺陷，一直非常自卑，當年他妻子就是因為被好幾個媒人拒絕牽線之後才咬牙嫁過來的。他兒子娶媳婦的時候也因此受到了許多牽連，那些跟他兒子談戀愛的女人似乎不是要跟他兒子結婚而是要跟未來的公公結婚，一見到獨眼的怪模樣就慌忙跟他兒子一拍兩散。為此，他沒少受兒子的抱怨，幸虧最後兒子還是順順利利地結婚生子，要不然會痛恨他一輩子。

每當想起這些，獨眼就覺得自己在人前從來沒有抬起過頭。可是，今天不知道是老天哪隻眼睜開了，突然想起要照顧這個天生的獨眼，賜給他一次離奇的桃花運。獨眼喜不自禁，不由得加快步伐，身後帶起的泥點，將褲腿管得斑斑點點。

來到了那個偏僻的小村莊，獨眼這才想起，自己並不知道要找的朋友到底是哪個，只記得那個找上門的陌生人說過「方友星」三個字。

這時，在不遠的田埂上，出現了一個扛著鋤頭的中年男子。他一直在吐槽，說昨天剛在田裡施了一天的化肥，今天就下大雨，把化肥都流到別人的田裡去了。

獨眼走過去向這名男子打聽這個村有沒有方友星這個人。

「有個屁！」扛著鋤頭的男子怒氣未消，發洩在獨眼的身上。

獨眼悻悻地離開那個脾氣暴躁的傢伙，正要順著田埂走到通往村裡的大路上去，忽然聽到那個男子在獨眼後面喊道：「喂，你問的可是去年得急病死去的那個方友星？」

獨眼只覺得背後一涼，急忙轉過身來，呆呆地看了看那名男子，問道：「方友星得急病死了？」

那人向獨眼走來，說道：「算了，再填高田坎也堵不住這些雨水了。我一邊走一邊跟你講吧！」獨眼看看那塊水田，雨水早已漫過了田坎，即使把溢出水的地方填上，上面的水田還是有水流下來，填也白填，根本沒有辦法阻止溶解了化肥的雨水流失。

「我剛才沒有注意，心想你怎麼會去找一個已經死去的人呢？後來一想，也許你還不知道他死去的消息吧！」那個人跨過一條小水溝，又走了十來步，來到獨眼的身旁。

「方友星去年就死了？」獨眼驚奇地問道。

那人點點頭，上下將獨眼打量一番，問道：「你就是鄰村的獨眼吧！」他雖然不認識，但是村裡人在農閒的時候喜歡邊喝茶邊話家常。諸如這個村裡誰家孩子出息了考上了好大學，那個鎮子裡誰家媳婦對婆婆不孝打罵男人的閒事。由於獨眼的生理特徵，自然也是他們閒聊時的話題之一。見了面熟，但是不知道名字的情況也多得很。

獨眼見他直呼自己的綽號，心裡有些不舒服。可是一個外村的人不知道他的名字，只好用這個綽號稱呼他，這也是情理之中的事情。

獨眼悶聲答道：「是的。」

「你找方友星做什麼？他死啦，只有一個老母親健在。老人家又聾又瞎，你即使找到了她交談也很困難。」那人將鋤頭換了個肩膀扛，搖頭晃腦道。

「你不是騙我的吧？他剛才還叫我一個不認識的人帶口信給我說找我有事呢！」獨眼不相信地看著那人，單隻眼睛滴溜溜地轉，彷彿要從那人的身上看出哪裡有疑點來。

那人被他看得不自在，擺擺手道：「你別這樣看我，我騙你做什麼？我還覺得你在拿我尋開心呢！一個死了一年的人，怎麼會叫人帶口信給你呢？難道，那個帶口信的人是牛頭馬面？哈哈……」那人以為自己說的話很幽默，一手叉腰哈哈大笑。

「不……不可能吧！」獨眼可沒有心思跟著他笑，一種恐懼的情緒從腳底下蔓延到了頭頂，頭皮有些發麻。

「你跟他不是很熟吧？」那人問道。

獨眼瞥了他一眼：「你怎麼知道？」

那人說：「如果很熟的話，不可能不知道他在一年前就已經死了啊！既然他跟你不熟，又怎麼會帶口信邀你來他家呢？你這不是自相矛盾嗎？」

其實獨眼這一整天都感覺混混沌沌，像是在夢裡又不是在夢裡，像是現實可是自己也不太相信。特別是跟那個女人激情的時候，他總感覺這樣的事情不可能發生在自己的身上。可是那個女人在最興奮的時候咬了他的肩膀一口，劇烈的疼痛又使他覺得異常清晰。

「是啊，死人怎麼會帶口信給我呢？」獨眼盯著那人，像是在問那人，又像是在問自己。

45

「等一下，你還記得那天的日子嗎？」爺爺打斷了獨眼的回憶，瞇著眼睛問道。晚風吹來，我的胳膊有些冷。其他四個瞎鬼跪在原地，一動也不動地聽著獨眼的講述。當時我不知道，其他四個瞎鬼跟獨眼接下來的遭遇大同小異。

「記得。」獨眼想了一想，然後說出了那天的年月日。

爺爺低頭掐指一算，默默唸道：「乙丑年，丁亥月，戊辰日。」

爺爺唸的是我的生辰。

隨著年紀越來越大，爺爺的記憶力漸漸衰退。他已經不能像以前那樣——只要人家報出年月日他就能說出那一天的凶吉和宜忌。後來他想了一個好方法，那就是記住我出生時的天干地支，然後按照十二建星的編排順序等算到其他日子的情況。這有點像不聰明的小學生扳著手指頭學算術，但是非常實用。

爺爺又默唸了一會兒，然後說道：「五鬼為天符，當門陰女謀。相剋無好事，行路阻中途。走失難尋覓，道逢有尼姑。此星當門值，萬事有災除。」

獨眼不解，問道：「您說的什麼口訣？我怎麼一句也聽不懂？」

爺爺說道：「那天不宜出行，也不宜會親友。如果查當天的黃曆，你一定會看到上面寫著不宜出行會親友。相剋無好事，行路阻中途。就是說那天遇不到什麼好事，出行的路上中途會遇到阻礙。那天你走到茅草屋不遠的地方剛好下起了大雨，又遇到那個女人，都在這口訣裡展現了。」

獨眼懊悔道：「要是早遇到您的話，即使前面的事情已經發生，但是也不至於遇到後面的事情了。」

我的好奇心早就忍不住了，連忙插嘴道：「後面的事情？你真的聽了女人的話，傍晚的時候又回到那個茅草屋了？」

「聽了那個人說方友星早已經死去了，我哪裡還敢往那個茅草屋裡去？」獨眼說道。

當時，獨眼聽了那人的話，頓時覺得手腳冰冷。本來他不想把半途遇到的豔遇說給任何人聽的，但是現在他不敢把這個事情隱藏在自己一個人的心裡了。他問那人道：「進你們村的那條道上，是不是有個茅草屋啊？不是看西瓜田的那種茅草屋，是人長期在裡面居住的茅草屋。」

那人點頭道：「有啊，就在那個方向，確實有一個茅草屋。」那人指的方向正是獨眼來的方向。

獨眼吁了一口氣。

那人問道：「你來的時候也看見那個茅草屋了？」

獨眼點點頭，頓時覺得心裡輕鬆多了。

那人又道：「說來也是奇怪。去年方友星死後不久，他那未過門的媳婦就死在那個茅草屋裡。」這一句話對於獨眼來說不亞於晴天霹靂！

「什麼？方友星未過門的媳婦死在那個茅草屋裡了？」獨眼瞪大了眼問道，聲調也提高了許多。此時，他的臉變得煞白，白得像張紙一樣。

那人不知道獨眼來之前經歷的事情，也就無法理解獨眼驚恐的表情。

他蠕了蠕嘴唇道：「你怎麼了？」

獨眼定了定神，答道：「我，我沒事。我只是想問問，方友星未過門的媳婦是怎麼死在那個茅草屋裡的？還有，現在那個茅草屋裡還住人嗎？」說這些話的時候，獨眼忽然感覺到嘴裡的腥味濃了許多。

那人也聞到了獨眼嘴裡發出的難聞的氣味，舉起手來在鼻子前面揮動。他說：「那個女人死得奇怪，我們都不知道她是怎麼死的。方友星死之後，她不知是出於悲痛還是禮節，到我們這裡來祭拜了方友星。祭拜之後就走了。我們這邊的人也都沒有怎麼注意她是什麼時候走的。可是第二天她娘家就來了許多人，說是我們這邊把他家的女兒扣押了，找我們這邊的人討要女兒。」

那人說到這裡，把肩上的鋤頭往地上一放，攤手道：「他們不是瞎胡鬧嗎？方友星都已經死了，我們怎麼會扣押他家的女兒呢？」那人彷彿要向獨眼證明自己的無辜，情緒略微有些激動。

獨眼連忙道：「那當然，那當然。不過，他家的女兒到哪裡去了呢？」

「能到哪裡去？那女人是中午到我們村來的，祭拜完之後差不多是傍晚時分了。一個弱女人，她能到哪裡去？既然不在我們村裡，又沒有回家，那麼很可能是在路上遇到什麼事情了。」那人吐了口唾沫，看那架勢一定要站在這裡把話說完再走，「兩邊人一說清道理，馬上集中起來去找。這一找，就在那個茅草屋裡找到了女人的屍體，真他娘的噁心死了！」

「屍體？她死了？」獨眼也站定了聽那人說話。

「死了。」那人肯定地回答道，「現在想起來還覺得噁心，好像還能聞到臭水溝的氣味似的。哎，可憐了一個好看的模樣……」

「她怎麼會死呢？」獨眼焦躁地問道。

「我不知道。當時在場的沒有一個人知道。」那人搖搖頭，嘆了口氣道，「她娘家的人不死心，拼命地往她胸口和肚子上按，說是要幫她呼吸。可是她娘家的人往屍體肚子上一按，屍體的嘴裡就吐出許多綠色的水來，氣味非常的難聞。」

「吐綠色的水？她是淹死的嗎？」獨眼已經迫不及待了。這時，他身上被雨淋濕的部分已經被體溫烘乾了。但是他覺得比剛才還要冷，忍不住雙手交叉摟住胸口。

「是在茅草屋裡發現她的，又不是在池塘裡發現的，怎麼會是淹死的呢？」那人道，「別說池塘，周圍連個水坑都沒有。」

46

爺爺再次打斷獨眼的敘述，問道：「你可曾問過那人，方友星埋葬的日子？那個女人是不是剛好在方友星出殯時到村裡去祭拜的？」

獨眼疑惑道：「您怎麼知道女人拜祭的那天剛好是方友星下葬的那天？」不用說，爺爺已經猜中了。

爺爺微微一笑，似乎胸有成竹，問獨眼：「你把那人告訴你的日子說給我聽聽。」

我早已忍不住想問獨眼那個女人是怎麼死的了，可是我不敢貿然打斷他們之間的談話，只好把好奇心按住。其他四個瞎鬼顯然早已聽獨眼講過那女人是怎麼死的，所以對故事後面的進展漠不關心，對爺爺說的話倒是顯露出十二分的在意。

獨眼說出了方友星下葬的日子。爺爺又把我的生辰八字唸了一遍，然後全心去掐算手指。我們都摒住呼吸，看著爺爺。晚風從我們之間的空隙中掠過，讓我們忘記了剛才的對立。

很明顯，一目五先生已經開始相信爺爺了。

「難怪！」爺爺放下了手，輕聲嘆道。

「難怪什麼？」一目五先生異口同聲問道。同時，我也在心裡這樣問爺爺。

爺爺道：「根據老皇曆來算，那天是不宜塞穴的。」我們都知道，埋葬的話，必須把棺材塞進雙金洞，然後將雙金洞封上。我不知道其他地方土葬是怎樣的，我們那個地方習慣把還沒有放入棺材的墓穴叫做「雙金洞」。老人到了垂暮之年，便交代兒子早早將棺材和墓地準備好。墓地一般挖成兩個剛好可以放進棺材的洞，如抽屜一樣，只是頂上是圓拱形，說得更加貼切一點，就是像一個鼻子的兩個鼻孔一樣。挖兩個洞是因為這個地方從來不將夫妻的墳墓分開。「生則同床，死則同穴。」

如果方友星是那天下葬的話，自然免不了要「塞穴」。

「我想，也許就是方友星害死了他還沒有過門的媳婦。」爺爺又一語驚人。

我驚訝是因為爺爺說害死那個女人的是她未婚夫。難道那個男人死了還不甘心，一定要將未過門的媳婦帶到陰間去圓房？

而一目五先生的驚訝，卻是因為爺爺猜到了他們還沒有講完的故事的後面內容。

「老皇曆是什麼東西？」一個瞎鬼問道。

爺爺笑笑，不回答那個瞎鬼的問題，轉而向獨眼說道：「你接著說，後面出現了什麼狀況？為什麼你又會成今天這樣？為什麼你還要害死這四個？你們說的陰溝鬼又是怎麼回事？」

我補充道：「還有，那個女人吐出的綠色的水到底是什麼東西？是毒藥嗎？」

獨眼也像我這樣問了那個人。

那人搖搖頭說：「我們也不知道那綠色的水是不是毒藥。」

獨眼問他道：「那你們不查清楚她的死因嗎？你們不管，她娘家的人也不管？」

那人笑道：「她娘家的人倒是弄了一些屍體吐出來的水，然後到醫院去化驗。醫院說，這不過是排水溝的臭水罷了。也就是我們農村人說的陰溝水。她娘家的人很失望，如果是毒藥的話，他們就有理由要我們這邊的人找出兇手。可是如果是陰溝水的話，他們就沒有辦法查下去了。他家的女兒身上沒有任何傷痕，不會是歹徒逼迫，即使逼迫，也不會弄陰溝水來害人。」

「事情就這樣完了？」獨眼問道。

那人將鋤頭重新扛到了肩頭，蹙了蹙眉，說道：「後來有個瘋道士跑到她娘家去，說是陰溝鬼害死了那個女人。還說陰溝鬼是跟水鬼差不多的鬼，水鬼是拉人入水做替身，陰溝鬼則是誘惑人喝陰溝水做替身。那個女人就是做了陰溝鬼的替身。」

「陰溝鬼？」獨眼一愣。

那人以為獨眼不認同這個答案，冷冷地說道：「當然了，誰會相信那個瘋道士呢？他嘴巴、鼻子、眼睛都是歪的，長得就讓人不願多看一眼。所以她娘家的人以為這是一個到處蹭飯吃的乞丐，很快就把他趕走了。」

「如果有機會，我倒是很想見見那個五官長歪了的道士。」獨眼撓頭道。

那人將鋤頭在肩膀上挪動了一下，正準備離去，聽獨眼這麼說，轉頭道：「這你也相信？五官都長成那樣了，就算是道士，也不一定0是好道士！」

獨眼還想問一些問題，那人不耐煩了，揮揮手道：「不跟你講啦，講得太多誤了我時間。總之，你不用去找方友星了，帶口信的人也許是騙你。」說完，那人就走了。他的雨鞋踩在稀泥上，發出咕唧咕唧的奇怪聲音。

「我上當了？」獨眼愣愣地自問道，「我上了誰的當？」

獨眼回來的路上，不敢再經過那個茅草屋，遠遠地繞了好幾里的山路，從另一條道回了家。一回到家裡，獨眼便覺得四肢發軟，胸口氣悶。他妻子和兒子連忙扶他躺下床，又是灌熱湯，又是敷毛巾，都以為他是淋了雨著了涼。

兒媳婦一進獨眼的睡房，便捂住鼻子道：「唔……哪裡來的臭味？是不是今天雨下得太大，把門前的排水溝給堵住了？」

兒子剛剛給獨眼換了一條毛巾，聳肩道：「我剛才還疏通了一次排水溝，不會的。」

獨眼的兒媳婦鼻子非常靈，屋裡有一點氣味她都先於別人聞到，甚至鄰家炒菜時她能聞出菜裡面放了什麼佐料。

獨眼聽見兒媳婦這麼說，打了一個激靈，慌忙爬起床來，要去找那個死在茅草屋裡女人的娘家。

47

那個女人的娘家倒是不難找，難的是讓他們相信獨眼的話。

女人的父母一聽獨眼說是他們的女兒給他下了毒，把眼睛睜得像牛眼一樣，嘴巴也張成「O」字型，腦袋搖得像撥浪鼓。

「不可能，絕對不可能。雖說我家女兒不明不白地死在了那個茅草屋裡，但是她是很善良的人，絕對不可能去害人的。」女人的父親是個赤腳醫師，專給周圍鄉親治一些小病，也算是比較有威望的人。那年頭的人沒有大病幾乎從不去醫院看病，赤腳醫師摸摸手腕、看看舌苔開出一方藥來，一般的病還是不礙事的。雖然開出的藥方千奇百怪，有的是荷葉，有的是樹根，有的是不知名的野草，有的甚至是鵝糞，但往往也能藥到病除。

獨眼不死心，拉住赤腳醫師的手，央求道：「您看看，我現在的樣子像是騙您嗎？我真的是不舒服了才來找您的。您女兒給我喝了一碗茶不像茶湯不像湯的東西，我敢肯定那是害人的東西。」獨眼沒有把跟他女兒親熱的情節說出來，一是怕赤腳醫師生氣不管他，二是怕家裡人知道面子上過不去。

這時，赤腳醫師的妻子在旁悄悄地對赤腳醫師說：「你還記得那個瘋道士嗎？他說是陰溝鬼餵女兒喝了什麼水，要拉我們女兒的魂魄去做替身呢！」

赤腳醫師失口道：「就算是陰溝鬼蠱惑的，現在我們女兒不正好有了一個替身嗎？現在救他不就是等於害我們女兒超不了生嗎？傻婆子！」

獨眼一聽，立即雙膝一軟，跪倒在赤腳醫師面前：「老人家，您救死扶傷這麼多年，積了不少德，您就再救我這一回吧！」

赤腳醫師轉過頭不理他。

他的老婆幫腔道：「如果我女兒還活著，你可以找我們問話。現在我女兒已經不在人世了，難道叫我們兩個老人趕到陰間去詢問女兒不成？你不用求我們了，還是早些回去吧！」

獨眼抱著最後一絲希望央求道：「您不管可以，聽說當年還有一個瘋癲的道士來過，可不可以告訴我那個道士去了哪裡？我好找他來幫忙。」

赤腳醫師嘲諷道：「你這不是睜眼說瞎話嗎？明明你也知道那是個瘋瘋癲癲的道士，不過是蹭了東家蹭西家的討飯之人，能救你的命才怪！」

獨眼道：「能不能救暫且不說，可是現在我還能求誰去？」

赤腳醫師冷冷道：「我也不知道他是從哪裡來的，到哪裡去了。」

如果那時我恰好站在旁邊，肯定會告訴他，那個瘋瘋癲癲的道士就住在我們初中旁邊的那個廟裡。可是這樣的情景也只能在腦海裡想想而已，時光不可能倒流。即使倒流我也遇不到獨眼。

獨眼見求女人的娘家沒有用，問道士的去向也不說，頓時怒從中來，大罵赤腳醫師良心被狗吃了。赤腳醫師不氣不急，笑著臉用力將獨眼推出門外，然後「咣」的一聲從裡面將門閂上。然後任憑獨眼在門外怎樣歇斯底里地叫喊，屋內都默不作聲。看樣子赤腳醫師夫婦鐵定了心不聞不問，任由獨眼在外面發瘋撒野。

獨眼在外捶了一會兒門，捶得拳頭都發麻了，屋內還是沒有任何動靜。他知道，赤腳醫師出於私心不可能挽救女兒的替身。

他只好拖著疲倦的身子往回走。快到家門口的時候，他突然改變了主意。與其心灰意冷地一味等死，還不如直接去找那個茅草屋裡的女人。她不是要自己在傍晚時分再去一趟茅草屋嗎？不如就去一趟試試。就算是死，也要死個明明白白。

決心一下，獨眼便朝著茅草屋的方向走去。

走到茅草屋門口的時候，那個女人正在門口張望。女人見獨眼從另一個方向走來，驚訝而又歡喜道：「咦？你不是去了那邊嗎？怎麼從我後面來了？」

獨眼冷冷道：「我回了家一趟。」

女人顯然不知道獨眼是回家了，愣了一下，立即又歡笑道：「難怪你來得這麼晚呢。叫你傍晚來，你看看現在月亮都出來了。我還以為你不來了。」說完，女人歡天喜地地將獨眼拉進茅草屋。獨眼感覺到女人的手濕濕的。

獨眼身體發虛，但是思維還算清晰。他決定先不揭穿女人的陰謀，看她還有什麼新的花招。「妳家的婆婆呢？還有妳姐，她們都不在嗎？」獨眼朝老婆婆的小房子裡望了一望，黑洞洞的，什麼也看不到。

女人慌忙將獨眼往自己房裡拉，嬌笑道：「你不掛牽我，倒掛牽起別人來了。」

也許是女人從獨眼臉上發現了什麼不正常，問道：「你回家之後，有沒有跟別人提起過我？」她故意將小嘴嘟起，那表情有幾分做作，但是獨眼這回覺得女人不怎麼好看了。

「你要說實話喲……」女人拉住獨眼的手，輕輕地晃來晃去，像一個不懂事的小孩子向大人討要一顆水果糖。

獨眼本想發火狠狠地摑一巴掌過去，然後質問為什麼要引誘他喝那碗來歷不明的茶水。但是他知道，這樣做對自己沒有任何好處。

獨眼忍住心中的不快，強顏歡笑道：「當然不會跟任何人提起。」末了，他補充道：「妳想想，我怎麼會呢？」

女人聽他這麼一說，眉飛色舞道：「快，快進房來吧！我都等不及了。」

獨眼想起之前跟她在稻草床上的激情時刻，心裡既是愧疚又是後悔。但他不能表露出來，他只能嘴角拉出一個笑，迎合道：「我這麼晚來，就是為了掩人耳目。」可是在心裡卻狠狠地說道，我看妳還有什麼花樣！

女人返身將門關上，然後摟住獨眼的腰說道：「你知道嗎？我也是為了你好才……」

48

女人說到「才」字時將嘴巴閉上了，然後乾嚥了一口，似乎後面的秘密差點就從嘴裡蹦出來，她花了好大的力氣才將後面半截話硬生生吞回了肚子裡。

獨眼這時忍不住了，嘴角拉出一個生硬的笑，將嘴巴湊到女人的耳邊，輕聲問道：「才怎麼樣呢？」他已經很久沒有這樣溫存過了，他自認為是個嚮往浪漫生活的人，可是現實的生活讓他浪漫不起來。他想，也許女人正是知道他的這點心思，才在周圍這麼多人中選中了他。他不知道自己應該得意，還是應該悲哀。

女人伸出一個細長的手指，按在獨眼的嘴巴上。

「噓……」女人搖了搖頭，叫獨眼不要說話。她給了獨眼一個魅惑的笑，然後俯身去床底下掏什麼東西。

「你把這個茶喝了，我就告訴你所有的秘密。」女人從床底下拿出了一個茶壺和一個瓷碗。茶壺是陶土的，瓷碗上有青色古老的花紋。她將茶壺傾斜，茶壺嘴就流出了一線水，瓷碗裡的水平面就慢慢上升了。獨眼一看，他上次喝的正是這樣的水。

「這茶妳是什麼時候燒好的？」獨眼問道，不過他是用漫不經心的語氣，免得女人察覺到他的懷疑。

女人一驚，聲調提高了許多：「你什麼意思？」

其實這個女人的話已經告訴獨眼，這茶是事先就準備好了的，只等著獨眼進入圈套。可是獨眼還不想揭穿她，他要看看這個女人還有什麼把戲。不，此刻已經不能再叫她為「女人」了，她分明是個妖媚而毒害人的「女鬼」。

但是，獨眼心裡還有疑問：既然女人已經為陰溝鬼做了替身，那麼這個茅草屋裡應該只有她一個才是。為什麼之前還有一個老婆婆呢？並且女鬼說隔壁還有一個姐姐，這又是怎麼一回事呢？

獨眼知道，水鬼拉人入水做替身，是一個接一個，你拉了我做替身，我再拉另外一個人做替身。水邊上永遠只會有一個水鬼，因為上一個水鬼得到了投胎的機會，所以不會再待在這裡。既然陰溝鬼跟水鬼殊途同歸，那麼這個茅草屋裡也應該只有一個陰溝鬼才是。如果這個女鬼成了陰溝鬼的替身，那麼那個老婆婆和所謂的姐姐又怎麼解釋？

恐怕不只是陰溝鬼這麼簡單！

獨眼掩飾道：「沒什麼意思。我猜，也許是我來得太晚了，而妳早已燒好了茶水等我歸來。」

女鬼見獨眼沒有懷疑，便小步走到獨眼身邊，將茶水端到他面前，嬌滴滴道：「既然你知道我的好心，就喝了這碗茶吧！也算對得起我的一番等待呀！」

獨眼這下為難了，如果拒絕了她的茶水，那麼她就會懷疑自己，結果就查不清楚她的目的了；如果不拒絕她的茶水，喝下去就會使自己陷入更加危險的境地。

獨眼找藉口說道：「之前喝茶水，是因為口渴嘛！現在我不口渴，用不著喝這麼多茶水的。」

女鬼挨上他的胸口，撒嬌道：「不嘛，人家乾巴巴地等你來，你又不來；給你燒好了茶水，你還不喝。不行，我就要你喝了這碗茶水。」

正在推來推去的當口，有人在外敲門了。女鬼說：「等一下。」然後放下碗去開門。獨眼拍了拍胸口，心中慶幸躲過一劫。可是後來他才知道，他的所有舉動都在女鬼所謂的姐姐掌控之下。

女鬼打開門。一個比女鬼年紀稍大的女人走了進來，看見獨眼站在屋裡，「咦」了一聲。獨眼見了那個女人，愣了半天說不出話來。

這個女人分明就是自己年輕時一直暗戀的人。那時候獨眼娶了現在的妻子，完全是因為自己本身的缺陷，沒得選擇。可是，哪個年輕男人心中不曾有過一個漂亮的夢中情人呢？而剛剛進門來的，正是自己年輕時魂牽夢繞的姑娘！

一瞬間，獨眼的神志有些恍惚了，他覺得自己回到了年輕的歲月，他不曾有過兒子，更不曾有過孫子。他有著充沛的體力和強烈的激情！

獨眼跟爺爺說，從那個女人進門開始，他的腦袋就一陣發熱，如同在雨中淋濕了頭髮而又沒有及時擦乾淨一般，腦袋裡也沒有了頭緒。

他不顧一切，衝上去抱住了那個女人。然後，用獨眼的話來說，後面的一切自然而然順理成章了。他們的一番翻雲覆雨比跟那個女鬼更加激烈。而那個女鬼就站在床邊平靜地看著他們。那一刻，他不覺得在另外一雙眼睛下展示自己最隱密的地方有什麼不妥，反而覺得更大的一股力量要從體內奔湧而出。在女人最興奮的時候，那個女鬼走到床前，將那碗茶遞給她。女人張大了嘴狠狠地吸了一口，吸得腮邊的肉都鼓了起來，如夏季不安分的青蛙。

然後，女人反將獨眼推倒在下，將她柔軟如棉的嘴堵在了獨眼的嘴上。

獨眼說，他自以為可以掌控一切，其實一切都在她們的計畫之中。他像乾裂的土地吸收及時雨一樣，將女人嘴裡流出的茶水吸收乾淨。

激情過後，獨眼懶洋洋地躺在床上。女人則起床穿好衣服，回頭給獨眼一個媚笑，然後兀自打開門走了出去。

女鬼見女人出去，隨後輕輕掩上門。剛才她還像獨眼的情人一般，轉眼卻變成了老鴇一樣。

獨眼這時才醒悟過來，可是茶水已經進入了肚子，後悔已經來不及了：「妳們，妳們是夥同來引誘我的？」

「你不因自己的色心感到慚愧，卻還要指責我們嗎？」這時女鬼的聲音不再溫柔可人，卻帶著不可抗拒的冷硬。

49

女鬼一句話，哽得獨眼半天沒話說。

半晌，獨眼才嚅動嘴唇問道：「我知道了，妳們處心積慮地設下色誘的圈套，只等著我往裡跳。如今我已經是老鼠夾上的耗子逃不掉了。妳現在告訴我吧！妳們到底要我怎樣？」

女鬼冷笑道：「你不是都知道了嗎？你一進屋我就看出來了，你又何必多問？」

「我一進屋妳就看出來了？」獨眼驚訝道。

女鬼斜了他一眼，緩緩道：「不是嗎？你以為我是傻子？要不是這樣，我又何必請我姐姐出來？」

獨眼怒道：「原來妳是擔心我不信任妳了，所以妳請了那個女鬼幻化成我喜歡的女人模樣，來引誘我喝下第二碗茶水？」

女鬼冷冷答道：「正是。不過，你知道又能怎樣？」

獨眼剛剛升起的怒火被女鬼冷冰冰的話壓了下來。他像霜打的茄子一樣軟弱了下來，有氣無力地問道：「妳們到底打算將我怎樣？要我的命嗎？」

女鬼見他態度轉變，忽而又對他好起來，溫柔地說道：「我哪裡捨得讓你死呢？我跟我那個短命的未婚夫都沒有這麼親密過，卻讓你佔了便宜。常言道，一日夫妻百日恩嘛！我這樣做其實是為了你好。」

獨眼道：「為我好？」然後他哼出一聲冷笑，他不是嘲笑女鬼，他是嘲笑自己。

女鬼挨著獨眼坐下來，拉住他的手道：「真的，我是為了你好。你想想，你從小到現在，可曾受過什麼人的恩惠？有誰不是看了你的相貌便要叫你一聲獨眼？哪個女人會主動投入你的懷抱？且不說主動，就是你再喜歡某個女人，她會不會接受你的好意？就算你的結髮妻子，也何嘗不是因為沒有人家了才到你這裡來？」

女鬼說的每一句話都像針一樣刺在了獨眼的心上。獨眼嘆口氣，說道：「妳說這麼多幹嘛？妳就直接說明白，到底想要我怎樣？」

女鬼像是沒有聽到獨眼的話，繼續勸道：「你想想，要是我想害你，強行灌下你兩碗茶水，你又有什麼辦法？我何必將我的身子一起交給你？我真的不是存心害你，而是處處為你著想。」

「為我好？妳不就是陰溝鬼嗎？不就是要我喝下了妳的茶水，然後做妳的替身，妳好投胎嗎？」獨眼雖然心裡不認為她就是陰溝鬼那麼簡單，但是他故意這樣說，這樣可以引女鬼自己說出她的目的來。

女鬼呵呵一笑，搖了搖頭，說：「可不是你想的那麼簡單。如果我只是單純的陰溝鬼，那麼這個小茅草屋裡就不會有老婆婆和姐姐她們了。我要做的不是簡單地找替身投胎，而是有更重要的事，你一時半會是理解不了的。」

聽到這裡，獨眼心裡有了一點兒眉目。他問道：「難道，妳們不會要我的命？」

「不要你的命，你會加入到我們之中來嗎？」女鬼又是一笑，笑得有些輕蔑也有些同情。

獨眼聽了這句話，不禁渾身一冷。

「放心吧！要你的命是為了給你一個更好的命。」女鬼安慰獨眼道，「你因為一隻眼睛在人間受了那麼多的氣，你還要那條破命幹嘛？」

獨眼不耐煩道：「妳到底有啥目的，快點說出來。」

女鬼卻不直接回答：「如果我直接告訴你，你可能接受不了。」

「命都快沒了，還有什麼接受不了的？」獨眼大聲道。

女鬼直視獨眼的眼睛，說：「那麼，我告訴你吧！我們叫你來，並不是要你的命，而是希望你幫幫我們，不過，話又說回來，那也是幫你自己。」

獨眼更是丈二和尚摸不著頭腦了：「幫妳們？幫我自己？妳不是鬼嗎？怎麼還需要我的幫助？要是妳放了我，燒些紙錢我還是能做到的。」

女鬼湊近獨眼的臉，對著他的那隻瞎眼輕輕吹了一口氣，說道：「我們的目的可不是要些紙錢那麼簡單，不過，既然你也是我們的一份子，我們也不會讓你分不到一杯羹的。」

「我們？妳們幾個小鬼能成什麼氣候？我可不是妳們的一份子！」獨眼反駁道。這時他有些明白了，這幾個攪和在一起的鬼，也許有著什麼不為人知的陰謀。但是獨眼後來沒有想到它們的陰謀遠遠超出了自己所能想像的範圍。

「對。」女鬼點頭道，「我們幾個小鬼確實成不了氣候。但是所有弱小的個體都團結在一起來的話，那就不是可以小覷的力量啦！」說到這裡，女鬼的眼睛裡透露出無限的憧憬，彷彿一個剛入佛門的小沙彌想像升入天堂的神情。

「妳的話是什麼意思？」獨眼拉開與女鬼之間的距離。

「我的意思很簡單，要你像我一樣，想辦法再讓其他幾個人喝下同樣的茶水。」女鬼的話裡透露出刺骨的寒意，令獨眼為之一顫。

「妳想叫我像妳一樣去害人？那是不可能的！」獨眼大聲抗議道。

「答應也罷，不答應也罷。只恐怕如今已經由不得你自己做主了。你已經喝下了我的茶水，如果你不按照我們吩咐的去做，你會痛不欲生的。哦，不是，已經不能用『痛不欲生』這個詞語來形容你了。哈哈哈哈……」女鬼狂笑起來。她一狂笑，臉上立即顯露出先前沒有的青色來，頭髮也立即變得如秋季的稻草一樣乾枯澄黃，口裡的臭味呼在獨眼的臉上，噁心之極。

她一把抓住獨眼的胳膊，狠聲道：「所以，你做也得做，不做也得做！」獨眼看到，她的眼睛已經不如剛才那樣迷人。她的眼珠深深陷入周圍褐色的眼眶，如一顆劣質的玻璃球陷在爛泥潭裡。

「害死更多的人，對妳有什麼好處？」獨眼想起跟他一起激情的女人原來竟然是這般模樣，不禁像長了疥瘡一樣渾身不舒服。

50

女鬼笑道：「應該說是對你有好處。」

獨眼問：「我是被妳們害的，怎麼會對我有好處呢？」

女鬼放開獨眼的胳膊，在小屋裡來回踱步，不緊不慢地說道：「我這麼年輕就沒有了丈夫，你天生就眼睛不好，在人世間要受多少苦難？你想想，即使我們陰溝鬼找到了替身，那又能怎樣？還不是回到人世輪迴中？還不是要受苦受難？」

「那又怎樣？善有善報，惡有惡報。」獨眼辯駁道。

「不對。我們不應該接受這種輪迴。我們應該自由掌控自己，為所欲為！」

「那妳又能怎樣？」

女鬼停下腳步，轉頭盯著獨眼道：「我們要尋求永生，不想再接受輪迴的奴役！」

獨眼從鼻孔裡哼出一聲。

「你不相信嗎？那麼我告訴你吧！我們現在正在做的就是這件事情。」女鬼鎮定自若，不像是信口說出的憑空想像。

「你們要跳出輪迴？」獨眼覺得這個女鬼不可思議。它怎麼會有這樣的想法？他設想一千個、一萬個假設，也絕不會猜到它竟然想跳出輪迴。這種想法簡直是荒謬透頂！

女鬼堅定地點了點頭。

獨眼不以為然，嘲諷道：「好吧！姑且不說妳們能不能辦到，就算妳們跳出了輪迴，那又怎樣？那妳是人還是鬼？」

女鬼道：「不管是人是鬼，總之跳出了輪迴，我們便可以為所欲為！誰也管不了我們，做好了不用誰來獎勵，做壞了也沒有誰來懲罰！」

「好好好，妳暫且打住。我來問問妳，要怎樣才能跳出輪迴呢？妳們幾個又怎麼能跳出輪迴呢？難道就是在我面前憑著一張嘴巴說說而已？」獨眼揮著大手問道。

女鬼恢復往常的溫柔，給獨眼一個嫵媚的笑，柔聲道：「這就是我們為什麼找到你的原因所在。」

「叫我去害我認識的人？我可不會聽妳的。」獨眼冷冷道。

「我告訴過你，不是害他們，而是將他們救出輪迴之外。輪迴就像一個漩渦，不管你願意不願意，你都得進去。但是，當我們的力量強大了，我們就可以擺脫旋渦的控制。你知道嗎？」女鬼又興奮起來，似乎它只要聽到「輪迴」兩個字便會激動不已。它是一個吸毒癮君子，而「輪迴」是它的毒品。獨眼一開始見到女鬼如此興奮，心底湧上一陣噁心和厭煩，如同看到了他最不喜歡的肥膩的白肉。但是他沒有料到，後來自己變成女鬼那樣的時候，簡直就是女鬼的複製品，甚至「毒癮」比女鬼還要厲害。

獨眼嘴角拉出一個譏諷的笑意，說道：「妳自己去跳出輪迴吧！我可不和妳同流合污！我還有妻子和兒子，還有可愛的孫子和孝順的兒媳婦，我要回去。」

女鬼見說了一籮筐的勸告的話還是不起作用，便嘆息了一聲，瞥了獨眼一眼，像是一個熱心的老師對待不爭氣的學生一樣。隨後，她的興奮勁也降了許多，有氣無力地揮揮手，道：「其實我是為你好。如果你要走的話，你就走吧！我不阻止你。」

獨眼巴聽女鬼說「為你好」聽得煩躁了。雖然他還不知道女鬼讓他喝的茶水有什麼作用，但是他不願意再問下去了。他也不願再聽女鬼說什麼跳出輪迴，更不願知道它們怎麼跳出輪迴。他覺得眼前的女鬼是個瘋子，是個精神不正常的女鬼。人有瘋瘋癲癲的，沒想到鬼也有瘋瘋癲癲的。

跟這個瘋子談下去已經沒有什麼必要了，獨眼心裡想道。

於是，他從床上爬起來，整理好衣服。女鬼則在旁冷冷地看著他，一言不發。獨眼其實還算個心地善良的人，在整理衣服的時候，他忽然覺得自己佔了「別人」的便宜但是不為人家辦事，似乎有些說不過去。他側頭看了看一旁的女鬼，抱歉地說：「真對不起，也許妳們是為我好，但是我真的對跳出輪迴沒有什麼信心，更重要的是沒有興趣。」

女鬼點點頭，送給獨眼一個非常勉強的笑容。

想起跟女鬼之前的翻雲覆雨，獨眼心裡有些愧疚。但是他更加牽掛家裡的老老小小，他不可能因為跟女鬼的一時激情就放棄他的家庭。雖說他的獨眼確實使他的生活不那麼如意，但是看見自己的小孫兒蹦蹦跳跳的便覺得其他的都不再重要。他要看著孫子健健康康長大，就像當初看著兒子從一個小蘿蔔那麼大變成比自己還高還壯一樣。那種快樂，比跳出輪迴更加值得他為之付出，為之守候。

獨眼回以一個同樣勉強的笑，然後就跨出門來，接著走出了那個昏暗不堪的小茅草屋。

女鬼沒有送他。

在跨出小茅草屋之前，他還忐忑不安，生怕女鬼突然改變主意，夥同那個老婆婆和所謂的姐姐一起強行將他留下。可是他走出木柵欄門的時候，其他昏暗的房間裡一點動靜也沒有。但是他能感覺到，黑暗中有無數雙眼睛看著他，看著他一步一步走出這個小茅草屋。由於他的一隻眼睛看不見，所以他的第六感比常人要靈敏許多。他不知道為什麼有這樣的感覺，但是這樣的感覺非常強烈。他不由自主地放輕了腳步，怕驚動什麼看不見的東西。

奇怪的是，跨出木柵欄門之後，他之前不適的感覺就沒有了，連口中古怪的氣味也聞不到了，甚至精神氣比以前還要好，走起路來都不費力了，輕飄飄的如一根鵝毛。

51

他就這樣輕飄飄地走到了家裡，恰好碰見兒媳婦將一盆洗菜水潑出來。兒媳婦似乎沒有看見獨眼站在面前，毫無顧慮地將髒兮兮的洗菜水朝獨眼潑過來。

獨眼嚇了一跳，連忙從原地閃開。

「嘩啦」一聲，洗菜水潑在獨眼剛剛站過的地方。

獨眼大怒，指著兒媳婦大罵道：「妳怎麼不長眼睛呢？妳公公站在這裡，妳居然把髒兮兮的洗菜水朝我潑？妳有什麼意見直接跟我說就是，何必做出這麼過分的事來！」

獨眼劈哩啪啦地說了一籮筐話，可是兒媳婦就像沒有聽見似的，轉身就進了廚房，然後喊道：「都來吃飯啦！其他菜都做好了，就剩一個青菜了。誰來把筷子和碗都擺好，青菜落鍋就熟了，快得很。」

果然，獨眼的兒子從屋裡出來，在堂屋裡擺好桌子碗筷，抱怨道：「我爹也不知道去了哪裡，要我們等到現在還不回來。算了，再等就要等到明天吃飯了。」

這時，獨眼的妻子拉著孫子出來了，搖頭道：「算了算了，不等他了。給他留點飯菜，等他回來了我給他熱一熱就行了。」

這時候已經是半夜時分了。家裡人等他吃飯等到現在。獨眼心頭一熱，差點掉下眼淚來。可是，他已經跨進門站在門口了。他的妻子、兒子、兒媳婦都好像看不見他似的，逕直走向飯桌，連個斜眼都不瞧他一下。獨眼心下疑慮：「我不是站在這裡了嗎？他們怎麼還責怪我沒有回來？」

正當他這樣想的時候，只有幾歲的孫子拉了拉奶奶的衣角，指著門口道：「奶奶，爺爺不是已經回來了嗎？他站在門口呢！」

獨眼高興得不得了，哈哈笑道：「果然還是我的孫子對我最好，可算我以前沒有白白疼他。」說著，便要走過去抱一抱孫子。

他還沒有邁開腿，卻聽見妻子拍了拍孫子的臉，嚴肅地說道：「孩子，你不會是眼睛花了吧？你爺爺明明還沒有回來啊！哎，媳婦啊！妳是不是平時炒菜捨不得放油啊？妳看妳看，孩子的眼睛都沒有光了。難怪這樣的。」在獨眼的家鄉，有這樣一句罵人的俗語：「你眼睛沒有吃油吧！」意思跟「你沒長眼睛吧」一樣。這本來是沒有科學根據的俗話，但是獨眼的妻子卻認為孫子的眼花跟少吃了油有關係。

兒媳婦拿著鍋鏟從廚房走出來，朝門口望了一望，轉頭對兒子說道：「爺爺在哪裡？小孩子怎麼可以隨便騙人呢？」

獨眼連忙替孫子辯解，大聲道：「我不就站在這裡嗎？你們怎麼可以怪我的乖孫子呢？真是！來，乖孫子，來，讓爺爺抱一抱。」獨眼臉上展開笑顏，張開雙手要抱胖嘟嘟白嫩嫩的孫子。

不料孫子慌忙拉了拉奶奶的手，說：「奶奶，爺爺要抱我呢！」

獨眼的妻子聽得孫子這樣一說，慌忙搶先將孫子一把抱了起來，兩隻用力的胳膊把孫子勒得臉色發紅：「寶寶，你別嚇我啊！爺爺不在這裡啊！他怎麼會要抱你呢？」

獨眼的兒子發話了：「媽，妳也真是的，小孩子的眼睛總是能看到一些稀奇古怪的東西。

妳怎麼還這樣提心吊膽的呢？我小時候不也是這樣嗎？總說看到過了世的姥姥，但是走過去卻什麼都沒有。妳都忘記啦？」

兒媳婦揮了揮手中的鍋鏟，哆嗦了一下，央求道：「大半夜的，你們不要說這樣的事情好不好？弄得我一個人都不敢回廚房炒菜了。」

獨眼的妻子點頭道：「說的也是。小孩子總是看到一些虛幻的東西，根本不足為信。媳婦，妳都是這麼大一個人了，怎麼也相信小孩子的胡話呢？」說完，她將懷裡的孩子放在地上，拍拍衣服。嘴上雖這麼說，但她還是踮起腳來朝門外望了一下，好像不踮起腳來看不到外面的東西似的。孩子一手緊緊拽住奶奶的衣角，兩眼愣愣地看著獨眼。因為大人們說他看到的東西是虛幻的，所以他只是咬緊了牙，一句話也不說了。但是他的眼睛在問獨眼：「爺爺，我明明看到了你，他們怎麼說你不在呢？」

這時的獨眼再也不能保持剛才的冷靜了，他不再一心要去抱孫子，而是在妻子面前揮舞著雙手，喊道：「妳看不見我？我就在妳的面前呢！妳老眼昏花也不至於到了這個境地吧！看，我就在這裡呢！」

可是獨眼的妻子根本不關心面前的獨眼，仍舊踮著腳朝獨眼背後很遠的地方看去，嘴裡喃喃道：「這個死老頭子，不會是坐在哪個朋友家裡喝酒、聊天去了吧！這麼晚還不回來！

不知道家裡人等得著急！」

獨眼跟爺爺說，當聽到妻子那句話的時候，他的身子一下子感到前所未有的寒冷！他終於知道，他已經不能以一個「人」的身分回來了。或者說，「他」確實回來了，但是身體根本沒有回來。他「遺失」了自己的身體！這正是除了孫子之外其他家人看不見他的原因所在。而小孩子的眼睛總是能看到一些大人們看不見的東西，所以只有孫子能夠看見他回來了。

兒子將一把椅子搬到獨眼妻子的面前，說道：「媽，妳就別望了，我們先吃飯吧！」而獨眼剛好站在離他兒子不到半米的地方。

廚房裡傳來一陣糊味，兒媳婦叫了聲「不好」，慌忙返身進了廚房。

一家人都將獨眼視若空氣。

獨眼怕嚇著孫子，不再說話，輕手輕腳地退到門外。孫子直視著他，眼珠一動也不動。而獨眼的妻子、兒子、兒媳婦，各自忙著各自的事情。

獨眼給了孫子一個稍帶歉意的笑容，然後轉身離去。

52

獨眼在跟爺爺講到他無可奈何地離去時，忍不住流下了悲傷的淚水。其他四個瞎鬼也默不作聲，不知道它們是在同情獨眼的遭遇，還是想到了自己的遭遇。四個瞎鬼是獨眼害死的，它們肯定也有類似的經歷和感受。

爺爺默默地聽著獨眼的講述，當獨眼講到它的孫子時，爺爺偷偷覷了我一眼。那個眼神的意思我能夠知道，爺爺是擔心他離去的時候捨不得我這個長孫。獨眼和它的孫子也好，爺爺跟我也罷，爺孫之間的感情，是言之不盡，道之不盡的。當獨眼流下淚水的時候，我非但不再覺得它令人厭惡，反而覺得它有幾分可憐。相信它的孫子眼睜睜看著爺爺後退著小心翼翼走出門檻時，心裡也不是滋味。明明爺爺就在眼前，為什麼大人們都說爺爺不在呢？在三番兩次的否定後，獨眼的孫子也乖乖地不再說話，只是一眼不眨地看著爺爺離開。

獨眼當然不甘心就此成為孤魂野鬼。它再一次踏上了重複多次的路。原來第一碗茶只是使他身體不適，第二碗茶才是置他於死地的。

是的，獨眼自己也明白，生前的「他」與死後的「它」已經完全不同。生前的他還有挽救的餘地，可是最後一絲挽救的機會也斷在了自己色心不改的毛病上；死後的它卻只能與親人作別，可惜那個女鬼連作別的機會都沒有給他。

獨眼再次來到小茅草屋的木柵欄門前。如果可以選擇，它寧願從來都沒有來過這裡。這時它的腦袋裡閃現出那個躡手躡腳走進房間的陌生人，那個叫他來找朋友的陌生人。那個陌生人在給他帶了口信之後就不見了，難道也是跟女鬼是一夥的？可是在小茅草屋裡沒有見過那個陌生人啊！再說了，這麼小的茅草屋裡住了三個女鬼就夠讓他驚訝的了，怎麼還能容下更多的「人」呢？

木柵欄門「吱呀」一聲開了。獨眼一驚，我沒有推木柵欄的門，它怎麼自己就開了呢？

獨眼不禁後退幾步。

一個蒼白頭髮的老婆婆走了出來，笑臉相迎。「你還是來了。我知道你是不會永遠離開這裡的。我剛來時也是像你一樣，但待久了就好了。」老婆婆以過來「人」的身分向獨眼說道。

獨眼心情複雜至極，不搭理老婆婆，跨步走進了小茅草屋內。

「它在屋裡等你呢！快進去吧！」老婆婆說完，兀自鑽進了自己的小房間，留獨眼一個「人」站在小堂屋裡。

走進曾經激情過的小屋，獨眼大吃一驚。它大吃一驚並不是那個女鬼有什麼新的驚人的舉動，而是因為它看見了跟自己一模一樣的一個「人」躺在女鬼的稻草床上！

就像自己面對著鏡子，可是鏡子裡的「自己」姿勢和動作跟鏡子外的自己不一樣！

獨眼嚇了一跳，差點從小屋裡立刻逃出來。這一幕比最可怕的噩夢還要可怕無數倍！

這時，那個女鬼的聲音從背後響起：「你來啦！呵呵，我就知道你還會來的。就像剛剛老婆婆跟你說過的一樣，我剛死的時候也經歷這麼恐怖的一幕。不過，我那時還不知道自己已經死了，所以看到自己的肉體時，比你現在經歷的還要恐怖。」

獨眼急忙轉過身來。它不知女鬼什麼時候出現的。「你……你也經歷過同樣的情景？」

獨眼伸出手指著女鬼，可是手指哆嗦得如觸了電一般。

女鬼捏住獨眼的手，微笑道：「是的。那就是你的肉體，靈魂曾經居住的地方。不過，過不了多久，你的肉體就會發腐發爛，然後臭不可聞。哈哈哈哈……」女鬼鬆開獨眼的手，仰起脖子大笑起來，笑聲裡透露著陣陣涼意，令獨眼渾身顫慄！

「那……那是……我的肉……肉體？」獨眼回頭看了看床上的「自己」，兩股顫顫，面露慌張。

女鬼收起笑聲，冷冷道：「對。你別忘了，你現在已經不再是人了，所以你也不可能跟自己的親人在一起了。現在是半夜，陰氣正盛，所以你暫時還沒有多少感覺上的差異。

但是，你應該明白，你現在跟我們沒有區別了。我們都是鬼……」女鬼把「鬼」字拖得很長，臉上的邪惡笑容再次浮現。

獨眼哆嗦著嘴，想要說些什麼，卻找不到合適的詞彙。這是它過於激動導致的。

「如果你真的想再次跟你的親人在一起，那也不是沒有辦法。」女鬼盯住獨眼，邪笑道。

「妳……妳肯放過我嗎？」獨眼不相信地問道。

女鬼又仰起脖子大笑了一陣，然後用一根食指挑住獨眼的下巴，好像它們的性別已經轉換了一樣，「你不該問我肯不肯放過你了。你還不明白嗎？我們現在是同樣的處境，誰也救不了誰。你應該問問你自己。」

「問我自己？」獨眼不明白女鬼的意思。它側了側身，將下巴從女鬼的食指上移開。女鬼的狂妄令它不舒服。

女鬼點點頭，瞟了一眼稻草床上的「獨眼」，緩緩道：「當然，你得問你自己。」

「我當然想啊！」獨眼道。

女鬼鼻子裡「哼」出一聲，說道：「那麼，你就得按照我說的去做，用我使用在你身上的方法，去引別的人喝下兩碗茶水。」還沒等獨眼反駁，女鬼又說道，「我說過，我不是害你，我是為了你好。信不信由你！」女鬼嘴上雖然這麼說，可是語氣上卻讓獨眼感覺到「不管你信不信，你都得照我說的做」。

獨眼緩步走到床邊，挨著床沿坐下，手輕輕地放在「自己」的身體上。那個身體已經冰了，雙目微閉。那個曾經再熟悉不過的身體，從未想過可以分開的身體，就那樣如同一件別的物件一樣擺在面前，軟弱得如同案板上的肉。

53

雖然自己的靈魂已經出竅，但又何嘗不是女鬼案板上的一塊待割的肉呢？可是從女鬼的經歷和言語之間，隱約透露出它也不是最終的罪魁禍首。那麼，最初的那個陰溝鬼才應該是幕後元兇。

我打斷了獨眼的回憶，問道：「你怎麼知道害死那個女人的陰溝鬼背後是有操控者的呢？也許那個陰溝鬼在害死女人之前，也曾被另外的陰溝鬼害過呢。」獨眼滔滔不絕地講了將近兩個時辰，我和爺爺站在一邊聽了兩個時辰，竟然都不覺得累。也許是因為獨眼的經歷太過離奇，我們都被吸引住了。而文歡在的房間裡還是毫無聲息，大概他和他媳婦是真的睡著了。

後來一目五先生承認，我們躲在門後感覺到的那陣風是它們有意為之。在我們的討論過程中，沒有受到它們的打擾，也算是一目五先生無心的功勞。可是它們不明白，我和爺爺為什麼沒有像文歡在等人一樣昏昏睡去。

我提出的問題不無道理，爺爺也接著說道：「對呀，你怎麼知道陰溝鬼的背後還有控制者呢？」

獨眼點點頭，嘆口氣道：「我當初也是這麼想的。陰溝鬼是一個接一個地害人。雖然女鬼害了我，但是它未嘗不是被害者。除了你們提出的這個問題我想到了之外，我還在想，這個小茅草屋裡的其他房間還住著一個老婆婆和女鬼的姐姐。當然了，那個姐姐不會是女鬼生前的親姐姐，因為我去女鬼的父母家之前就探聽到，他們家沒有兩個女兒。」

我還要問一個問題，爺爺卻對我做了一個制止的手勢。我立刻將心中的問題吞嚥到肚子裡。我知道，爺爺想讓獨眼全部說完之後再讓我提出問題。三番兩次地打斷獨眼的回憶不太好。

一則是因為回去也不能跟親人團聚在一起，這樣說來對我們「人類」也許有些奇怪，既然回到了家裡，怎麼不能跟親人團聚在一起呢？可是對於獨眼來說，這確確實實已經不可能了。雖然它的孫子可以看見它，但是它的孫子卻摸不著它。如果強行要回去，還會嚇到它的家人。

二則是因為獨眼心中有很多疑惑，正如前面所講，它不知道幕後元兇是誰，甚至不知道這個茅草屋裡還住著什麼人。因為當初它離開這個茅草屋的時候，感覺到過背後很多雙眼睛盯著它，所以獨眼認為，這個小小的茅草屋裡也許有著大大的乾坤。

三則是因為獨眼的私心了。獨眼已經聽女鬼多次提到了它們要「跳出輪迴」的野心。女鬼還說要它幫忙害死自己的親人。這又是怎麼回事呢？暫且不管是怎麼回事，如果能跳出輪迴，那也倒不失為一件善事。

因為這三方面的原因，獨眼決定向女鬼妥協。

要說在第三件事情方面的轉變，那也怪不得獨眼。在沒有意識到自己已經死去的時候，獨眼當然牽掛著親人，尤其是他的乖孫子。可是現在不同了，它知道自己已經死了，並且屍體就擺在面前，由不得不相信了。並且，它已經回去過一次，知道此時即便擅自回去跟親人團聚也無濟於事，因為親人們根本看不到自己。

所以，它不但妥協，還決定要試一試。所謂「飽漢不知餓漢飢」，對獨眼來說，是「生前不知死後飢」。活著的時候對跳出輪迴漠不關心，死後卻不得不面對輪迴的問題。如果可以跳出輪迴，那麼它就有足夠的時間看著自己的孫子漸漸長大。

幾乎所有的長輩都希望看著兒子或者孫子長大。

我的奶奶（此處說的是爸爸的母親）在我不到一歲的時候就抱病去世了。臨到就要嚥氣了，她還在祈禱：「老天哪，祢就讓我再活三個月吧！」三個月之後，我就滿週歲。她希望看到我滿週歲再離去。可惜的是，閻王爺的生死簿沒有奶奶自己改筆的機會。我想，假設奶奶有機會爭取到改筆的機會，那麼她一定會付出所有來爭取，即使這樣會讓她陷入萬劫不復的境地。

當前，不管信不信，獨眼的面前就擺著這樣的一次機會。

獨眼心情複雜地離開自己的屍體，直面女鬼問道：「好吧！我可以幫妳，像妳說的，這也是幫我自己。那麼，妳打算要我怎樣幫妳們呢？我可不會用美色去引誘別人喝下兩碗茶水。」

女鬼聽它開口答應了，喜悅之情溢於言表，立刻恢復到之前的溫情脈脈，嬌聲道：「當然不會讓你去色誘別人，就算對方是個女的，恐怕你也只能出現相反的作用。」

話雖然難聽，但是獨眼還是點頭承認。「我還有一個問題，就算我害死了其他人，這又跟跳出輪迴有什麼關係？」它攤開手問道。

「這個以後跟你慢慢解釋，既然你答應加入了，以後有的是解釋的時間。」女鬼興奮得幾乎要手舞足蹈。「現在最要緊的，是給你介紹一下我們的其他夥伴。在以後我們的行事過程中，它們都是不可缺少的助手。」

獨眼不以為然道：「不就那個老婆婆和妳姐姐嗎？還需要介紹什麼？打個招呼就可以了。」獨眼不知道，當時它的想法是多麼的簡單和幼稚。它不知道事情的背後有多大的陰謀。

女鬼笑了笑，也不解釋，拉著獨眼的手就往外走。

「幹什麼？現在就要我去害別人嗎？」獨眼雖然決定加入它們，但是心理準備顯然還不夠充分。

女鬼拉著它在之前老婆婆鑽入的門洞前站住，然後側身做了個「您先請」的姿勢。

獨眼看著黑洞洞的房間，裡面好像什麼都沒有，又好像什麼都可能有。獨眼不免心生害怕，腳步踟躕。

54

「怎麼了？你害怕嗎？」女鬼給獨眼一個冷笑，嘲諷道，「別忘了，你現在跟我們一樣，都是陰溝鬼了。你以前頂多害怕人家害死你罷了，現在你已經死了，還有什麼好怕的呢？」

獨眼一想，女鬼說得沒錯，我已經是鬼了，還有什麼好害怕的呢？

它邁出腳步，走進了昏暗的房間。可是，它的眼前仍舊是一片黑暗，如同在沒有月亮和星光的半夜醒來。它伸手朝前摸了一摸，沒有摸到任何東西。「這是怎麼回事？妳叫我到這個房間來，不會是為了讓我看看這個房子有多麼暗吧？」獨眼不滿地說道。

它返身怒視女鬼。從這個角度朝外面望，倒是能看見從木柵欄門那邊射過來的微光。看到那個木柵欄門，獨眼不免心裡一陣難過。如果不是一時頭腦發熱推門進小茅草屋來，也就不會有現在的情況了。

女鬼不答話，推著獨眼朝黑暗深處走，邊走邊道：「你這人怎麼沒一點耐心呢？你再朝裡面走走就知道啦！」

獨眼雖然不相信它的話，但是也無可奈何，只好繼續朝裡面走。才走兩三步，獨眼彷彿撞到了什麼東西。並且那個東西是會活動的。獨眼第一時間想到了那個老婆婆，於是連忙拱手道：「老婆婆，對不起，撞著您了！」

它將「老婆婆」三個字剛說出口，後面的話就被一陣哄笑聲給淹沒了。獨眼大吃一驚，這個總共不到二十平方米的空間裡，怎麼會有這麼多的笑聲？雖說它不知道自己哪裡說錯了，引得其他「人」哄笑，但是它聽到的笑聲應該是由老婆婆一個「人」發出的，最多加上後面的女鬼跟著哧哧地笑啊！

獨眼嚇得立即連連後退幾步，一下又撞在了後面的女鬼身上。哄笑聲漸漸安靜下來。老婆婆的聲音飄飄忽忽而出：「笑什麼笑？你們看，這下嚇著了我們的新來者吧！這個房間裡這麼暗，就是為了怕它一時之間接受不了。結果計畫都被你們給弄糟了。」

老婆婆不說話則罷，一說話又將獨眼嚇了一跳。聽老婆婆的話，剛才那個活動的物體應該不是老婆婆自己了。那麼，那個東西又會是什麼呢？獨眼頓時毛骨悚然。它正要問老婆婆，卻被一個聲音打斷了。

那個聲音像是中年男子發出的：「老婆婆，這可不能怪我。我是三十多歲的男子，卻被它叫做『老婆婆』，我能不發笑嗎？」

獨眼身後的女鬼也幫著辯解：「是呀！在這麼多人面前將一個三十多歲的男子叫做老婆婆，確實令人發笑。呵呵。」

女鬼的笑聲還沒有停下，老婆婆便罵道：「妳這小女鬼，怎麼還說錯話呢？這裡哪來的一個人？」哄笑聲又起。

女鬼卻不跟著笑了，她急忙收住笑，道歉道：「老婆婆，我說話的習慣還是很難改過來呢。生前說得多了，死了短時間也改不過來。」

獨眼再也忍不住了，焦躁地問道：「老婆婆，這裡還有什麼人嗎？我怎麼聽到這麼多人的笑聲？」它也一時間改不了口。此刻，獨眼心裡七上八下，不敢再往前跨出一步。回頭看看女鬼，那女鬼卻不搭理它。獨眼急得心裡直罵女鬼的祖宗十八代。可是罵又有什麼用呢？女鬼的父母不是照樣關起門來不管它生前的死活？

老婆婆咳嗽了一聲，哄笑聲漸漸停止了。獨眼聽到老婆婆吩咐道：「那個小鬼，把燈盞點燃吧！」接著，獨眼聽見「刺啦」一聲，一根燃著的火柴在黑暗之中出現。那根火柴發出的光芒不是紅色的，而是綠瑩瑩的，並且十分微弱，比螢火蟲的光稍微亮一點點。獨眼當時的注意力全被那個奇異的光芒吸引住，根本無暇顧及周圍是否還有別的東西。

那個火柴緩緩移動，移動了大概一分米的距離，忽然發出「撲撲」的聲音。然後，那個光芒漸漸變大，還是綠色的，如同死潭裡的腐水，光芒的中心卻是一團漆黑。

火柴燃盡了，但是光芒還在那裡，像小孩子用稻草稈吹出的一個肥皂泡，漸漸離開了稻草稈，飄浮到了半空中。剛開始那個光芒搖曳不定，忽大忽小，像是肥皂泡被空氣中的微風吹動。漸漸地，那個光芒穩定了，光芒中心的漆黑部分生出幾團紅色來。

獨眼認得那個紅色的東西，那是燈花。燈盞的芯燒久了就會出現的燈花。在生前居住的村子裡還沒有電燈之前，它無數次拿起妻子的髮簪撥弄過這樣的燈花。每次撥弄之後，燈盞的光芒都要比之前亮許多。

正在它這麼想的時候，果然一個銀色的髮簪出現在光芒裡。髮簪輕輕一挑，那紅色的東西就跳躍而出，落在了獨眼的腳前，很快就如離了爐子的火星一樣熄滅了。但是綠色的光芒陡然亮了許多，也照亮了這個昏暗小屋裡的每一個角落。

隱藏在黑暗背後的畫面一瞬間被這強勁的光芒暴露出來，一覽無遺地展示在獨眼的面前！

獨眼抬起頭來，被眼前的情景嚇得目瞪口呆，渾身發麻！

它的第六感沒有錯，這個屋子裡果然不只有它所見過的三個鬼！在它面前的，是如同春天的池塘裡的蝌蚪一樣聚集的黑頭！獨眼嚇得全身六百三十九塊肌肉全部變得石頭一般僵硬。巨大的恐懼感使它剎那之間變成了一塊不折不扣的石頭人。

每一個頭上都有一雙眼睛，無數雙眼睛毫無表情地瞪著它，間或有幾雙眼睛在眨動。

55

獨眼對爺爺說，它怎麼也沒有想到，一個小小的茅草屋裡，居然可以裝下這麼多的陰溝鬼！它們全部是自己的親人或者朋友設計陷害致死的！它們都跟獨眼有著大同小異的經歷，都由不願意轉變為主動出謀劃策。

女鬼似乎早就等待獨眼驚訝到極點的這一刻到來，滿面春風得意，兩眼笑成了彎月，雙手盡情揮舞道：「看見沒有！這就是我們團結在一起的力量！這就是我們跳出輪迴的希望！」女鬼激動得像一個充滿了熱情的政客，在演說的時候幻想統一天下的畫面。獨眼回想在床上的時候，她的熱情更加令人可怕。

擁擠在一起的眾鬼把這種熱情傳染開來，無數雙眼睛裡充滿了興奮的神色。

可是獨眼仍然不明白它們要怎樣跳出輪迴。它跟女鬼不一樣，它不是為了擺脫輪迴的控制而加入它們，它僅僅是為了能看著自己的孫兒長大爭取一些留在人間的時間。

「我還是想不明白，我們怎樣做才能像妳說的那樣跳出輪迴。」獨眼問道。

女鬼呵呵一笑，道：「每一個新來的鬼都不知道怎麼做，你慢慢地體會就能學會了。其實我不妨告訴你一個消息，你要找的那個瘋癲的道士，以前也是我們這裡的成員之一。」

獨眼一驚，急忙問道：「瘋癲的道士？它是你們以前的成員之一？」不等女鬼有任何表示，擁擠在屋裡的眾鬼都點了點頭。

正在聽獨眼回憶的爺爺大吃一驚，我的心裡自然也不免一緊，難道一直住在那個荒草瘋長的破廟裡的歪道士也曾是陰溝鬼？難怪初中的老師不要學生接近歪道士。但是不可能的，如果他是鬼，怎麼會對學校的學生如此溫和呢？為什麼他還會跟那個唱孝歌的白髮女人在一起呢？

雖然心中有許多疑問，但是我還是將所有的問號悶在肚子裡，暫且聽獨眼把後面的事情講完再說。大概爺爺也是同樣的想法，所以我們都沒有打斷獨眼的回憶。而獨眼暫時肯定還不知道它說的瘋癲道士就是我們認識的歪道士。

女鬼來回踱了幾步，樣子像個統籌全軍的將軍，信心十足地說道：「它原來是我們之中的一份子，可是卻不願意為我們做貢獻，一心只想跟著我們混飯吃，而跳出輪迴的時候自然有它的一份。可是它想得太幼稚了，如果我們都不貢獻一份自己的力量，都像它那樣等著別人給自己付出，那麼我們的目標就永遠不可能達到了。」

屋裡的眾鬼又跟著點了一陣頭。

女鬼轉了身，對著外面的木柵欄門冷笑道：「所以我們將它驅逐出去了。它現在還想回到我們之中來，可是我們無論如何也不會讓這樣私心的份子重新加入！」它的冷笑讓獨眼毛骨悚然，似乎此刻那個瘋癲道士正在木柵欄門外央求讓它進來。

在聽女鬼講述的時候，獨眼藉著綠色的光瞟了一眼擁擠在這個房間的眾鬼，卻沒有發現女鬼的「姐姐」的影子。獨眼心下生疑，它為什麼不在這裡？難道它才是真正的幕後主使者？它才是第一個引誘人喝下兩碗茶水的陰溝鬼？

獨眼有些猶豫了。

就在這時，女鬼的「姐姐」突然闖入，神色慌張道：「大家快些避一下，有許多人朝我們小茅草屋裡走來了，看樣子是要到這裡來找什麼東西。快快快，大家都迅速一點！」

一時間，屋裡混亂不堪。眾鬼皆神色慌張，急急忙忙往後退。獨眼這時才知道，每個小房間裡都有一個暗門，隨時可以撤退到屋後的陰溝裡去。

女鬼拉起獨眼也要往暗門走，獨眼不依，疑問道：「反正我們是他們看不見的，我們何必驚慌？他們要來隨他們便是了。」獨眼說這些話是因為它回了一趟家，發現親人們看不見它才這樣認為的。

女鬼不聽它的話，硬生生拉著它混在眾鬼之間往暗門走。這個時候，女鬼如政客一般的熱情不見了，慌張得如同見了獵人的兔子，巴不得一下就蹦出去。

走出暗門，獨眼發現後面是一條普普通通的排水溝，溝裡臭水肆流，臭水面上是骯髒的五色油幔，溝的上空有無數隻蒼蠅正在嗡嗡嗡嗡地飛舞。眾鬼不及掩鼻閉嘴，紛紛跳入臭水溝裡，但是沒有發出落水的「撲通撲通」聲，卻有熱鐵塊遇到冷水的「嗤嗤」聲。

前面的陰溝鬼跳進臭水溝就不見了，後面的陰溝鬼毫不猶豫地跟著跳入。

獨眼走到臭水溝前又猶豫不定了。雖然此時它已經聞不到這裡的臭味，但是它對骯髒的水還是有一種本能的排斥感。

女鬼見它猶豫不決，生氣地罵道：「你知道嗎？我給你喝的茶水就是這裡的臭水。你都能順利地喝下去，難道還怕臭水髒了皮膚？快跳下去吧。」

獨眼一陣噁心。原來它喝的就是這裡的臭水！獨眼本想罵女鬼一通，但是話到嘴邊卻變了樣：「我們為什麼要躲避外面的人！」

女鬼見它這麼一說，口氣頓時軟了下來，嘆口氣道：「在我們還沒有跳出輪迴之前，我們還是很微弱的陰溝鬼，連溺死的水鬼都不如。外面這麼多人一起進來，屋裡的陽氣太盛，會傷了我們的。所以我們躲避並不是怕那些人，而是怕傷了我們的陽氣。我不會害你的，快點跳進去，再晚就來不及了！」女鬼說完，又用力拖獨眼。

獨眼嘆息了一聲，無奈地跟著女鬼跳入排水溝。

獨眼剛剛落到臭水溝，就聽見一個熟悉的聲音從屋裡傳來。那個稚嫩的聲音哀嚎道：

「爺爺呀……我的好爺爺呀……」

56

「是我的孫子！」獨眼拉了拉女鬼，心中莫不焦急。

「你的孫子？」女鬼迷惑道，「他怎麼知道你在這裡？」

還沒等獨眼回答，屋裡又傳來其他人的哭聲。

「我的老伴、兒子、兒媳都來啦！」獨眼的一隻眼睛裡湧出激動的淚水，「他們一定是得到我的消息，到這裡給我收屍來了！」

「哭有什麼用！」女鬼大聲罵道，「哭也不能讓你復活，你的親人哭嚎得聲音再大，掌管生命簿的閻王爺也聽不到，更不會動心改你的壽命！」末了，女鬼又改成一副同情的模樣，哀嘆道：「你要知道，你現在已經不是活人了，你就是再怎麼樣也不會改變這個事實。你唯一的選擇就是跟著我們跳出輪迴。」

獨眼死死地看著面前裝模作樣的女鬼，不知道是應該恨她還是應該恨自己。恨她千方百計勾引，恨自己色性不改，一時糊塗。

不過確實如女鬼所說，它已經不可能跟親人重新團聚在一起了。即使它能見到親人們，但是他們也感覺不到自己的存在了。這是多麼令人傷心的事情！

獨眼抬起頭，看見頭頂上漂浮著的五光十色的油幔，一如生前抬頭看到天上的晚霞夕照。雖然身體潛伏在臭水裡，但是呼吸不覺得困難，也聞不到噁心的臭味。獨眼不知道是自己跳入排水溝後身體變小了，還是由於水的折射看外面的東西變形了。跳入水溝之前看到的無數飛舞的蒼蠅，此時正在油幔之上曼舞，一如生前看到鳥雀在空中掠過。

這是一種無法形容的奇妙感覺。這裡也有天，也有地，也有飛翔的鳥雀。雖然心裡明白這不過是骯髒的油幔、稀爛的溝底、嗡嗡的蒼蠅，可是看起來確實像那麼一回事。

這時，耳邊又響起女鬼的勸慰聲：「你就認了吧！這裡就是你的天地了。目前你不可能回到生前那樣的環境中。」

獨眼終於低頭了。

是的，這裡已經成為它的居身之所。不管願意還是不願意。獨眼猜想它的父母去世之前也一定跟自己有著同樣的感覺，雖然靈魂站在親人們的中間，但是親人們已經感覺不到死者靈魂的存在了……

在它浮想聯翩的時候，女鬼一直在旁喋喋不休，無非是勸它不要傷心，要它盡心盡力地輔助女鬼它們一起傷害其他無辜的人，為陰溝鬼的團體貢獻一份堅實的力量。

獨眼雖然厭煩，但是目前的狀態已經令它無可奈何。

「好吧！」獨眼點點頭，抹去了眼眶中的淚水。而此時，茅草屋裡的哭聲漸漸變小，只有它的乖孫子還在折騰，哭得稀哩嘩啦，一定要爺爺「醒過來」。

陰溝鬼們一直等到哭聲和腳步聲都遠去，才從排水溝裡爬出來。很多陰溝鬼的臉上都帶有幾分悲傷的神色，也許是剛才的哭鬧聲讓它們想起了自己被害死時的情景。

這時，我打斷了獨眼的回憶，驚訝地問道：「既然有這麼多的陰溝鬼，那麼在這裡被害死的人一定特別多。可是人們怎麼不留個心眼，避開這個是非之地呢？」

但是獨眼還沉浸在悲痛之中，眼裡再次流下了動情的淚水。其他四個瞎鬼也嚶嚶噎噎，只是眼裡流不出淚水。

爺爺替獨眼回答道：「陰溝鬼來自各個不同的地方，當地某一個人被陰溝鬼害死之後，那個被害死的人就會接連害死它的親人。它們很聰明，害死幾個人之後，會馬上更換害人的地點，尋找新的目標。如果獨眼害死了幾個自己的親人，它們也會隨即更換到新的地點。」

獨眼含著淚水點點頭。接著，它又爆出一個驚人的說法：「這個被我們吸了部分精氣的文歡在，就曾經是我們要加害的一個目標。曾經勾引我的那個女鬼，再次使用同樣的手段誘惑文歡在。可是文歡在比我強多了，他一心掛念著家裡的妻子，對女鬼的色誘連正眼都不瞧一下。」

爺爺插話道：「所以，你們一目五先生就強行逼迫……」

「對。」獨眼點點頭，「他是我們到文天村後的第一個目標，如果不害死他，我們在這裡就找不到更多的陰溝鬼。」

「你也可以害其他人，為什麼非得害文歡在呢？」我問道。

獨眼道：「你忘記了嗎？我們曾去過一個綽號叫文撒子的家裡，但是被你們給破壞了。」

我立即想到一目五先生在文撒子床邊吸氣的情景。原來他們是在文撒子身上失敗之後才將注意力轉移到文歡在這裡的。可見它們確實蓄謀已久。

「那女鬼對文撒子的引誘也沒有起到任何作用嗎？」我問道。

獨眼嘴角拉出一個勉強的笑容，道：「文撒子那傢伙一看就是個經不住美色誘惑的傢伙，但是他心裡比誰都精靈著呢！見女鬼叫他喝茶，他說他要喝酒，女鬼弄不出酒來他就不喝。其實他的心裡早就知道情形不對了，但是他不說穿。最後，他跟女鬼在稻草床上……那個之後，提起褲子就走了。」

我心裡笑道，這可是偷雞不成蝕把米啊！所以後來文撒子做生意風生水起的時候，別人覺得不可思議，但是我卻認為是意料之中的事情。

獨眼道：「女鬼失手之後，十分惱怒，就叫我們來收拾他。誰知恰好碰到了你們爺孫倆。」

57

聽到獨眼說的這些話，我心中不無得意。要是一一算來，爺爺救過的人實在是太多了。

爺爺問獨眼道：「你帶著的這四個瞎子也是用同樣的方法騙來的，是吧？」

獨眼點點頭。

「他們看都看不見，如何用美色勾引？」爺爺問道。這也是我心裡的疑問。在瞎子的眼裡，人沒有美醜之別，對付獨眼的那一套自然是不好用了。

獨眼道：「你們還沒有聽我說跳出輪迴的方法呢！它們四個就是相信了跳出輪迴的那套騙人把戲才鐵了心加入的。」

「哦？」爺爺瞇起眼來，等著獨眼解釋它們怎樣跳出輪迴。

獨眼道：「說來挺嚇人，其實很簡單，就是吸取新來者的精氣。」

「吸取新來者的精氣？」爺爺問道。看來爺爺對這個新組織起來的陰溝鬼的存在形式還不甚瞭解。這個連《百術驅》上都沒有解釋。想到《百術驅》，我心中又不免升起點點擔憂。到目前為止，一點關於《百術驅》的消息都沒有。

獨眼也講了許久了，我擔心竹床上的月季被那隻出現過的野貓抓壞，於是移步去竹床邊將月季抱在手裡。

月季的花葉有些萎蔫，可能是剛才被一目五先生吸去一些精氣的緣故。我不免有些心疼地撫摸月季的藍色花瓣。

獨眼道：「其實每個新加入的陰溝鬼，都會給引它加入的陰溝鬼提供了一定的精氣。比如我，那個女鬼和它姐姐在引誘我的時候，已經用採陽補陰的方法吸去了我的大部分精氣。當然了，它們在吸取精氣之後，還要向帶它們進來的老婆婆貢獻一部分精氣。據我所知，老婆婆上面還有分享精氣的陰溝鬼，至於老婆婆上面還有多少陰溝鬼要分享新加入者的精氣，我就不知道了。」

採陽補陰本是道教裡的房中術，沒有想到陰溝鬼們居然也會使用。我曾聽過一個謎語：「採陽補陰，母妖求利，打一成語。」我百思不得其解，後來終於在另一本書上看到了同樣的謎語，並且是附有答案的。答案是「精益求精」。它的解釋是：「採陽補陰＝精，利＝益，母妖＝精。」我恍然大悟。

在沒有看到那個謎語之前，爺爺也曾跟我講起過關於「夏姬」的故事。

那是西元前六百多年的事情了。夏姬是鄭穆公的女兒，自幼就生得杏臉桃腮，蛾眉鳳眼。長大後更是體若春柳，步出蓮花，羨煞了不知多少貴胄公子。夏姬是一個顛倒眾生的人間尤物，她具有驪姬、息嬀的美貌，更兼有妲己、褒姒的狐媚，而且曾得異人臨床指點，學會了一套「吸精導氣」之方與「採陽補陰」之術。

之後她曾多方找人試驗，屢試不爽，因而豔名四播，也因此聲名狼籍。父母迫不得已，趕緊把她遠嫁到陳國，成了夏御叔的妻子，夏姬的名字也就由此而來。

可是夏御叔壯年而逝，有人就說是死在夏姬的「採補之術」之下。

喪夫之後的她並沒有因此收斂，反而更加明目張膽地招入更多入幕之賓，大張旗鼓地進行「採陽補陰」之術，吸取更多男人的精氣。因此一直到四十多歲，她依然容顏嬌嫩，皮膚細膩，保持著青春少女的模樣。

我收起思維，抱著月季，繼續聽獨眼講解它們是怎樣利用精氣，又是怎樣跳出輪迴的。

獨眼道：「陰溝鬼本身虛弱無比，但是隨著吸入的精氣增多，實力漸漸增強。當越來越多的陰溝鬼加入的時候，最先害人變為鬼的陰溝鬼就獲得越來越多的精氣。一變二，二變四，四變八，別看這之前的變數不大，但是如此循環十多次之後，那可是一個相當龐大的數字！」

我點點頭，這是一個具有魔力的數字遊戲。高中的數學老師在講解等比數列的時候曾告訴我們，如果你能將一張普通的紙反覆摺疊三十多次，那麼這張紙的高度可以伸及月球。

因此可以想像，當陰溝鬼的「輩分」擴展到三十多個層次的時候，最上層的陰溝鬼可以獲得多麼巨大的力量！

而下層的陰溝鬼為了獲得同等的力量，肯定會不擇手段地害死更多的人！暫且不說最上層的陰溝鬼能不能利用這些數量龐大的精氣跳出輪迴。如果這個情況任由發展下來，那麼到時候恐怕地面到處都是擁擠的陰溝鬼，連人都沒有可以站立的位置了！那麼，世界上到處是鼻子擠鼻子、眼睛擠眼睛的陰溝鬼！那將是一幅多麼可怕的場景！

獨眼又說：「老婆婆告訴新加入的陰溝鬼，如果它能吸取一百個人的精氣，那麼它就能不受輪迴的控制了！可以永存於這個世界之上！聽聞者莫不歡欣鼓舞。」

爺爺咬牙切齒道：「真是比狐狸還要狡猾！」我立即想到了跟女色鬼不共戴天的狐狸道士。

「那麼，你相信嗎？」我問道。

獨眼點了點頭，又搖了搖頭。

我急忙問道：「你點頭是什麼意思？搖頭又是什麼意思？」

獨眼道：「我開始有些相信，但是隨著時間的推移，我又有些懷疑。總之我還沒有吸取一百個人的精氣，所以我不敢確定。要等我做到了這些，又確確實實跳出了輪迴，我才會相信。」

爺爺怒道：「你自己都沒有完全確定下來，怎麼可以就馬馬虎虎地將它們四個瞎子害死呢？我看那些茶水不只是能毒害人的身體，還能蠱惑人的心靈！」

獨眼慚愧地低下了頭，它旁邊的四個瞎鬼默不作聲。

爺爺嘆了口氣，在地面畫了一個大圈，疲憊地說道：「你們先待在這個圈裡，這些天都不要出去，安心等我回來。」

58

獨眼不依，說道：「那可不行。我們雖然吸取了一些人的精氣，但是還不敢見陽光。您走了，明天早上太陽一出來，我們不就完了？」

這時，一陣透著涼意的風從南方吹過來。爺爺笑了笑，道：「南風帶涼，久陰不陽。你們放心吧！要到逢七的日子才會出現陽光。這個月的初七，二七一十四，三七二十一，四七二十八，外加十七，二十七，這些日子才會由陰轉晴。」

獨眼問道：「今天是農曆初九。也就是說，要到這個月的十四才會變晴嗎？期間這五天一直陰天或者下雨？」

爺爺點點頭，道：「如果明天風大的話，十三的傍晚可能下一場毛毛雨，十四一早就放晴。不過你放心，我們在下那場毛毛雨之前就會趕來救你們的。」

獨眼不放心地問道：「您說的『南風帶涼，久陰不陽』是哪裡的句子？您要我怎麼相信呢？萬一明天就出太陽了，那我們該怎麼辦？」

爺爺笑道：「跟你說了你也不一定知道，你又何必多問？」

獨眼卻一定要在「關公面前耍大刀」，眨了眨那隻獨眼問道：「難道是《易經》裡的東西？」

爺爺笑道：「不是。」說完，拉起我就要走。

獨眼雖見爺爺要走，但是不敢拉住，也不敢跨出那個圓圈。它在圓圈裡朝爺爺喊道：「我原來也看過不少古書呢！莫不是你自己杜撰出來的？」

爺爺站住，卻不回頭，嘆了口氣回答道：「說了你也許會失望。這不過是一本關於種田的古書，名字叫做《田家五行》，是元朝末年一個叫婁元禮的人編撰的。原來也許還有人提起過，但是現在恐怕都沒有人知道這個名字。」

在旁當聽眾的我欣喜不已，原來只知道爺爺有《百術驅》，沒想到他還有一本《田家五行》。雖然聽名字就知道這本書與玄術沒有任何關係，只是一本普普通通的關於種田的書，但是種田就要關係到天氣、雨水等等，如果能夠學到預測天氣的知識，那該多好！

那時的我無憂無慮，所以這也想學、那也想學，彷彿體內的精力消耗不盡。不像現在上大學的我，這也不願學、那也不願學，被一大堆問題折磨得精疲力竭。

獨眼聽爺爺說出「田家五行」四個字來，愣了一愣，驚訝地朝爺爺喊道：「這本書我只聽我的父親講過，但是看見過這本書的是我爺爺的爺爺。我以為這本書早已經失傳了呢。沒想到您還能知道裡面的內容！真是佩服！我會安心地待在這個圓圈裡等您和您的外孫回來的！」

我心裡有些驚訝，沒想到這個獨眼對古代書籍還挺瞭解的。我回過頭去，看見它和四個瞎子有些落寞地站立在圓圈中間，顯得十分可憐。南風一陣比一陣大，吹得一目五先生像五個稻田裡恐嚇麻雀的稻草人。

我緊跟上爺爺的腳步，拉了拉爺爺的袖口，問道：「我們不跟文歡在他們說一聲嗎？難道就這樣不辭而別？」

爺爺說道：「時間太急，我們先回去做準備。時間越短，陰溝鬼害死的人就越少。我估計除了一目五先生，陰溝鬼的團隊裡還有其他專門在外害人的鬼。現在別的地方還有人正處在危險之中。再說了，文歡在他們被一目五先生的睡風吹了，要叫醒他們還要花不少精力。不過到明天早上，公雞一打鳴，他們就自然會醒過來了。」

爺爺的腳步越走越急，我有些跟不上，只好走一段跑一段。

從文天村到畫眉村，中間要翻過一座不算很高的山。其中的路線在我跟爺爺捉食氣鬼的時候交代過，所以這裡不再重複。

走到兩邊都是桐樹的山路上時，我終於忍不住要開口問爺爺關於《田家五行》的事情了。

我故意先嗽了兩嗓子，藉此引起爺爺的注意。

爺爺立刻中了我的小計謀，回頭看了看我，又用手摸了摸我的額頭，問道：「是不是剛剛在文歡在那裡待久了，被風吹感冒了？」

我搖了搖頭，說：「爺爺，我沒有感冒，就是有幾個問題想問問你。但是你走這麼快，我不好問。」

爺爺敲了敲我的腦袋，笑眯眯地問道：「你還有不好問的時候？呵呵，說吧！是不是關於《田家五行》的問題？是不是想問《田家五行》為什麼不給你看？」

我不好意思地點了點頭，原來我的肚子裡想些什麼爺爺全都知道。

「你看見過爺爺拿出那本書來讀過沒有？」爺爺又開始賣關子了。

「沒有。」我確實沒有見過爺爺拿出一本封面寫著「田家五行」的書讀過。從小我就在爺爺家裡翻箱倒櫃，爺爺家裡的東西我比他還要清楚。我甚至記得堂屋裡的土牆上被土黃蜂螯出的洞的形狀。

「那不就是了。爺爺沒有這本書。」爺爺皺了皺眉頭，不無傷感地說道。那種傷感的表情我在香煙山的和尚臉上見過，在做靈屋的老頭子臉上見過。

「沒有這本書？那你怎麼知道裡面的內容呢？」我傻乎乎地問道。

「呵呵。」爺爺雖然笑出了聲，但是那種笑聲聽起來讓人憂鬱。「原來是有的，但是你姥爹叫我把它燒了。那本書是姥爹的哥哥不知從哪裡弄來的，反正非常珍貴，恐怕世上沒有幾本傳下來的。」

「這麼珍貴的書為什麼要燒掉呢？」我問道。這時，爺爺的家已經在不遠處了。那是姥爹，還有那個曾經中舉的姥爹的哥哥生活過的家。如果還要往上追溯，真不知道多少代人在這個屋裡出生，又在這個屋裡壽終正寢。

59

可是這個青瓦泥牆的房子不知不覺中，已被幾棟紅瓦紅磚的小樓房圍住，造成一種困獸猶鬥的景象。舅舅說，過兩年等錢賺夠了就要將這個房子拆掉，到挨著老河不遠的水田裡建一棟樓房。

當舅舅說這話的時候，我看不到爺爺臉上有任何欣喜的表情。我一想到再過幾年，這個老屋成為斷壁殘垣，心中不免一陣淒涼。

但是對舅舅來說，建樓房已經是迫在眉睫的大事了。因為潘爺爺的女兒已經答應了婚事，但是要求舅舅建一棟樓房。潘爺爺的女兒還是很通情達理的，她不要求舅舅在結婚之前就把樓房建成，只希望舅舅在三、五年之內建成就行。

當舅舅興致勃勃地去老河旁邊看地基的時候，我就莫名其妙地感到一陣陣恐慌和失意，而爺爺手上的菸抽得比平時要快很多。

爺爺笑道：「還不是因為文革！除四舊嘛，舊思想、舊文化、舊風俗、舊習慣都要破除，不然就要抓起來批鬥。我想保留的那幾本書都屬於舊文化，必須燒掉。《百術驅》還是我拼了命才救回來的。」

爺爺在說這話時，用一雙憂鬱的眼睛望了望自己的房子。

那些書已經化為灰燼，不可能再重回手中。但是這個房子也要眼睜睜地看著它消失。這裡不但銘刻著爺爺年輕時候的許多夢想，也保留著我孩提時的許多記憶。當這個房子消失的時候，也是我的記憶從此沒有著落的時候。

我知道是我說的話引得爺爺心裡不愉快了，連忙岔開話題道：「爺爺，我們這麼急回來，是不是要拿東西去制伏那些陰溝鬼？」在我的猜想裡，爺爺是要回來畫一些符咒，帶著有用的東西，然後折道去陰溝鬼聚集的地方，將所有陰溝鬼收服。

爺爺搖了搖頭，說：「我們還不知道陰溝鬼在哪裡，怎麼去制伏它們？」

我說：「叫一目五先生帶我們去不就可以了？」

爺爺道：「一目五先生未必會跟我們說實話。它們雖然怕我，但是它們同樣害怕出賣同伴後遭到報復。並且它們知道我身上的反噬作用還很厲害，搞不好會夥同其他夥伴來害我呢！它們有那麼多的加入者，我們沒有準備就去的話，未必是它們的對手。」末了，爺爺又自言自語道：「雖然捉它們不是很難。」

「那你打算怎麼辦呢？」我問道。爺爺的家就在幾十米之外了。一個窗口的燈還亮著，奶奶肯定是還在等爺爺回家。在這個寂靜的夜裡，那盞燈就如茫茫無際的大海裡的航標。

爺爺指著那盞燈，笑道：「我的打算是，讓你好好睡一覺。其他的事情都要等明天天亮了再說。」

我跟爺爺剛走到地坪裡，窗戶裡立即就響起了奶奶的聲音：「你們倆可算是回來了！我就有這樣的預感，你們今晚會回來！」

奶奶的聲音由窗口移到堂屋裡，然後聽得「吱」一聲，大門打開了。奶奶出現在門口，滿臉笑瞇瞇的。總聽人家說什麼「夫妻相」，我發現奶奶跟爺爺確實越來越像一個人了。雖然奶奶比爺爺胖一些，但是眼角的紋路、臉上的笑容漸漸地相互融合。

爺爺道：「妳總說自己的預感準，猜對了就自我誇耀，猜錯了卻沒有見妳說過一句話。」

奶奶故意朝我揮了揮手，譏諷道：「我哪裡是預感這個老頭子回來喲，我是預感我的心肝外孫要回來呢！亮仔，快快，我把你睡的床都舖好了，快點洗洗睡覺。跟你爺爺在外面瘋了這麼久，也該休息了。」

剛剛跨進大門，爺爺就沉聲問奶奶：「我父親用過的算盤還在衣櫃頂上嗎？」

奶奶說：「在呢！我用油紙包著的，應該沒有被老鼠咬。但是放了好些年頭了，恐怕要洗一洗才能用。喂，你突然問算盤幹什麼？現在誰還用算盤算帳啊？再說，你父親不在之後，我們手裡經過的帳數也沒有大到用筆算不清的地步啊！」

爺爺道：「我有別的用處，不是算帳。」他並沒有說要算盤到底有什麼用，但是奶奶不再追根問底。

她說：「你要看自己去看吧！就在衣櫃頂上。幾把鐮刀也放在那裡，拿算盤的時候小心一點，別割傷了手。」

奶奶習慣了倒完水就給我擦腳，她很多時候忘了我已經是成年人了。我一邊將奶奶手裡的毛巾拿過來，一邊問道：「奶奶，算盤為什麼要跟鐮刀放在一起啊？」

在一般的農人家裡，收稻穀用的鐮刀要麼放在閒置的打穀機上，要嘛和柴刀或者草帽放在一起。一旦要用的時候也方便尋找。

奶奶道：「你姥爹臨死之前交代過的，這個算盤惡氣比較大，放鐮刀在旁邊可以鎮住它。」

「鎮住它？算盤還怕鐮刀不成？」我詫異道。這樣的例子我只在童話故事裡看到過，沒想到奶奶也說出這樣的話來。

奶奶捶了捶腰，從臉盆旁邊站了起來，說道：「鐮刀是尖銳的利器，容易割傷人，所以就拿來鎮一鎮算盤的惡氣囉！放剪刀也可以，可是我經常要用剪刀做鞋底或者做菜的時候剪生薑，懶得爬上爬下去衣櫃頂上取，乾脆就把鐮刀放那裡了。」

奶奶回答的不是我想要聽到的解釋。

奶奶又道：「本來一個人死了，他生前用過的東西都要燒掉的，免得哪件東西是他喜歡的，死後又回來取。但是你姥爹說有幾樣東西不要燒，一個是你爺爺喜歡的書，一個就是他自己經常用的算盤。」

60

說到算盤，奶奶突然心血來潮問我：「亮仔，你知道算盤是什麼人發明的嗎？」

我搖搖頭。我知道中國的四大發明是指南針、火藥、活字印刷術和造紙術，並且從歷史教科書上知道活字印刷術是宋朝的畢昇所發明的，造紙術是漢朝的蔡倫所發明的。至於指南針和火藥，我就不知道是誰發明的了。

其實，我早就覺得算盤和陰曆的發明應該和四大發明一樣偉大。算盤簡化了中國人幾千年的計算方法，而陰曆更是神奇，幾千年前的我們的祖先竟然能發明一種可以和現代的西曆媲美的計算年月日的方法。並且由陰曆引申出風水、八字、天氣預測等與人們的生活息息相關的知識來。

真不能低估祖先們的智慧！

只是可惜，現代的人離祖先的智慧越來越遠了。這些自以為是的子孫在尋找更精密的測試儀器的過程中，已經將祖先遺留下的精神內核拋棄了！

奶奶見我搖頭，皺眉道：「你在學校裡都學些什麼呀？中國人用了這麼久的算盤，你們學校的老師居然不講講它是怎麼來的？」

我又尷尬地搖搖頭。我就在讀小學的時候簡單學過兩三節珠算課，背了幾句「三下五除二」的半生不熟的口訣。從那之後再也沒有碰過算盤。大概比我小幾屆的學生對算盤更是陌生。

奶奶笑道：「你們老師不講，我給你講講吧！你奶奶沒上過幾年學堂，但是知道算盤是黃帝的一個手下發明的，他的名字叫做隸首。」

「隸首？」我一邊擦腳一邊問道，「那麼，奶奶妳知道指南針和火藥是誰發明的嗎？」後面那個問題完全是因為我自己不知道四大發明的發明者才隨口問的。不過，我沒想要從奶奶嘴裡問出什麼來。因為歷史教科書上對指南針和火藥的發明者都隻字未提，奶奶沒有讀過幾年書，更是無從知道了。

奶奶卻順口回答道：「指南針是風后發明的，火藥是一個煉丹的道士發明的。風后也是黃帝手下的一個老臣。他們都是當時的方術之士。」

我驚訝了！原來古代的方術之士竟然有這樣的智慧！

奶奶補充道：「你們現在習慣說指南針，其實風后發明的是指南車，又叫司南車。這種工具跟你們說的指南針的用法一樣，但是指南針靠的是磁鐵，指南車卻是木頭做的喲。」

我更加驚訝了：「木頭做的？不是吧？木頭怎麼可以指南呢？」

奶奶笑道：「魯班做的木鳥還能在天空裡飛呢！指南車怎麼就不能是木頭做的呢？」

在我的心裡，一直以為古代的指南車不過是某個人意外發現了一塊磁鐵，又偶然發現了磁鐵指向的特性，這才機緣巧合做成了指南車。整個製作過程依靠的不過是運氣罷了。我從未想像過指南車竟然真是木頭做成的！木頭怎麼可以指南？

後來我特地去查找了相關方面的書，果然如奶奶所說，指南車的確是木頭製作的！書中解釋：指南車與司南、指南針等相比在指南的原理上截然不同。它與指南針利用地磁效應不同，它利用差速齒輪原理。它是一種雙輪獨轅車。車上立有一個木人，一手伸臂直指，只要在車開始移動前，根據天象將木人的手指向南方，以後不管車向東還是向西轉，由於車內有一種能夠自動離合的齒輪繫定向裝置，木人的手臂始終指向南方。

幾千年前的中國人的祖先居然已經懂得利用「差速齒輪原理」！而幾千年之後的人們在汽車時代才開始研究這個原理！

奶奶當然不懂汽車研究中的「差速齒輪原理」，但是自有屬於她的解釋。她對我說：「風后是根據天上的星星製造出指南車的。」

我一頭霧水，茫然道：「根據天上的星星？」

奶奶很認真地點頭，隨後給我解釋風后是怎樣根據天上的星星造出指南車的。她說：

「這得從五千年前黃帝大戰蚩尤的傳說說起。」

一聽到奶奶要講古老的傳說，我立刻來了興致，催促道：「快講給我聽聽。他怎麼根據星星來造指南車的？」我聽過古人夜觀星象來預測凶吉和天氣，卻從來沒有聽說過古人還可以根據星象來發明木頭儀器。

奶奶娓娓道來：「當時黃帝和蚩尤作戰三年，進行了七十二次交鋒，都未能取得勝利。在一次大戰中，蚩尤在眼看就要失敗的時候，請來風伯雨師，呼風喚雨，給黃帝的軍隊造成了重創。黃帝也急忙請來天上一位名叫旱魃的女神，施展法術，制止了風雨，才使得軍隊得以繼續前進。這時詭計多端的蚩尤又放出大霧，霎時四野瀰漫，使黃帝的軍隊迷失前進的方向。黃帝十分著急，只好命令軍隊停止前進，並馬上召集大臣們商討對策。應龍、常先、大鴻、力牧等大臣都到齊了，唯獨不見風后。有人懷疑風后是不是被蚩尤殺害了。黃帝立即派人四下尋找，可是找了很長時間，仍不見風后的蹤影，黃帝只好親自去找。當他來到戰場上時，發現風后獨自一人在戰車上睡覺。黃帝生氣地說：『現在都什麼時候了，你怎麼在這裡睡覺？』風后慢騰騰地坐起來說：『我哪裡是在睡覺，我是在想辦法。』接著，他用手向天上一指，對黃帝說：『你看，為什麼天上的北斗星，斗轉而柄不轉呢？臣在想，我們能不能根據北斗星的原理，製造一種會指方向的工具，有了這種工具就不怕迷失方向了。』黃帝把風后的這個想法告訴眾臣，大家議論了一番，都認為這是一個好辦法。然後，就由風后設計，大家動手製作。經過幾天幾夜的趕製，終於造出了一個能指引方向的儀器。風后把它製作成人的樣子安裝在一輛戰車上，伸手指著南方。然後告訴所有的軍隊，打仗時一旦被大霧迷住，只要一看指南車上的假人指著什麼方向，馬上就可辨認出東南西北。」

61

聽完奶奶的故事，我不禁嘖嘖讚嘆。

奶奶笑道：「風后還是我們華夏民族的第一個宰相呢！不過在黃帝遇到他之前，他只是一個普普通通的農民，但是他對《周易》非常熟。」

我和奶奶在這邊屋子裡講話的時候，聽到了爺爺在另一間屋子裡翻東西弄出的磕碰聲。奶奶轉頭朝爺爺那邊喊道：「找到沒有啊？別把我放好的東西都翻亂了！我懶得又給您老人家收拾一遍！」

我俯身搓了搓腳板，跟爺爺在文歡在那裡待得太久，站得我腿腳有些痠痛了。我一邊揉腳一邊問道：「奶奶，不就一個算盤嗎？爺爺怎麼找這麼久呢？」

奶奶搖頭道：「我就說你爺爺不如你姥爹一半聰明。家裡東西他都不知道地方，放在他眼前了，他還要返過身去找。」爺爺對家裡事情的不關心確實有目共睹，但還不至於像奶奶說得那麼誇張。我知道奶奶是習慣了和爺爺拌嘴，這成了他們生活中的一件必不可少的事情。一天不見奶奶對爺爺說這說那，站在旁邊的我都會覺得渾身不舒服。

為了讓爺爺有充足的時間找算盤，也為了我的好奇心，我拉住奶奶問道：「妳還沒有說算盤是怎麼發明的呢！」

奶奶呵呵一笑，果然不再去管爺爺翻箱倒櫃，轉過頭來對我說：「發明算盤的那個隸首，跟你姥爹是同行。」

「跟姥爹是同行？他也是方術之士？」我驚問道。

奶奶搖搖頭，說道：「他們都是會計，呵呵。」

「會計？」

「是的。你姥爹是我們村裡的會計，隸首是黃帝的會計。話說黃帝統一部落後，先民們整天打魚狩獵，製衣冠，造舟車，生產蒸蒸日上。物質越來越多，算帳、管帳成了日常生活中常見的一項工作。一開始，用結繩記事、刻木為號的辦法，處理日常的帳務問題。有一次，狩獵能手于則，交回七隻山羊，保管獵物的人只承認交回一隻，但是一查實物，卻是七隻。為什麼只記一隻呢？原來保管的人把七聽成一，在草繩上只打了一個結。又有一次，黃帝的孫女黑英替嫘祖領到九張虎皮，嫘祖是黃帝的妃子，就是發明了養蠶的人。保管的人在草繩上只打了六個結，少三張。所以進進出出的實物數目越來越亂，虛報冒領的事也經常發生。黃帝為此事大為惱火。」

奶奶講到這裡時，我不禁為黃帝的那個時代感嘆。風后發明指南車，嫘祖發明養蠶，隸首發明算盤，這些可以媲美四大發明的能人居然都產生在同一個時代！而那時的科學，依靠的僅僅是幾本《周易》之類的書！

奶奶見我目瞪口呆，只是以為我聽故事聽得津津有味。她繼續講道：「於是黃帝命令隸首擔任宮裡總『會計』，並且要求他處理好算帳、管帳的問題。」

我心中暗想，這就是當領導者的好處，自己不用親力親為，交給某個人去辦就是了。辦得好證明領導英明，辦不好就是手下沒用。

「一開始隸首也沒有頭緒，他只好想方設法了。首先，他想出一個辦法——山楂果代表山羊；栗子果代表野豬；山桃果代表飛禽；木瓜果代表老虎等等，按野果的類別區分和計算不同的物品。這個辦法好是好，但是過一段時間就不行了。」

「為什麼呢？」我問道。

奶奶雙手一攤，道：「野果存放時間一長，全都變色腐爛了，一時分不清各種野果，帳目全混亂了。隸首氣得直跺腳。最後，他終於想出一種辦法。他到河灘撿回很多不同顏色的石頭片，分別放進陶瓷盤子裡。這下記帳再也不怕變色腐爛了。由於隸首一時高興沒有嚴格保管。有一天，他外出有事，他的孩子引來一群頑童，一見隸首家放著很多盤子，裡邊放著不同顏色的美麗石片，孩子們覺得好奇，你爭我看，一不小心，盤子掉在地上打碎了，石頭片全散了。隸首的帳目又亂了。他一人蹲在地上只得一個個往回拾。隸首妻子走過來，用指頭在隸首頭上一點說，『你好笨哩！你給石片上穿一個眼，用繩子串起來多保險！』隸首當即茅塞頓開，他給每塊不同顏色的石片都打上眼，用細繩逐個穿起來。每穿夠十個數或一百個數，中間就穿一個不同顏色的石片。這樣清算起來就省事多了。隸首自己也經常心中有數。從此，宮裡宮外，上上下下，再沒有發生虛報冒領的事了。隨著生產不斷向前發展，獲得的各種獵物、皮張數字越來越大，種類越來越多，不能總用穿石片來記帳目。隸首好像再也想不出什麼好辦法了。有一次，他上山尋孩子，發現滿山遍野的成熟紅歐栗子，每株上邊只結十顆，全部是鮮紅色的，非常好看。他順手折了幾枝，拿在手裡左看右看，想利用紅歐栗子做算帳的工具，但又一想，不行，過去已經失敗過。隸首獨自一人坐在地上，越想越沒主意了。」

這時，爺爺在那邊房間裡大聲問道：「鐮刀旁邊的油紙包著的，就是算盤吧？」

奶奶沒好氣地回答道：「要我說一萬遍你才知道！」

我連忙打斷他們不友好的對話，扯了扯奶奶的袖子，說道：「奶奶，妳還沒有講完呢！」

奶奶對著爺爺的時候是一臉怨氣，轉過來對我的時候立刻就換上一副和藹可親的模樣。在她去世多年以後，我還時常想起那個晚上她的表情轉換。她是這個世界上唯一能為我做出這樣的表情變化的人。

當時奶奶臉上的笑容如夜晚偷偷開放的曇花一樣，她摸摸我的頭，說：「正在這個時候，岐伯、風后、力牧三個人上山採草藥，發現隸首手裡拿著幾串紅歐栗子坐在地上發呆。風后問隸首在想什麼。隸首轉頭一看，原是三位黃帝的老臣，趕忙站起來，把剛才記帳、算帳的想法告訴了他們。風后聽了隸首的想法，接過隸首的話說：『我看今後記帳、算帳不再用那麼多的石片，只用一百個石片，就可頂十萬八千數。』隸首忙問：『怎麼個頂法？』風后叫隸首把紅歐栗子全摘下來，又折下十根細竹棒，每根棒上穿上十顆，一連穿了十串，一併插在地上，然後就自己採草藥去了。」

「我找到算盤了。」爺爺拿著一個散發著腐酸氣味的算盤突然出現在我們面前，臉上掛著一絲捉摸不定的笑。算盤邊上的幾顆算珠被老鼠咬壞，露出木頭原本的顏色和紋路來。

62

奶奶指著爺爺手裡的算盤，笑道：「風后就是這樣插著紅歐栗子的，不過當時每一串是十個，當第一串十個不夠用了，才向第二串進一位。你爺爺手裡拿著的算盤是後來經過改良了的。」

我穿上鞋子走到爺爺身旁，用手摸了摸又老又舊的算盤，自言自語道：「我看這就是尋常的算盤嘛！沒有什麼特別之處啊！」

爺爺笑道：「李逵的板斧，關公的青龍偃月刀，都是因為人才出名。工具就是那幾樣，關鍵看人怎麼使用。你說對不對？」

「那你找這個算盤幹什麼？」我問道。

奶奶見我穿好了鞋，兩隻手搭在我的肩膀上將我往睡房裡推，「我的乖乖呀，你就快點睡覺吧！都是讀高中的秀才了，卻不對聖賢書感興趣，倒是像個跟屁蟲一樣老跟在爺爺的屁股後面。」奶奶一邊說，一邊推我。我無法抵抗，只好心不甘情不願地走進了睡房，將被子往頭上一矇，鞋子都不脫就入睡了。

人雖然睡了，但是耳朵還精靈得很，能聽見奶奶在跟爺爺說些什麼話，但是要聽具體的內容卻是不能。那時候的我經常出現這種狀態，但是現在的我頭挨著枕頭就睡著了，耳邊打鑼都不會醒。

奶奶好像在勸爺爺一些話，最後好像沒有勸成功。之後，我聽見奶奶的腳步聲走進了她自己的睡房裡，沒有聽見爺爺的腳步聲。我睡得迷迷糊糊，可是潛意識裡還有些疑問：爺爺怎麼還不睡覺呢？一目五先生還在文歡在的地坪裡等著我們去救它們呢！

也不知道過了多久，或許只有片刻，或許過了幾個小時，人在迷迷糊糊的時候是很難準確知道時間的長短的。混混沌沌中，我聽見了劈哩啪啦的算珠碰撞的聲音，間或聽見爺爺的沉吟。

我潛意識裡掙扎著要起來看看爺爺在做什麼，但是身子像被捆死了一般動不了。我吃力地哼了一聲。

也許是爺爺看出了我的不適，他邁步走到了我的床前。接著我感覺到一隻砂布一樣粗糙的手在我臉上摸了摸。那隻手的溫度彷彿有一種催眠的力量，將我所有的想法都擋在了九霄雲外。

然後，我做了一個夢。

我夢見了姥爹的墳墓，但是我不知道自己身在何處。我看見姥爹的墓碑動了動，然後發出類似木門打開時發出的「吱呀吱呀」一聲。我心裡納悶，墓碑是石頭的，怎麼可能發出這樣的摩擦聲呢？正在我這樣想的時候，墓碑居然開了，一張青色的臉從墓碑後面出現。

我並不害怕，雖然我看不清那張臉，但是我確定那是死去的姥爹。我堅信姥爹即使做了鬼也不會來害他的曾外孫的。

墓碑打開的同時，很多白色的霧跟著從墓穴裡湧出來，如燒了濕柴一般，但是那些煙霧不嗆人。白色的霧將從墓穴裡爬出來的人罩住，一時看不清楚他的臉。我想問一問：「您是姥爹嗎？」可是喉嚨裡卻發不出聲。

那個人在墓碑前面站住，踮起腳來朝正前方眺望。我連忙順著他看的方向看去。遠處也是白色的霧，如同仙境，又如同地獄。

遠處的煙霧之中隱約有一間房子。我揣摩著那間房子裡住著什麼人。突然，我的耳邊響起土黃蜂飛翔時的「嗡嗡」聲。我的心裡打了一個激靈，那不是爺爺的房子嗎？它周圍的土房和樓房怎麼不見了？

在煙霧中，只有爺爺家的一間房子若隱若現。流動的煙霧如同流水一般撞在那所房子上，如同流水撞在岩石上濺起的浪花。

「那不是爺爺的房子嗎？」我急忙轉身對那個人嚷道。我的嘴巴動了，卻聽不見聲音。我心中一慌。難道是我的耳朵聽不見了？我連忙用食指挖耳朵。不對呀，剛才的土黃蜂發出的聲音我還聽見了，怎麼會聽不見自己說的話呢？

我慌忙朝那個人喊道：「你聽不到我說話嗎？」可是無論我多麼努力，嘴裡就是沒有發出任何可以聽見的聲音。我確信我說話的動作都做到了位。難道我的聲帶出了問題？

那個人抿了抿嘴，似乎我的存在就像周圍的白霧一樣吸引不了他的注意。

他對著前方點了點頭，然後彎腰鑽進墓穴。

在他反過身來關墓碑的時候，我看見了他那雙古怪的眼睛。他的眼睛不是黑白分明的人的眼睛，而是兩顆算盤上的算珠！左邊眼眶裡的算珠還被咬壞了，裡面露出木頭的顏色和紋路！

我頓時打了個寒噤，醒了過來。

這不過是一個短短的夢，可是當我睜開眼的時候，卻發現太陽已經照到我的被子上來了。外面傳來「嘣嘣」捶衣服的聲音。我打了個哈欠，揉了揉眼睛，然後下床刷牙洗臉。

奶奶曾經告訴過我，如果晚上做了噩夢，第二天一早不要亂說；如果做的是好夢，但說無妨。可是我不知道我做的夢是好夢還是噩夢。因此在門口看到洗衣服的奶奶時，我一聲未吭。

在我打了水，將塗了牙膏的牙刷塞進嘴裡時，奶奶側了頭對我說：「你跟爺爺昨晚幹什麼去了？他昨晚一整晚沒有睡覺，還把姥爹留下的算盤撥得啪啪響，弄得我也沒有睡踏實。今天一大早他早飯不吃就出去了，去哪裡也不跟我說一聲。」

「爺爺這麼早就出去了？」我連忙將牙刷拖出來問道。嘴裡的牙膏泡泡噴了出來，在陽光下閃耀著絢爛的色彩。

63

我想起了爺爺昨晚關於預測天氣的話，大叫一聲：「不好！」

奶奶被我突然的驚叫嚇了一跳，放下手中濕淋淋的衣服問道：「你怎麼了？一大早的一驚一乍，你想嚇死奶奶呀？」

我連忙將口中的牙膏泡沫涮去，將牙膏和牙刷往奶奶身邊一放，緊張地說道：「完了完了。一目五先生有危險！我得馬上去文天村一趟。奶奶，妳幫我照看一下月季，別忘了澆點水。我去了文天村再回來吃飯。」

奶奶被我的話弄糊塗了：「你昨晚剛剛從文天村回來，怎麼一大早又要過去？」

我說：「爺爺昨晚根據南風猜測今天不會天晴的，可是您看，天上的太陽燦爛著呢！一目五先生是見不得陽光的，這下它們慘了！」

奶奶道：「你爺爺今天天才濛濛亮的時候就出去了，是不是也去了你說的那個地方？到底出了什麼事？」

我點頭道：「我想爺爺也是去了那裡，他都來不及告訴我一聲！奶奶，我先走了啊！回來再跟妳解釋。」說完，我急忙邁開步子沿著昨晚的路跑回去。

當我上氣不接下氣地趕到文歡在的地坪時，果然看到爺爺在那裡。文歡在和他的媳婦也正低頭在看爺爺昨晚畫的那個圓圈。文歡在坐在椅子上，兩條腿軟綿綿地晃蕩。不過圓圈上多一個東西——竹床。太陽發出的光芒剛好被竹床擋住，那個圓圈就落在竹床的陰影裡。

爺爺見我跑來，臉上露出了一個舒心的笑容。

「看來陰溝鬼不是我們想像的那樣簡單啊！」爺爺咬了咬下嘴唇道，「昨晚的南風就是它們弄出來的，害得我差點失信於一目五先生。」

文歡在和他媳婦微笑著點點頭，看來爺爺已經跟他們解釋了陰溝鬼的事情。

「你當時沒有發覺南風不正常，後來是怎麼發現的呢？」我問道。

爺爺笑道：「回家了再跟你說吧！」我知道爺爺不願意在別人面前講方術，便不再勉強。

文歡在卻好奇地問爺爺：「那您又是怎麼知道陰溝鬼的所在地，並把它們都制伏的呢？」

「啊」我驚呆了。原來爺爺一大早出門不僅僅救了一目五先生，還將陰溝鬼全制伏了！頓時我既恨自己不爭氣、貪睡，又恨爺爺不告訴我，不叫我一起去制伏陰溝鬼。我氣得直瞪爺爺。不過我的心中還有一個疑問：爺爺正在反噬作用期間，怎麼能制伏那麼多的陰溝鬼呢？好在文歡在已經將這個問題問出了口，我便緊閉了嘴等爺爺回答。

爺爺露出一個狡黠的笑，打趣道：「是我父親告訴我的。他不但告訴了我如何制伏陰溝鬼，還告訴我這些陰溝鬼都藏在了什麼地方。」說完，爺爺指了指腳下的漁網漏斗。

爺爺不說我還沒有注意到竹床腳下有一個漁網漏斗。漁網漏斗由一個彎成半圓形的竹片和漁網做成。我小時候喜歡用這樣的漁網漏斗去河裡捕魚捉蝦。

可是爺爺這個漁網漏斗裡捕捉的不是魚也不是蝦，而是一些類似水草，卻比水草葉要大要厚得多的古怪東西。在陽光的照耀下，那些「水草葉」怕痛似的蜷縮在一起，如一個個剛剛出爐的蛋捲，還冒著陣陣熱氣。

「這些……就是陰溝鬼？」我有些語無倫次地問道。

文歡在得意地說：「那你說什麼樣的才是陰溝鬼？」

爺爺呵呵一笑。

文歡在頗有幾分賣弄的神色，指著地上的古怪東西道：「它們和水田裡的螞蝗一樣，都是要寄生在人的身上才能生存。當害不到其他人的時候，它們就會死亡。」

螞蝗我是知道的，南方的水田裡隨處可見這些既噁心又令人憎惡的吸血鬼。人們在水田裡插秧時，牠們能循著人的移動造成的水聲尋找到人的位置。然後在人們感覺不到的情況下，將牠們的吸盤一樣的軟嘴吸在人腿上，吸取人的血液。當牠們的肚子被人的血液撐得又圓又鼓的時候，便會鬆開吸盤一樣的軟嘴落回水田裡，等到肚子餓時再尋找新的血源。

讓人覺得可怕的是，這種動物是打不死也殺不死的。如果你用石頭將牠捶碎了，一旦牠遇到水，還是會恢復成原來的模樣；如果你將牠斬成了十多截，一旦牠遇到水，便會化解成為十多條螞蝗。

我在水田裡幫爺爺插秧的時候最怕的就是遇到螞蝗。

爺爺每次捉到螞蝗後，就會順手從田埂上折一根草稈，用草桿的端頭抵住螞蝗的吸盤軟嘴，像洗豬腸一樣將螞蝗翻過來，然後放在田埂上讓太陽曬。爺爺說，只有用這種辦法才能徹底使螞蝗不再復活。

「陰溝鬼吸的是人的精氣，螞蝗吸的是人的血氣。螞蝗是不是也可以算是一種鬼呢？」文歡在揉捏著兩條軟腿，抬起頭問爺爺道。

我笑道：「你的想法還真是稀奇呢！螞蝗也可以算是鬼？我可是第一次聽人這麼說哦！」

文歡在辯解道：「怎麼不可以呢？人也有被叫成鬼的呀！做事急又不經過大腦的叫冒失鬼；鐵公雞一樣一毛不拔的叫做小氣鬼；膽小如鼠的可以叫膽小鬼。我看螞蝗也可以叫做一種吸血鬼。」

爺爺提起漁網漏斗，看了看裡面蜷縮的陰溝鬼，道：「人所歸為鬼，從人，象鬼頭，鬼陰賊害，從厶。《說文解字》上是這麼解釋鬼的。鬼跟人畢竟不是一類。把人叫做鬼，大多是貶稱而已。」

湖南同學端起身邊的水杯，小啜了一口。這表示今晚的故事告一段落了。

「今晚這個故事跟我們現實中的傳銷組織好像啊！」一個同學感嘆道，他曾被人騙到傳銷組織去過，後來跑出來了。「傳銷裡面就是一個人拉一個人，並且個個幻想著空手套白狼，不勞而獲。」

湖南同學笑笑，不置可否。

國家圖書館出版品預行編目資料

每個午夜都住著一個詭故事5 陰謀 / 童亮著.
－－第一版－－臺北市：字阿文化 出版；
紅螞蟻圖書發行，2013.9
面；公分－－(Strange；5)
ISBN 978-957-659-941-5（平裝）

857.7　　102014653

Strange 5

每個午夜都住著一個詭故事5 陰謀

作　　者／童　亮
發 行 人／賴秀珍
總 編 輯／何南輝
執行編輯／安　燁
美術構成／Chris' office
校　　對／楊安妮、賴依蓮、童亮
出　　版／字阿文化出版有限公司
發　　行／紅螞蟻圖書有限公司
地　　址／台北市內湖區舊宗路二段121巷19號(紅螞蟻資訊大樓)
網　　站／www.e-redant.com
郵撥帳號／1604621-1　紅螞蟻圖書有限公司
電　　話／(02)2795-3656（代表號）
傳　　真／(02)2795-4100
登 記 證／局版北市業字第1446號
法律顧問／許晏賓律師
印 刷 廠／卡樂彩色製版印刷有限公司
出版日期／2013年 9 月　第一版第一刷

定價 220 元　港幣 73 元

ISBN　978-957-659-941-5　　Printed in Taiwan